21
बाल कहानियाँ

21
बाल कहानियाँ

रस्किन बॉण्ड

प्रभात
प्रकाशन

प्रकाशक

प्रभात प्रकाशन प्रा. लि.

4/19 आसफ अली रोड, नई दिल्ली–110002

फोन : 011–23289777 • हेल्पलाइन नं. : 7827007777

इ–मेल : prabhatbooks@gmail.com ❖ वेब ठिकाना : www.prabhatbooks.com

संस्करण

2024

अनुवाद

भगवंत अनमोल

पेपरबैक मूल्य

चार सौ रुपए

मुद्रक

आर–टेक ऑफसेट प्रिंटर्स, दिल्ली

★

21 BAAL KAHANIYAN
by Ruskin Bond
(Hindi translation of COLLECTED SHORT STORIES)

Published by **PRABHAT PRAKASHAN PVT. LTD.**
4/19 Asaf Ali Road, New Delhi-110002

ISBN 978-93-5521-415-7

₹ 400.00 (PB)

1

शामली में समय रुक जाता है

'देहरादून एक्सप्रेस' शामली में सुबह के पाँच बजे पहुँचा करती थी, उस वक्त स्टेशन मंद-मंद प्रकाशमय होता है और आस-पास के जंगले सुबह की रोशनी में धुँधले दिखाई पड़ने लगते थे। शामली शिवलिक पहाड़ियों के पैरों पर एक छोटा सा स्टेशन है और शिवलिक हिमालय के पैरों पर है, जो स्वयं ईश्वर के चरणों में विराजमान है।

मुझे याद है, स्टेशन पर सिर्फ एक प्लेटफॉर्म था। स्टेशन मास्टर के लिए एक ऑफिस और एक प्रतीक्षा कक्ष। प्लेटफॉर्म पर एक टी स्टाल है, एक फल विक्रेता और कुछ आवारा कुत्ते थे। अधिक कुछ की जरूरत भी नहीं थी, क्योंकि ट्रेन जंगलों में प्रवेश करने से पहले शामली में बस पाँच मिनट के लिए रुका करती थी।

शामली पर यह क्यों रुकती थी, इसका जवाब मेरे पास नहीं था। कोई भी ट्रेन से नहीं उतरता और न ही कोई ट्रेन में चढ़ता था। वहाँ कोई कुली भी नहीं था। परंतु ट्रेन वहाँ पर पूरे पाँच मिनट रुका करती थी और जब गार्ड सीटी बजाया करता था, तब शामली पीछे छूट जाता और भूल जाता, जब तक फिर से मैं फिर से उस स्टेशन पर नहीं आ जाता था।

मैं उस वक्त छत्तीस वर्ष का था और सिंगल भी था।

इस विशेष यात्रा के दौरान ट्रेन जब शामली पर रुकी तो मैं बेचैन नींद से जाग गया था। तृतीय श्रेणी के कंपार्टमेंट में क्षमता से अधिक भीड़ थी और मैं शौचालय के बिल्कुल बगलवाली सीट पर सो रहा था। अब कोई शौचालय में प्रवेश करना चाह रहा था। वह मुझे जोर से दबाते हुए जा रहा था।

"माफ करना बंधु।" मैंने खुद को जितना हो सकता था, दूर करते हुए कहा।

वह शौचालय में बिना दरवाजा बंद किए हुए बैठ गया।

"हम लोग कहाँ पहुँचे?" मैंने अपनी बगल में बैठे व्यक्ति से प्रश्न किया। वह बीड़ी पी रहा था।

'शामली स्टेशन' उसने खिड़की के पल्ले पर लगे ग्लास पर अपने हाथ की हथेली रगड़ते हुए कहा।

मैंने खिड़की उठा दी और अपना सर निकाल लिया। प्लेटफॉर्म पर बहुत ही ठंडी हवा चल रही थी। हमेशा की तरह वहाँ पर फल विक्रेताओं के सिवाय कोई गतिविधि नहीं हो रही थी। वही सर पर टोकरी रखे हुए ट्रेन में ऊपर से नीचे तक फल बेच रहे थे। चाय की दुकान पर एक केतली उबल रही थी, परंतु उसे देखने के लिए वहाँ पर कोई नहीं था। मैंने अपने माथे को खिड़की पर रख के आराम कराया और सर्द हवा को अपने चेहरे पर लगने दिया। मुझे बीमारी और चक्कर महसूस हो रहा था, परंतु उस हवा में अजीब सी मिठास थी।

"हाँ" मैंने खुद से कहा, "पता नहीं शामली में इन स्टेशन की दीवारों के पीछे क्या होता होगा?"

मेरे सहयात्री ने मुझे एक बीड़ी ऑफर की। देहरादून जाते हुए मैं समझ गया कि वह एक किसान है। उसके लंबी, ढीली और झुकी मूँछें थीं।

हमें वहाँ रुके हुए पाँच मिनट से ज्यादा हो चुके थे। मैंने प्लेटफॉर्म में आगे-पीछे सब जगह देख लिया, कोई भी न उतर रहा था और न ही चढ़ रहा था। अभी गार्ड टहलते हुए हमारे कंपार्टमेंट से गुजरा था।

"देरी क्यों हो रही है?" मैंने उससे प्रश्न किया।

"ट्रैक में कोई दिक्कत हो गई है।" उसने जवाब दिया।

"अभी कितना वक्त लगेगा?"

"मुझे नहीं पता कि क्या समस्या है! कम-से-कम आधा घंटा तो लगेगा ही।"

मेरे पड़ोसी ने अपनी बीड़ी खिड़की के बाहर फेंक दी, अपनी आँखें बंद कीं और सो गया। मैं अपनी सीट से उठा और तभी वह व्यक्ति शौचालय से निकला, बहुत जल्द नहीं, परंतु मन के सुकून की साथ उसने दरवाजा बंद कर दिया।

मैं खड़ा हुआ और अपने हाथ-पैर फैलाकर मैंने जम्हाई ली और निकलने से पहले सोचने लगा, 'मुझे सहारनपुर पहुँचने की कोई जल्दी नहीं है और मैं स्टेशन की दीवारों के पीछे के शामली को हमेशा से देखना चाहता हूँ। अगर मैं अभी उतर जाता हूँ तो मैं पूरा दिन शामली देख सकता हूँ। इस ट्रेन पर बैठे रहने से यह बेहतर है। तब शाम को मैं घर जाने के लिए अगली ट्रेन पकड़ लूँगा।'

उस वक्त मेरे पास किसी दूसरे विचार के आने का इंतजार करने का धैर्य नहीं होता था। इसलिए मैंने अपना छोटा सा सूटकेस उठाया और बाहर निकलने लगा।

वह किसान जाग गया और पूछ बैठा, "क्या कर रहे हो भाई ?"

"मैं उतर रहा हूँ।" मैंने जवाब दिया।

उसने फिर आँखें बंद कीं और नींद की गोद में चला गया।

तकरीबन दरवाजे तक पहुँचने के लिए मुझे पंद्रह मिनट लग जाते, क्योंकि लोगों के सामान रास्ते में ही पड़े हुए थे। इसलिए मैंने सूटकेस को खिड़की से बाहर पहुँचा दिया और प्लेटफॉर्म पर जाकर पकड़ लिया।

वहाँ पर कोई टिकट कलेक्ट करनेवाला भी नहीं था और उसका कोई कारण भी नहीं समझ आता है, क्योंकि न कोई चढ़ता था और न ही उतरता था। वैसे भी मेरे पास गंतव्य तक पहुँचने का टिकट था, जिसकी मुझे आज शाम को जरूरत पड़ेगी।

मैं स्टेशन के बाहर निकला और शामली में कदम रख दिए।

स्टेशन के बाहर एक नीम का पेड़ था और उसके नीचे एक ताँगावाला खड़ा था। घोड़ा पेड़ के नीचे घास खा रहा था। उस ताँगे में बैठा हुआ युवा ही दूर-दूर तक मुझे सिर्फ एक मनुष्य दिखाई दे रहा था। वहाँ पर दूर-दूर तक कोई घर नहीं दिखाई पड़ रहा था। मैंने ताँगे की तरफ कदम बढ़ाए तो उस युवा ने मुझे ऐसे देखा, जैसे उसे अपनी आँखों में विश्वास ही न हो रहा हो!

"शामली कितनी दूर है ?" मैंने पूछा।

"क्यों दोस्त, यही तो शामली है।" उसने उत्तर दिया।

मैंने आस-पास देखा, परंतु जीवन का कहीं नामोनिशान नहीं था। एक धूलभरी सड़क थी, जो स्टेशन से जंगल में गायब हो जाती थी।

"कोई रहता है यहाँ ?" मैंने प्रश्न किया।

"मैं रहता हूँ।" उसने मुसकराते हुए जवाब दिया। वह एक खुश और भाग्यशाली व्यक्ति लग रहा था। उसने सूती अँगरखा और गंदा सफेद पैजामा पहना हुआ था।

"कहाँ ?" मैंने पूछा।

"अपने ताँगे में, और कहाँ ?" उसने उत्तर दिया, "मेरे पास यह घोड़ा पाँच साल से है। मैं होटल में माल पहुँचाता हूँ। परंतु आज मैनेजर उसे लेने नहीं आया है। तुम्हें होटल चाहिए ? मैं ले चलता हूँ।"

"ओह, तो यहाँ पर होटल है!"

"हाँ, उसे होटल ही कहा जाता है मित्र! और वहाँ पर कुछ घर भी हैं तथा कुछ दुकानें भी, परंतु वे सभी एक मील दूर हैं यहाँ से। अगर यहाँ से एक मील दूर न होतीं तो मेरा धंधा ही न चलता।" उसने उत्तर दिया।

मुझे शांति मिली, परंतु अभी भी मेरे मन में यह भावना चल रही थी कि मैं ऐसे कस्बे में हूँ, जहाँ पर सिर्फ एक स्टेशन है, एक घोड़ा और एक व्यक्ति!

"चलो, होटल ले चलो," मैंने कहा, "मुझे शाम तक रुकना है।"

उसने सीट के बगल में मेरा सूटकेस रख दिया और मैं चढ़कर पीछे बैठ गया। उसने घोड़े के नितंबों पर तमाचा मारा और रस्सी पकड़कर ताँगे को उस मटमैली सड़क पर आगे बढ़ा दिया।

"यहाँ क्यों आए हो?" उस युवा ने प्रश्न किया।

"कुछ नहीं, ट्रेन लेट हो गई थी। मैं बोर हो रहा था, इसलिए बाहर निकल आया।" मैंने बताया।

उसने इस बात पर विश्वास नहीं किया और न ही उसने मुझसे इस विषय पर कोई प्रश्न किया। सूर्य जंगल से ऊपर चढ़ने लगा था, परंतु सड़क पर लंबे-लंबे पेड़ों की छाया थी—यूकेलिप्टस, आम और नीम।

"होटल में बहुत अधिक लोग नहीं रुकते हैं," उसने कहा, "इसलिए वह सस्ता है। आपको कमरा बस पाँच रुपए में मिल जाएगा।"

"मैनेजर कौन है?"

"सतीश दयाल। ये उसके पिता की प्रॉपर्टी है। सतीश दयाल परीक्षा पास नहीं कर पाया और उसे कोई नौकरी भी नहीं मिली, इसलिए उसके पिता ने उसे इसी होटल की देखभाल में लगा दिया।"

जंगल छूटने लगा और हमें एक मंदिर दिखाई पड़ा, एक मसजिद, कुछ छोटी दुकानें। हवा में चली हुई शक्कर की महक भी आ रही थी और पास में ही मुझे एक फैक्टरी की चिमनी भी दिखाई पड़ी। आगे शामली के रहने के कारण का अस्तित्व था। हमने गन्ना लादे हुए एक बैलगाड़ी को पार किया। सड़क गन्ना और मक्का के खेतों से होकर जाती थी और जैसे ही हम फिर से जंगल में प्रवेश करनेवाले थे, उस नौजवान ने अपना ताँगा एक बगल की सड़क की तरफ मोड़ लिया और होटल दिखाई पड़ने लगा।

यह एक छोटा सा सफेद बँगला था, जिसमें सामने फुलवारी भी थी, अगल-बगल केले के पेड़ थे और पीछे अमरूद के पेड़ लगे हुए थे। हम सामने के बरामदे

में पहुँच गए। आस-पास न कोई दिखाई पड़ रहा था और न ही किसी के होने के संकेत मिल रहे थे।

"वे सभी सोए हुए हैं।" उस नौजवान ने कहा।

मैंने कहा, "मैं बरामदे में बैठकर इंतजार करूँगा।" मैं ताँगे से उतरा और उस नौजवान ने मेरा सूटकेस बरामदे की सीढ़ियों पर रख दिया। तब वह मेरे सामने खड़ा होकर मुसकराते हुए पैसे देने का इंतजार करने लगा।

"कितना हुआ ?" मैंने पूछा।

"दोस्त के नाते सिर्फ एक रुपया।"

"यह तो बहुत ज्यादा है," मैंने शिकायत की, "यह दिल्ली नहीं है।"

"यह शामली है," उसने बताया, "मैं ही शामली में एकमात्र ताँगेवाला हूँ, अगर तुम ऐसा चाहते हो कि तुम कुछ भी दे दोगे तो ऐसा नहीं हो सकता है। अगर ऐसा करोगे तो मैं शाम को तुम्हें लेने नहीं आऊँगा। तुम्हें पैदल चलकर ही जाना पड़ेगा।"

मैंने उसे एक रुपया पकड़ा दिया। उसके पास आकर्षण और चालाक, दोनों तरह का संयोजन है।

"शाम छह बजे आ जाना।" मैंने बताया।

"ठीक है, मैं आ जाऊँगा।" उसने एक संक्रामक हँसी हँसते हुए कहा, "फिक्र मत कीजिए।" मैंने ताँगे का तब तक इंतजार किया, जब तक वह रास्ते से मुड़कर चला नहीं गया।

घर के दरवाजे बंद थे और वहाँ पर कोई घंटी नहीं लगी थी, जिसे बजाया जा सके। मेरे पास कोई घड़ी नहीं थी, परंतु मैंने अनुमान लगाया कि अभी छह बजकर कुछ मिनट हुए होंगे। होटल बहुत अधिक आकर्षक नहीं था। सफेद पुताई दीवारों से निकलने लगी थी और बरामदे में बैठनेवाली कुरसियाँ पुरानी हो चली थीं। एक बारहसिंगे का सर दरवाजे पर टँगा हुआ था, परंतु उसकी काँच की एक आँख गिर चुकी थी।

मैं किसी एक कुरसी पर बैठने के लिए बेचैन था, मैं पूरे बरामदे में इधर-उधर टहल रहा था और सोच रहा था कि किस दरवाजे पर दस्तक दूँ। शायद होटल खाली था। शायद ताँगावाले ने चाल चली हो। मैं ट्रेन छोड़ने के अपने फैसले पर निराश होने लगा था। जब मैंने मैनेजर को देखा तो मुझे लगा कि मुझे यहाँ आने का कोई कारण खोजना पड़ेगा, जो उसे बताया जा सके। मैं बहाने खोजने में माहिर

था। मैं उसे बताऊँगा कि कुछ वर्षों पहले मेरा दोस्त यहाँ पर रुका हुआ था और मैं उसे खोजने के लिए आया हुआ हूँ। मेरा दोस्त कुछ विलक्षण व्यक्ति था (शायद इसीलिए उसने शामली में रहने के बारे में विचार किया), ताकि वह पूरे देश-दुनिया से दूर रहकर वैराग्य हासिल कर सके। उसके माता-पिता नहीं थे, उसकी बहन, क्योंकि उसके माता-पिता की मृत्यु हो चुकी थी, इसलिए उसने मुझे उस व्यक्ति को खोजने का निवेदन किया। अंतिम बार उसके बारे में सुनने में आया था कि वह शामली में है, इसलिए मैं यहाँ पर उसके बारे में पता करने आया हुआ हूँ। उसका नाम मेजर रॉबर्ट्र्स था, जो रिटायर हो चुका था।

मुझे बगलवाली बिल्डिंग से नल चलने की आवाज सुनाई दी, थोड़ा चलने पर दिखा कि एक नौजवान नल के पास नहा रहा है। उसकी मजबूत और बढ़िया कद-काठी थी। उसने मुझे अपनी तरफ बढ़ते हुए नहीं देखा तो मैं उसके स्नान के खत्म होने और उसके देह पोंछने का इंतजार करने लगा।

"हेल्लो!" मैंने कहा।

वह मेरी आवाज सुनकर मुड़ा और मेरी तरफ कुछ देर भौचक्की आँखों से देखता रहा। उसके पास गोल मुसकराता हुआ चेहरा और काले घने बाल थे। वह धीरे से मुसकराया, परंतु यह मुसकराहट उस ताँगेवाले से वास्तविक थी। अभी तक मैं शामली में दो लोगों से मिल चुका था और दोनों लोग मुसकराते हुए व्यक्ति थे। इस बात ने मुझे प्रसन्न कर दिया। "तुम्हें ठहरना है?" उसने बड़ी धीमी आवाज में प्रश्न किया।

"हाँ, बस आज का दिन," मैंने पूछा, "आप यहीं काम करते हो?"

"हाँ, मेरा नाम दयाराम है, अभी मैनेजर सोए हुए होंगे, पर मैं आपको कमरा ढूँढ़ता हूँ।"

वह अपना बनियान और पायजामा उठाकर बरामदा में आ गया। उसने मेरा सूटकेस उठाया और दरवाजा खोलकर घर के अंदर प्रवेश कर गया। हम दोनों थोड़ी दूर तक गए। फिर दयाराम दाएँ हाथ पर एक दरवाजे पर रुक गया, उसे धक्का दिया और उस छोटे से प्रकाशमयी कमरे में प्रवेश कर गया। उसमें एक खिड़की थी, जो फलों की वाटिका की तरफ खुलती थी। एक बिस्तर, एक मेज, दो कुरसियाँ और एक लाल कारपेट बिछी हुई थी।

"ये कमरा सही है।" दयाराम ने कहा।

"बहुत उम्दा!"

"आठ बजे ब्रेकफास्ट मिलेगा। अगर आपको भूख लगी है तो मैं आपके लिए कुछ बना सकता हूँ।"

"नहीं, अभी कुछ नहीं चहिए। तुम रसोइया हो?"

"मैं सबकुछ कर लेता हूँ।"

"क्या तुम पसंद करते हो?"

"नहीं," उसने जवाब दिया और पूरे विश्वास के साथ यह बोल दिया, "मेरे जैसे पुरुष के लिए कोई महिला नहीं बनी है।"

"तो यह नौकरी छोड़ क्यों नहीं देते?"

"छोड़ दूँगा," उसने संदेहास्पद चेहरा बनाते हुए जवाब दिया, "हाँ, मैं छोड़ दूँगा"

कुछ वक्त बाद जब वह चला गया, मैंने दरवाजा बंद किया और बाथरूम में नहाने के लिए चला गया। उस ठंडे पानी से नहाकर मैंने बेहतर महसूस किया। खुद को पोंछने के पश्चात् मैं खिड़कियों के सामने बिस्तर पर बैठ गया। ठंडी हवा चल रही थी, बारिश की महक मिल रही थी, जो खिड़की से अंदर आ रही थी। मैंने पेड़ों के पास कुछ हलचल देखी।

खिड़की के नजदीक जाकर मैंने एक लड़की देखी। वह छोटी थी, झूला झूल रही थी और गा रही थी। उसके गानों में ताजगी थी।

मैंने तुरंत कपड़े पहने और कमरा छोड़ दिया। उस लड़की की ड्रेस हवा में उड़ रही थी। जब उसने मुझे अपनी तरफ बढ़ते हुए देखा तो उसने झूलना बंद कर दिया और मेरी तरफ घूरने लगी। मैं कुछ दूरी पर खड़ा हो गया।

"आप कौन हो?" उसने पूछा।

"मैं भूत हूँ।" मैंने जवाब दिया।

"तुम लगते भी भूत की तरह हो।" उसने कहा।

मैंने इस बात को तारीफ की तरह लिया, क्योंकि मैं उसे कीतर बनाना चाहता था। मैं मुसकराया नहीं, क्योंकि कुछ बच्चों को वयस्कों का मुसकराना अच्छा नहीं लगता।

"तुम्हारा क्या नाम है?" मैंने पूछा।

"किरण," उसने जवाब दिया, "मैं दस वर्ष की हूँ।"

"तुम बड़ी हो गई हो।"

"हम सभी को एक दिन बड़े होना है। आप नजदीक क्यों नहीं आ रहे हैं?"

"मैं आ जाऊँ ?" मैंने प्रश्न किया।

"आप आ सकते हो।"

बालों की एक लड़ी लड़की के सीने पर थी और दूसरी पीठ पर। उसके पास एक गंभीर चेहरा था, जैसे उसके पास काफी जिम्मेदारी हो। वह बड़े होने की जल्दी में दिखाई पड़ रही थी और ऐसा लग रहा था, जैसे किसी भी व्यक्ति के पास उसके लिए बच्चों की तरह बरताव करने का वक्त ही न हो। मैंने उसे खूब जोर से झुलाया, ताकि वह बहुत ऊँचे झूल सके और फिर उसके बाद मैंने उसे झुलाना बंद कर दिया, ताकि उसका झूला रुके और हम दोनों बात कर सकें।

"यहाँ के लोगों के बारे में कुछ जानती हो ?" मैंने पूछा।

"वो हीरा है," उसने बताया, "वह एक माली है। वह सौ वर्ष के ऊपर है। तुम उसे फुलवारी के पीछे देख सकते हो। थोड़ा गौर से देखो, दिखाई पड़ेगा। वह मुझे कहानियाँ सुनाता है, हर दिन एक नई कहानी। वह होटल में रहनेवाले सभी लोगों से बहुत बढ़िया है और कुछ ऐसा ही दयाराम है।"

"हाँ, मैं दयाराम से मिला हूँ।"

"वह मेरा बॉडी गार्ड है। जब कोई नहीं देख रहा होता है तो वह मेरे लिए रसोई से अच्छी-अच्छी चीजें लेकर आता है।"

"तुम यहाँ नहीं रहती हो ?"

"नहीं, मैं दूसरे घर में रहती हूँ। आप उसे यहाँ से नहीं देख सकते हो। मेरे पिता एक फैक्टरी में मैनेजर हैं।"

"कोई ऐसा बच्चा नहीं है, जिसके साथ तुम खेल सको ?" मेरे मन में प्रश्न जगा।

"मैं किसी को नहीं जानती।" उसने उत्तर दिया।

"और यहाँ पर रहनेवाले लोग ?"

"वो लोग!" जाहिर तौर पर उसे होटल में रुकनेवाले अतिथि पसंद नहीं थे।" मिस डीड जब पी लेती हैं तो वे मजाकिया लगती हैं और मिस्टर लीन बहुत विचित्र व्यक्ति हैं।"

"मैनेजर दयाल के बारे में क्या खयाल है ?"

"वह मतलबी व्यक्ति है। वह कुछ चीजों से बहुत भयभीत हो जाता है, परंतु फिर भी वह अच्छा व्यक्ति है। वह मुझे घर पर फूल ले जाने देता है, परंतु वह अधिक बात नहीं करता है।"

मैं किरण के इस तरह के नजरिए से बहुत प्रभावित था। अब तक उसका झूला हिलना बंद हो चुका था और मैंने पूछा, "और तुम मेरे बारे में क्या सोचती हो?"

"मैं अभी आपके बारे में कुछ जानती ही नहीं हूँ," किरण ने गंभीर चेहरा बनाकर कहा, "मैं आपके बारे में सोचूँगी।"

फिर मैं होटल में वापस आ गया। मैंने एक कमरे से पियानो के बजने की आवाज सुनी। मुझे संगीत की बहुत अधिक जानकारी नहीं है। इसलिए मुझे यह पता नहीं चला कि वहाँ पर कौन सा संगीत बज रहा है, पर वह मीठा लग रहा था, जो थोड़ी सी हिचकिचाहट के साथ बजाया जा रहा था। जैसे ही मैं नजदीक पहुँचा, उस संगीत की मिठास गायब हो चुकी थी, क्योंकि वह पियानो अपनी धुन से बाहर हो चुका था।

वह व्यक्ति जो पियानो बजा रहा था, वह मुझे अप्रत्याशित मंगोलियाई लग रहा था, जिस वजह से मुझे यह आभास हो गया कि वह एक मिस्टर लिन है। वह अब तक यह देख नहीं पाया था कि मैं उसके कमरे में प्रवेश कर चुका हूँ। मैं उसके दरवाजे के परदे के पास खड़ा उसको बजाते हुए देख रहा था। उसके होंठ मोटे-मोटे थे। उसकी आँखें बड़ी-बड़ी थीं और उनमें अवसाद दिख रहा था। उसकी लंबी-लंबी उँगलियाँ पियानो पर थीं।

मैं थोड़ा नजदीक गया और तब उसकी नजर मुझ पर पहुँची। बिना किसी आश्चर्य के वह अपना पियानो बजाता रहा।

"आप क्या बजा रहे हो?" मैंने प्रश्न किया।

"चोपिन।" उसने जवाब दिया।

"ओह, अच्छा! पर पियानो इसे खराब धुन दे रहा है।"

"मुझे पता है। पियानो किपलिंग चाची का है। ये पिछली शताब्दी से बज रहा है।"

"क्या आप यहाँ रहते हो?"

"नहीं, मैं कलकत्ता से हूँ," उसने तपाक से उत्तर दिया, "मुझे यहाँ पर गन्ना की खेती करनेवाले लोगों से व्यापार के सिलसिले में कुछ काम है। हालाँकि मैं कोई व्यापारी नहीं हूँ।" वह धीरे-धीरे अपना संगीत बजाता रहा, "मुझे व्यापार के बारे में कुछ भी नहीं पता है, पर मुझे कुछ-न-कुछ करना है।"

"आपने पियानो बजाना कहाँ से सीखा?"

"सिंगापुर में। एक फ्रेंच महिला ने मुझे सिखाया। उसे इस बात की बहुत

उम्मीद थी कि मैं बड़ा होकर कॉन्सर्ट पियानिस्ट बन सकता हूँ। मैंने अमेरिका और यूरोप का टूर भी किया होता।"

"तुम क्यों नहीं गए?"

"युद्ध के समय मुझे छोड़ना पड़ा और मेरे सारे पाठ वहीं रुक गए।"

"तुम कलकत्ता क्यों आ गए?"

"मेरे पिता का कलकत्ता में व्यापार था। वैसे आप क्या करते हो और यहाँ पर क्यों आए हो?" उसने मुझसे प्रश्न किया, "अगर यह सवाल आपको गलत न लगे तो!"

इससे पहले कि मैं कोई जवाब देता, घंटी बजी, तेज और लगातार।

"नाश्ता!" मिस्टर लिन ने उम्मीद जताई।

एक पतला और काले रंग का व्यक्ति ने चश्मा पहने हुए कमरे के अंदर थोड़ा भयभीत अंदाज में प्रवेश किया और मुझे थोड़ा अचंभित मुद्रा में देख रहा था।

"आप पिछली रात पधारे हैं?"

"हाँ," मैंने जवाब दिया, "मुझे बस आज का दिन रुकना है। मुझे लगता है, आप मैनेजर हो?"

"हाँ, क्या आप रजिस्टर में साइन कर सकते हैं?"

मैंने उसके साथ पीछे-पीछे ऑफिस चल दिया। मैंने अपना नाम और मसूरी का पता तथा ठहरने का वक्त रजिस्टर में नोट करवा दिया। जब प्रोफेशन का कॉलम आया तो मैंने वहाँ 'लेखक' लिख दिया।

"आप व्यापार के उद्देश्य से आए हो?" श्रीमान दयाल ने पूछा।

"नहीं, इसलिए नहीं आया हूँ। मैं अपने मित्र को खोजने आया हुआ हूँ, जो अंतिम बार शामली में तीन साल पहले सुनने में आया था। मैंने सोचा, अगर वह यहाँ है तो उससे कुछ जानकारी ले लूँगा।"

"उसका क्या नाम था? शायद वह यहाँ रुका हो!"

"मेजर रॉबर्ट्स।" मैंने बताया।

"आप ब्रेकफास्ट के बाद पुराने रजिस्टर देख लीजिएगा।" वह मुझे एक डाइनिंग टेबल पर ले गया। मुझे वह एक बोर्डिंग घर अधिक लग रहा था, बजाय किसी होटल के; क्योंकि श्रीमान दयाल अतिथियों के साथ भोजन करते थे। एक बड़ी डाइनिंग टेबल कमरे के बीच में रखी थी और श्रीमान लिन वहाँ पर बैठे हुए थे। दयाराम प्लेट और ट्रे लेकर आ गए। मैं लीन के बगल में बैठ गया, जैसे ही मैं

बैठा, दरवाजा खुला और एक पैंतीस वर्षीय महिला अंदर प्रवेश कर गई।

वह एक स्कर्ट और ब्लाउज पहने हुए थी, जिससे उसका उभरा हुआ शरीर दिख रहा था और वह हाई हील्स सैंडल पहने हुए थी, जिससे चलने के कारण उसके कूल्हे हिल रहे थे। उसका चेहरा बहुत आकर्षक नहीं था, जिसमें लिपस्टिक, काजल और पाउडर की बहुत मोटी परत लगाए हुए थी, परंतु उसका फिगर दिल लुभाने के लिए काफी था।

"मिस डीड्स!" लिन ने कानाफूसी की।

"सभी को मेरा नमस्ते पहुँचे।" उसने दिल से कहा और फिर माहौल को शांत देख बोली, "सब कोई इतना शांत क्यों है? क्या मिस्टर लिन ने फ्यूनरल मार्च फिर से बजा दी?" उसने बैठकर अपनी बात जारी रखी, "हमें जरूर ही नृत्य करना चाहिए और माहौल को खुशनुमा बनाना चाहिए। लिन, आपको सिंगापुर छोड़ने के बाद कुछ अच्छे गाने पता हैं?"

"नाश्ते में क्या है? उबले हुए अंडे। दयाराम, क्या तुम किसी दिन स्वाद बदलने को आमलेट नहीं बना सकते हो? मुझे पता है, तुम प्रोफेसनल रसोइए नहीं हो, परंतु हर रोज खाने में एक ही चीज मत बनाया करो और टोस्ट गरम करना कोई जरूरी नहीं है। मिस्टर दयाल, आपको रसोइए के बारे में जरूर सोचना चाहिए।" तब उसने ध्यान दिया कि मैं उसके सामने बैठा हूँ, "ओह, हेल्लो!" वह थोड़ा आश्चर्यचकित हो गई।

"यह सज्जन," मिस्टर दयाल ने मेरा परिचय करवाया, "एक लेखक हैं।"

"वाह! कितना बढ़िया है," मिस डीड्स ने प्रश्न किया, "क्या आप शादी-शुदा हैं?"

"नहीं," मैंने जवाब दिया, "और आप?"

"हा-हा! कितना अजीब है," उसने हँसते हुए बात रखी, "इस घर में किसी की भी शादी नहीं हुई!"

"मैं शादीशुदा हूँ।" मिस्टर दयाल ने टोक दिया।

"अरे हाँ!" मिस डीड्स ने मेरी तरफ मुड़ते हुए पूछा, "और आपके शामली आने का क्या कारण है?"

"मैं अपने मित्र मेजर रॉबर्ट को ढूँढ़ रहा हूँ।"

लिन ने मुझे अचंभित होनेवाला चेहरा दिखाया, परंतु कुछ देर बाद नया खेल शुरू हो गया।

"मैं उसे जानता हूँ," लीन ने कहा, "वह मेरा अच्छा दोस्त था।"

"हाँ," लीन ने बोलना जारी रखा, "मैं उसे जानता हूँ। वह अच्छा मित्र था, मेजर रोबर्ट।"

"मुझे ऐसे ही दोस्तों की जरूरत थी, ठीक मिस्टर लिन की तरह, जो मित्रता बढ़ाने के लिए नए-नए तरीके खोज लेते हैं। मैं उसे रोकना नहीं चाहता था, मैं यह देखना चाहता था कि वह किस हद तक जाएगा!"

"आप कब मिले थे?" लिन ने अपने कदम बढ़ाए।

"बस तीन साल पहले, उसके गायब होने से पहले, अंतिम बार उसे शामली में पाया गया था।"

"हाँ, मैंने सुना था, वह यहीं था।" लिन ने जवाब दिया, "परंतु जब उसके परिवारवालों को पता चला तो वह शामली छोड़कर चला गया। वह तिब्बत की पहाड़ियों में चला गया।"

"क्या?" मैंने बिना किसी रुचि के सिर्फ बात बढ़ाए रखने के लिए पूछा, "किस भाग में? मैं खुद ही पहाड़ियों के भाग में रहता हूँ। क्या आपको पक्के तौर पर पता है कि आखिर वह कहाँ गया है, तो ही शायद मैं उसे ढूँढ़ पाऊँ!" मैं इस बात का लुफ्त उठा रहा था, क्योंकि मैं ही था, जिसने सच में इस रॉबर्ट नाम के काल्पनिक प्राणी को जन्म दिया था, परंतु मैं उसकी बातचीत बंद नहीं करना चाहता था, क्योंकि मैं उसे दुःखी नहीं करना चाहता था, क्योंकि एक खुशनुमा व्यक्ति उन लोगों से मित्रता बनाने की बात ही नहीं करेगा, जिनका सच में कोई अस्तित्व ही नहीं है। वह अपने ही मित्रों में अधिक खोया हुआ होगा।

"आपकी जिंदगी में अकेलापन है, क्या मिस्टर लिन?"

"अकेलापन!" वह थोड़ा भौंहें सिकोड़ते हुए बोला, "एक महीना पहले यहाँ पर आने से पहले मैं कभी अकेला नहीं था। जब मैं सिंगापुर में था···।"

"आपके पास कोई पत्र आते हुए मैंने नहीं देखा क्या, आपको खत मिलते हैं?" मिस डीड्स ने अचानक पूछा, थोड़ी देर लिन शांत रहा, फिर कुछ देर बाद बोला, "क्या तुम्हें मिलते हैं?"

मिस डीड्स ने वैसे सिर उठाया, जैसे घोड़ा उठाता है। मुझे लगता है कि उसके अहं को चोट लगी थी और फिर उसने ठहाका मार के हँसना शुरू कर दिया।

"मैं कभी खत नहीं लिखती हूँ।" उसने बताया, "मेरे दोस्त कुछ वर्ष पहले खत लिखा करते थे, पर अब उन्हें पता चल गया है कि उन्हें कोई जवाब नहीं

मिलेगा। वे मुझे 'जंगली रानी' कहा करते हैं।"

मिस्टर दयाल मुँह दबाकर हँस रहे थे और मेरे लिए हँसना मुश्किल हो रहा था। मैंने अपनी मुसकराहट को थामने की कोशिश की, "आप पढ़ाती हो?"

"हाँ, मैं लड़कियों के स्कूल में पढ़ाती हूँ," उसने पीछा छुड़ाते हुए कहा, "पर मुझसे पढ़ाई के बारे में कुछ मत पूछने लगना। मैं सारा दिन सवालों का जवाब दे-देकर थक जाती हूँ।"

"तुम्हें पढ़ाना पसंद नहीं है?"

उसने क्रोध से भरा हुआ चेहरा बनाया, "क्या मैं कुछ बोलूँ?"

"हाँ, बिल्कुल बोलो।" मैंने कहा।

वह रुकी और फिर बोली, "तुम कौन होते हो पूछनेवाले, स्कूल के प्रिंसिपल हो?"

"नहीं," मिस्टर दयाल, जिनका इन सभी बातों पर कोई ध्यान नहीं था, "वह एक पत्रकार हैं।"

"मैंने सुना है, ये लोग बहुत शोर मचाते हैं।" मिस डीड्स ने कहा।

इस बार लिन ने विषयांतर करने की कोशिश की।

"श्रीमती दयाल सुबह से कहाँ हैं?" लिन ने पूछा।

"वे अपने पड़ोसियों के साथ रात्रि गुजार रही हैं," मिस्टर दयाल ने कहा "वे लंच के बाद आएँगी।"

यह पहली बार था, जब श्रीमती दयाल का उल्लेख किया गया था। अब तक किसी ने उनकी अच्छाई या फिर बुराई की चर्चा नहीं की। मुझे लगा कि अन्य लोगों से वह दूर ही रहती थीं। मैं श्रीमती दयाल के लिए आश्चर्यचकित था।

दयाराम चिंतित अवस्था में देखते हुए बरामदे में पहुँचा।

"हीरा का कुत्ता गायब हो गया," उसने बताया, "उसे लगता है कि तेंदुआ उठाकर ले गया!"

हीरा, जो माली था, वह बरामदे की सीढ़ियों पर चुपचाप खड़ा हुआ था। हम लोगों ने तेजी से उसके पास पहुँचकर प्रश्नों की झड़ी लगा दी, परंतु उसने किसी का जवाब नहीं दिया।

"हाँ, यह तेंदुआ ही है," किरण हीरा के पीछे से निकलती हुई बोली, "वह अभी होटल में आ जाएगा।" उसने आगे जोड़ दिया।

मिस्टर दयाल, जिन्हें तेंदुए के बारे में बहुत कम पता था, उन्होंने कहा, "मैं

देखता हूँ" और फुलवारी की तरफ कदम बढ़ा दिए तथा हम सभी भयभीत उनके पीछे-पीछे चल दिए।

फुलवारी की नर्म जमीन पर निशान थे (वे तेंदुआ के भी हो सकते हैं), जो नदी के किनारे की तरफ जा रहे थे। मिस्टर दयाल चिंतित अवस्था में होटल वापस चले गए। हीरा सामनेवाली फुलवारी में गया, जो बहुत कम उत्साहित था। ऐसा लग रहा था, उसे सबसे अधिक दुःख है। हर कोई तेंदुआ के बारे में सोच रहा था और वह अपने कुत्ते के बारे में सोच रहा था।

मैंने उसका अनुसरण किया और पाया कि वह सूरजमुखी के पेड़ को छूकर देख रहा था। उसके मुखमंडल पर अखरोट की तरह झुर्रियाँ पड़ गई हैं, परंतु उसकी आँखें साफ और चमकदार थीं। उसके हाथ पैर पतले थे और हड्डियाँ अधिक थीं, परंतु उसकी कलाइयों में बहुत शक्ति थी। उसके चर्मपत्र की तरह त्वचा थी। हमारी त्वचा एक पेड़ की पत्तियों की तरह होती है। जवान और हरी तथा चमकदार होती थी, फिर वह गहरी और भारी होने लगती है, कई बार उनमें बीमारी भी हो जाती है। फिर त्वचा पीली और लाल पड़ने लगती है। मैंने अपनी त्वचा की तरफ देखा, अभी भी चिकनी ही थी। मैंने किरण की ताजी गुलाबी रंग की त्वचा की कल्पना की।

"तुम्हारे पास कितने समय से यह कुत्ता है?" मैंने हीरा से प्रश्न किया।

वह अचंभित होकर देख रहा था, जैसे उसे इस बात का पता ही न हो।

"साहेब छह साल से," उसने जवाब दिया, "वह बहुत चालाक कुत्ता नहीं था, परंतु उसका व्यवहार बहुत दोस्ताना था। एक दिन जब मैं बाजार से घर आ रहा था तो उसने मेरा पीछा किया था। मैंने कई बार उससे जाने के लिए कहा, पर वह नहीं गया। यह लंबी दूरी थी, इसलिए मैं उससे बात करने लगा और हम दोनों एक-दूसरे को समझने लगे। पहली रात को मैंने अपना दरवाजा बंद कर लिया, पर वह घर के बाहर खड़ा रहा। वह मेरी तरफ विश्वासपात्र निगाहों से देख रहा था। वह मेरी तरफ पता नहीं क्यों ऐसे देख रहा था?"

"तो इसलिए तुमने उसे रख लिया?"

"हाँ, मैं उस बात को कभी नहीं भूल सकता, जिस तरह से उसने मुझे देखा था। मैं अब अकेला पड़ गया हूँ, क्योंकि वही मेरा साथी था। मुझे लगता है, जब तक हर कोई नहीं चला जाएगा और सिर्फ भूत बचेंगे, तब तक मुझे हमेशा के लिए यहीं पर रुकना पड़ेगा। वैसे अभी भी शामली में भूत है···"

मैंने अपने पीछे हलके कदम चलते हुए सुनाई दिए और मुड़कर देखा। किरण

नंगे पाँव उस माली के पीछे खड़ी थी तथा अपने पैर से बीज उठाने लगी।

"तुम आलसी हो," उस बूढ़े व्यक्ति ने कहा, "अगर तुम मेरी मदद करना चाहती हो तो बैठ जाओ और हाथों से मेरी मदद करो।"

मैंने बच्ची के गोल और साफ चेहरे पर नजर मारी। उसकी चमकदार आँखें थीं, जिनमें आशा एवं बुद्धिमत्ता झलक रही थी। फिर मैंने उस बूढ़े व्यक्ति की आँख में नजर डाली, जो जवान और चमकदार दिखाई पड़ रही थी। त्वचा आँखों को नहीं बदल सकती है। आँखें ही व्यक्ति की उम्र और समझ को सबसे बढ़िया तरीके से दरशाती हैं। यहाँ तक कि अंधे व्यक्ति की भी छुपी हुई आँखें होती हैं।

"मैं उम्मीद करती हूँ कि हमें कुत्ता मिल जाएगा," किरण ने उम्मीद जताई, "परंतु मैंने कभी तेंदुआ को नहीं देखा है, मैं तेंदुआ देखना चाहती हूँ।"

"अभी नहीं," हीरा ने डरते हुए कहा, "अभी नहीं···एक बार यहाँ पर बंद था तथा लोगों ने सुबह तक नाच किया था···" वह बोलते-बोलते खयालों में खो गया। "मैं हमेशा से यहाँ हूँ और शामली के बनने से पहले से हूँ।"

"शामली स्टेशन के पहले?"

"यहाँ पर स्टेशन या फिर फैक्टरी या फिर बाजार होने से पहले। यह एक गाँव था और यहाँ पर पहुँचने का एक ही साधन था, बैलगाड़ी। तब बस सर्विस प्रारंभ हुई, फिर रेलवे लाइन बिछी, उसके बाद स्टेशन बना, तब जाकर कहीं चीनी की फैक्टरी लगी और उसके कुछ वर्षों बाद शामली एक कस्बा बना, पर जंगल कस्बे से कहीं बड़ा था। काफी बारिश हुआ करती थी और हर जगह मलेरिया का प्रकोप ज्यादा था। लोग शामली में ज्यादा दिन नहीं ठहरते थे। धीरे-धीरे वे पहाड़ियों में जाने लगे। कई दफा मुझे भी वहाँ जाने का मन हुआ, परंतु फूल के पेड़ों की देखभाल करना जरूरी था। मुझे फूल के पेड़ और पहाड़ियों में से किसी एक को चुनना था और मैंने फूलों को चुना। अब मैं बूढ़ा हो गया हूँ और थक गया हूँ, परंतु फूल मुझे अभी भी पसंद हैं।"

मैं देख सकता था कि उसकी सच्ची दुनिया फूल ही है। उसकी फुलवारी में भाँति-भाँति के पेड़ थे, जो पूरे शामली में नहीं थे। हर महीना, हर दिन एक नए फूल का पेड़ उस फुलवारी में रोपा जाता था, परंतु उस शामली में रहनेवाले लोग नहीं बदलते थे, वे वही थे।

मैंने किरण और उस बूढ़े व्यक्ति को छोड़कर अपने कमरे में आ गया। तब कोई ग्यारह बजे होंगे।

मैं खिड़की की तरफ देख रहा था, जब मैंने दरवाजे के खुलने की आवाज सुनी। मैंने पलटकर देखा तो एक बंदूक की नाल धीरे-धीरे बढ़ रही थी। उस बंदूक को पसीने में भीगा हुआ सतीश दयाल पकड़े हुए था। मुझे नहीं पता कि उसके इरादे क्या हैं, इसलिए सोचने से पहले अपने को बचाना बेहतर चुनाव था। मैंने बिस्तर से तकिया उठाया और उसके चेहरे पर दबा दिया, फिर मैंने उसे अपने पैरों से जमीन पर गिरा दिया। जब हम दोनों उठे, तब तक मैं बंदूक उठाए हुए था। यह एक पुरानी इनफील्ड राइफल थी, शायद अफगान युद्ध के वक्त की।

"पर...पर...ऐसा क्यों?" मिस्टर दयाल ने हकलाहट भरी आवाज में डरते हुए पूछा।

"आप मेरी तरफ बंदूक तानकर क्यों कमरे के अंदर आए?" मैंने धमकी देते हुए पूछा।

"मैं आपकी तरफ बंदूक नहीं ताने हुए था। मैं तेंदुआ को ढूँढ़ रहा था।"

"ओह तो आप तेंदुआ ढूँढ़ते-ढूँढ़ते हमारे कमरे में आ पहुँचे?" (इस वक्त तक मुझे इस बात का विश्वास हो चुका था कि मिस्टर दयाल ने अपने ज्ञान से छुट्टी ले ली है और एक काल्पनिक तेंदुआ का पीछा कर रहे हैं।)

"नहीं-नहीं," वह व्याकुल व्यक्ति चिल्लाया, वह अब अधिक भ्रमित लग रहा था। "मैं तुम्हें ही ढूँढ़ रहा था कि आप बंदूक चला लेते हो कि नहीं। मैं सोच रहा था कि हम सभी तेंदुआ को खोजने चलते हैं, जो हीरा का कुत्ता उठाकर ले गया है। मिस्टर लिन और मैं दोनों लोग बंदूक नहीं चला पाते हैं।"

"आपकी बंदूक पुरानी हो गई है।" मैंने बताया, "यह तेंदुआ को मारने के लिए कतई उपयुक्त नहीं है। एक लाठी ही काफी रहेगी।"

मैंने बस अनायास ऐसे ही बोल दिया था। परंतु मिस्टर दयाल ने इस बात को बहुत गंभीरता से ले लिया, "हाँ-हाँ! दयाराम के पास एक-दो लाठी हैं। पर मैंने मिस्टर लिन से पूछा है, उन्होंने कहा है कि तेंदुआ से लड़ने के लिए उन्हें लाठी की कोई जरूरत नहीं है।"

"हमारी 'जंगले की रानी' के बारे में क्या खयाल है?" मैंने पूछा, "मिस डीड्स को लाठी की सख्त जरूरत पड़ेगी।"

"हाँ, हाँ!" मिस्टर दयाल ने मजाकिया लहजे में कहा, "परंतु बेहतर होगा कि हम उनसे न पूछें।"

दयाराम और दो लाठी लेकर हम फुलवारी की तरफ बढ़े और फिर कदमों के

निशान का अनुसरण करते हुए बढ़ चले। हमें नदी के किनारे पहुँचने के लिए दस मिनट का वक्त लगा। एक सूखा पत्थरयुक्त स्थान, फिर जंगल में पहुँचे। मिस्टर दयाल पीछे-पीछे चल रहे थे। मौसम थोड़ा भारी और गरम था और पेड़ों के बीच साँस लेना दुश्वार हो रहा था। जब एक तोता एक डाल से उड़ा, उसने शांति को भंग कर दिया और मिस्टर दयाल तुरंत चौकन्ने हो गए।

"यह क्या था ?" उसने भयभीत स्वर में पूछा।

"एक चिड़िया!" मैंने उत्तर दिया।

"मुझे लगता है, अब हमें वापस चलना चाहिए।" उसने कहा, "मुझे नहीं लगता कि तेंदुआ यहाँ है।"

"तेंदुए को इतनी जल्दी पता कर लेना आसान नहीं है," मैंने उत्तर दिया, "वह कहीं भी हो सकता है।"

उसने उत्तर दिया, "मुझे काम है, ये लो लाठी, मैं दयाराम को वापस भेजता हूँ।"

"बहुत बढ़िया सोचा आपने।"

दयाराम ने अपने मालिक की आज्ञा का अनुसरण किया और उनके पीछे चल दिया। मैं धीरे-धीरे चल रहा था, यह सोचता हुआ कि मुझे वापस लौटना चाहिए या नहीं ? मैंने दो बंदर देखे, जो एक पेड़ की शाखा पर खेल रहे थे और मैंने निष्कर्ष निकाला कि आस-पास कोई खतरा नहीं है।

अब तक मैं एक स्वच्छ, साफ पानी के तालाब के पास पहुँच गया था। मैं उस हवा की आवाज से थोड़ा भयभीत हुआ, जो अचानक से घास के हिलने से निकली, ऐसा लगा जैसे कोई साँप चल रहा हो! पानी बहुत ठंडा और स्वच्छ लग रहा था। लाठी रखकर और कपड़े उतारकर मैं तालाब के बीचोबीच पहुँच गया। मैं कुछ देर नहाता रहा, फिर उस नरम घास पर आकर लेट गया और सूर्य को अपने शरीर को सुखाने की अनुमति देता रहा। मैंने अपनी आँखें बंद कर लीं और खुद को अच्छे विचार देने लगा। मैं तेंदुए को भूल गया था।

मैं आधा घंटा के लिए सो गया था, क्योंकि जब मैं जागा तो पाया कि दयाराम वापस आ गया था। मैं बैठ गया और उससे वक्त जानने की कोशिश की।

"बारह बज गए हैं।" वह पानी से बाहर आते हुए चिल्लाया, उसके शरीर से बूँदें गिर रही थीं। "वे लोग लंच के लिए इंतजार कर रहे होंगे।"

"उन्हें इंतजार करने दीजिए।" मैंने कहा।

डाइनिंग कमरे और लाउंज की बातों के बाद दयाराम से बात करना सुखदायक था।

"दयाल साहब मुझ पर नाराज होंगे।"

"मैं बता दूँगा कि हमने तेंदुआ की निशानी पा ली थी। उसके बाद हम उसके पीछे इतनी दूर चले गए कि रास्ता ही भूल गए। मिस डीड्स को तरह-तरह के व्यंजन चाहिए तो उन्हें ही आज का भोजन पकाने दो।"

"वह सिर्फ वैसे बात करती है," दयाराम ने बताया, "अंदर से वह बहुत नरम और सहृदयी है।"

"उन्हें शादी कर लेनी चाहिए।"

"वह करना भी चाहती है, पर कोई उनसे शादी नहीं करना चाहता है। जब वह आई थी तो एक अंग्रेज आर्मी के कप्तान से उनकी शादी की बात चल रही थी। मुझे लगता है, वह उससे प्रेम करती थी, परंतु वह कुछ इस तरह की महिला है कि एक ही वक्त पर वह कई पुरुषों को प्रेम करने से खुद को रोक नहीं पाती है। वह इसी तरह सोचती ही है। इसीलिए शायद कप्तान ने उन्हें छोड़ दिया, मुझे ऐसा लगता है। वह हमेशा प्रेम करने को तैयार रहती है।"

"तुम्हें पता होगा।" मैंने सहमति जताई।

"हाँ।"

हमने कपड़े पहने और होटल की तरफ चल दिए। मैंने सोचा, कुछ ही घंटों में ताँगा आएगा और मैं वापस स्टेशन पहुँच जाऊँगा। शामली का रहस्यमयी आकर्षण मुझसे दूर हो जाएगा, परंतु जब कभी मैं इस स्टेशन से गुजरूँगा तो ऐसे लोगों को सोचकर अचंभित हो जाया करूँगा, मिस डीड्स, लिन और श्रीमती दयाल।

श्रीमती दयाल एक ऐसी महिला थीं, जिनसे मिलना अभी बाकी था। यह मेरे लिए उत्साहित करनेवाला विषय था। वह ही एकमात्र रहस्य बची थीं। फिर उसके बाद शामली में कोई रहस्य नहीं बचेगा। मुझे लगा कि वह मेरे शामली में स्टेशन से उतरने के विचार को सार्थक बनाएँगी।

मुझे दयाराम से श्रीमती दयाल के बारे में पूछना चाहिए था और इस तरह से मैंने अपनी जिज्ञासा को शांत कर लिया होता, परंतु मैं स्वयं से ही उन्हें खोजना चाहता था। आधा दिन बचा था और मैं पूरे खेल को अभी खत्म नहीं करना चाहता था।

मैं बरामदे की तरफ चल दिया और बाहर से पियानो की आवाज आ रही थी।

"मुझे ऐसा लग रहा कि मिस्टर लीन बजा रहे होंगे," मिस डीड्स ने कहा, "वह फ्यूनरल मार्च के आदी हैं। क्या आप डांस करते हो?"

"नहीं, बिल्कुल।" मैंने कहा।

"वह दुःखी प्रतीत हुई, परंतु जब लिन ने पियानो बजाना छोड़ दिया तो वह लाउंज में पहुँच गई और स्टूल पर बैठ गई। मैं दरवाजे पर खड़ा उन पर नजर गड़ाए हुए था कि आखिर अब वह क्या करनेवाली है! लिन ने कमरा छोड़ दिया।

वह एक पुराना गाना बजाने लगी, जिसकी रिकॉर्डिंग हमने किसी फिल्म या फिर ग्रामोफोन में सुनी थी। वह गाना गुनगुनाती जा रही थी।

फिर उसने नया गाना लगा दिया। वह अपनी गहरी आवाज में गुनगुना रही थी। उसकी आँखें थोड़ा कम रहस्यमयी थीं, उसका चेहरा दयालु था। जब लंच के लिए आवाज दी गई तो उसने अपना गाना बंद कर दिया और खुद पर हँसने लगी।

मुझे लंच याद ही नहीं रहा। मैं कल रात से अधिक सोच ही नहीं पाया था और मैं यात्रा की थकावट महसूस कर रहा था। तालाब के स्नान ने मुझे थोड़ा तरोताजा कर दिया था, पर इसकी वजह से सुस्ती आ गई थी। मैंने अच्छी तरह से भोजन किया था। चावल, कोफ्ता और फिर मेरा मन बगीचे के छायादार वृक्षों के नीचे सोने का कर रहा था।

लाउंज के सेल्फ पर कुछ पुस्तकें थीं, मेरी नजरें उस पूरी अलमारी पर घूम गई। उसके बाद मैं बागीचे में पहुँचा, वहाँ पर किरण झूला झूल रही थी। मैं उसके पेड़ के नीचे पहुँचा और घास पर बैठ गया।

"आपको तेंदुआ मिला?" उसने प्रश्न किया।

"नहीं!" मैंने ऊँघते हुए कहा।

"मुझे एक कहानी सुनाओ।"

"तुम मुझे सुनाओ।" मैंने कहा।

"ठीक है, एक बार एक आलसी व्यक्ति था, जिसके लंबे-लंबे पैर थे, वह हमेशा ऊँघता था और सोना चाहता था।

मैं उस झूले की ओर देख रहा था और उस बच्ची के नंगे पैरों पर निगाह थी और एक छोटी सी मक्खी उसकी नाक पर बैठ गई।

"...और फिर वह सो गया, इसका कारण यह था कि उसे स्वप्न देखना पसंद था।"

मैंने मक्खी को उड़ा दिया और किरण के झूले ने गति पकड़ ली तथा वह

इतनी दूर चला गया और पेड़ों में गायब हो गया।

"···क्योंकि उसे स्वप्न देखना पसंद था और जानते हो, उसने स्वप्न में क्या देखा··· ? उसने स्वप्न में देखा··· ।"

जब मैं जगा तो बगीचे में बारिश से मिली हुई सर्द हवा चल रही थी। मुझे याद है, किस तरह मैं घास में लेटकर आँख बंद करके सो रहा था। या तो मुझे अधिक देर सोते हुए नहीं हुआ था या फिर किरण काफी देर से झूला झूल रही थी। अब झूले की रफ्तार मंद पड़ चुकी थी। मैंने आँखें खोलीं और किरण की तरफ देखा, मेरी आँखें किरण के पैर अपने ऊपर हिलते हुए देखना चाहती थीं। परंतु इसके बजाय मैंने पतले साँवले रंग के पैर देखे, जो साड़ी में लिपटे हुए थे। मैंने थोड़ा आँखें खोलते हुए किरण को देखने की कोशिश की, पर वह किरण थी ही नहीं। कोई और था, जो झूला झूल रहा था। एक नौजवान महिला, जो पिंक साड़ी पहने हुए बालों में लाल गुलाब लगाए हुए थी।

उसने अपने पैरों को जमीन पर रखकर झूला झूलना बंद कर दिया था और वह मुझे देखकर मुसकरा रही थी।

यह एक मुसकराहट नहीं थी, यह क्षणभंगुर मुसकान थी, जो एकदम से आई और उसी वक्त गायब हो गई। मुझे दूसरे व्यक्ति की मुसकराहट याद आई, ताँगा चालक की मित्रतावाली मुसकराहट, दयाराम की समझदारी से भरी मुसकराहट, मिस डीड्स की रूखी मुसकराहट। सुशीला की मुसकराहट देखकर ऐसा लगा, जैसे यह कभी नहीं जाएगी। वह हमेशा इसी तरह मुसकराती है।

"तुम बदले नहीं हो।" उसने कहा।

अब मैं खड़ा हो गया था, पर मैं अभी भी पेड़ की टेक लेकर ही खड़ा था। मुझे यह आवाज बहुत जानी-पहचानी लगी, जैसे मैंने कल ही सुनी हो।

"तुम भी तो नहीं बदली हो," मैंने कहा, "पर तुम कहाँ से हो?" मुझे अभी तक यह पता नहीं लग रहा था कि मैं अभी सोया हुआ हूँ या फिर जाग रहा हूँ!

वह मेरे ऊपर हँसी और ऐसे हँसी जैसे हमेशा मुझ पर ऐसे ही हँसती हो!

"मैं पेड़ के पीछे से आई हूँ। वह छोटी बच्ची चली गई।"

"हाँ, मैं स्वप्न देख रहा हूँ।" मैंने असहज होकर कहा।

"पर तुम यहाँ पर कैसे आए?"

"मुझे पता नहीं। मुझे यह तक नहीं पता कि मैं कब आया? शायद तुम ही हो, जिसके लिए ट्रेन शामली पर रुकी और मैंने यहाँ आने का निर्णय ले लिया। शायद

तुम्हारी शादी हो चुकी है, सुशीला?"

"हाँ, इस होटल के मैनेजर मिस्टर दयाल मेरे पति हैं। पर तुम क्या करते हो?"

"मैं एक लेखक हूँ, अभी गरीब हूँ और अभी भी मसूरी में रहता हूँ।"

"तुम दिल्ली से कब आए?" उसने प्रश्न किया, "मेरा मतलब दिल्ली नहीं, मतलब घर से कब आए?"

"जब से तुम अपने घर से आई, तब से मैं तुम्हारे घर नहीं गया।"

"ओह मेरे दोस्त," उसने उत्तर दिया और मेरे करीब आ गई, "मैं अपने घर के बारे में बात करना चाहती हूँ, सुनील और अपने दोस्तों के बारे में, जो अब बहुत दूर हो गए हैं। मुझे अपने घर की याद आती है। जब मैं युवा थी, खुश थी और अब मैं सिर्फ यादों के सहारे हूँ। पर अब तुम हो न! कितना अच्छा है। मैं किरण के जाने के बाद पेड़ से निकली और तुम पेड़ के नीचे सो रहे थे। मैं तुम्हें जगाना नहीं चाहती थी, मैं तुम्हें अपने आप जागने देना चाहती थी।"

"जैसे मैं तुम्हें हमेशा जागते हुए देखना चाहता था।"

वह मेरे नजदीक थी और मैं उसे नजदीक से देख पा रहा था। उसके गालों में अब वैसी ही ताजगी नहीं थी···अब उनमें थोड़ा फीकापन आ गया था। वह अब पतली हो गई थी, परंतु उसकी आँखें वैसी ही थीं, मुसकराहट भी ठीक वैसे ही थी। उसकी उँगलियों ने जब मेरे हाथ पकड़ लिए तो वे भी गरम और वैसी ही थीं।

"मुझसे बात करो," उसने कहा, "अपने बारे में बताओ।"

"तुम बताओ?" मैंने पूछा।

"मैं यहाँ हूँ," उसने जवाब दिया, "यही मेरे बताने के लिए काफी है।"

"तो फिर आओ बैठ जाते हैं और बातें करते हैं।"

"यहाँ नहीं," उसने मेरा हाथ पकड़ा और पेड़ की तरफ ले गई, "मेरे साथ आओ।"

मुझे ताँगे की घंटी की आवाज सुनाई पड़ी और उसके चलने की धूमिल आवाज भी कानों में पड़ रही थी। मैं रुक गया और हँस पड़ा।

"मेरा ताँगा," मैंने कहा, "मुझे स्टेशन लेने के लिए आया है।"

"पर तुम नहीं जा रहे हो।" सुशीला ने तुरंत मना कर दिया।

"मैं उसे सुबह आने के लिए कहूँगी," मैंने उसकी बात मान ली, "आज की रात मैं शामली में रुकूँगा।"

मैं होटल के मुख्य द्वार पर गया, जहाँ पर ताँगा इंतजार कर रहा था। मैं खुश था कि आस-पास कोई नहीं था। वह नौजवान अपनी ही अदा में मुझ पर हँस रहा था।

"मैं आज नहीं जाऊँगा," मैंने उसे बुलाया, "कल सुबह चलूँगा, कल आ जाना।"

"जब कहोगे, मैं तब आ जाऊँगा दोस्त! पर तुम्हें हर ट्रिप का मुझे भाड़ा देना है, क्योंकि स्टेशन से यहाँ तक की काफी दूरी है। बस एक रुपया।"

मैंने उससे बहस करने की कोई कोशिश नहीं की और उसे एक रुपया पकड़ा दिया। वह पैसे लेकर अपना ताँगा मोड़कर चल दिया।

"अगर आप कल नहीं जाते हो," वह नौजावान आगे बढ़ते हुए चिल्लाया, "फिर कभी शामली नहीं छोड़ सकते हो।"

मैं पेड़ों के पास फिर से पहुँच गया, परंतु मुझे सुशीला दिखाई नहीं पड़ रही थी।

"सुशीला, कहाँ हो तुम?" मैं चिल्लाया, हो सकता है, मैं सिर्फ पेड़ों से ही बातें कर रहा हूँ! मुझे कोई जवाब नहीं मिला। एक छोटा सा रास्ता जाता था, वहाँ पर मैंने गुलाब की पँखुड़ी पड़ी हुई देखी। वे शायद सुशीला के लाल गुलाब से गिरी होंगी। मैं तब तक आगे बढ़ता गया, जब तक जंगल नहीं मिल गए। वहाँ की घास हरी-भरी थी। मुझे अभी भी गुलाब की पँखुड़ी मिल रही थीं। तभी मुझे कुछ चहल-पहल की आवाज सुनाई दी। वह रास्ता एक नदी की तरफ जाता था और वहीं पर सुशीला मेरा इंतजार कर रही थी।

"तुमने मेरा इंतजार क्यों नहीं किया?" मैंने प्रश्न किया।

"मैं यह देखना चाहती थी कि तुम पहले की तरह अब भी मेरा पीछा करने में माहिर हो या नहीं?"

"मैं अभी भी हूँ," मैं नदी के किनारे की घास पर उसके बगल में बैठ गया, "भले ही मेरा अभ्यास कम हो गया हो।"

"मुझे याद है, एक दिन तुम मेरे लिए सेब के पेड़ पर चढ़ गए थे। तुम ऊपर चढ़ तो गए थे, पर नीचे उतर नहीं पा रहे थे। मुझे तुम्हारी मदद करने के लिए खुद चढ़ना पड़ा था।"

"मुझे नहीं याद है।" मैंने हार मान ली।

"तुम्हें याद होगा?"

"हो सकता है, तुम्हारा दूसरा दोस्त प्रमोद रहा हो!"

"मैं प्रमोद के साथ कभी पेड़ पर नहीं चढ़ी।"

"ठीक है, पर मुझे याद नहीं है।"

मैं उस बहते हुए पानी को देख रहा था। वह ठंडा और स्वच्छ पानी घुटनों से ऊपर नहीं था। मैंने अपने जूते उतारे, पैंट को मोड़ लिया और अपने पैरों को पानी में डाल दिया। सुशीला ने भी यही काम किया, उसने भी अपने पैरों को पानी में डाल दिया।

सबसे पहले मैं उसकी शादी के बारे में पूछना चाहता था कि वह खुश है या नहीं? वह अपने पति के बारे में क्या सोचती है? पर मैं अब उससे यह प्रश्न नहीं करना चाहता था। अब उन प्रश्नों का बहुत अधिक महत्त्व नहीं रह गया था। मुझे लगा, मिस्टर दयाल से उसकी कोई भी बात मेल नहीं खाती थी। मैंने महसूस किया कि उसके आकर्षण और मोहकता पर उस व्यक्ति द्वारा कभी ध्यान नहीं दिया गया या फिर कभी तारीफ नहीं की गई। वह उम्र में उससे बहुत बड़ा था, निस्संदेह मुझसे भी बड़ा। बेशक वह उसकी पसंद नहीं था, बल्कि उसके पिता की पसंद था। आखिरकार उस वक्त उसकी उम्र भी बहुत कम थी। क्या उसके बच्चे थे? मुझे नहीं लगता कि सुशीला ने मिस्टर दयाल को एक पति के तौर पर स्वीकार किया होगा! मैंने सुना था कि सुशीला की उससे शादी हुई, जिसे वह पसंद नहीं करती। उसके बाद मैंने कभी नहीं सोचा था कि मैं सुशीला से मिलूँगा, पर सुशीला एक बार फिर से मुझे मिल गई।

"तुम सारा दिन क्या करती हो?" मैंने खामोशी को विराम दिया।

"मैं स्कूल जाती हूँ, कक्षा में पढ़ाती हूँ। इस जगह पर एकमात्र यही रुचि बची है। होटल मुझे कतई अच्छा नहीं लगता। मैं इससे दूर ही रहती हूँ।"

"मेहमानों के बारे में क्या खयाल है?"

"उनके बारे में बात मत करो। अपने बारे में बात करते हैं। क्या तुम्हें कल जाना है?"

"हाँ, मुझे ऐसा ही लगता है। क्या तुम्हें हमेशा यहीं रुकना है?"

"मुझे भी ऐसा ही लगता है।"

इस बात ने मुझे चुप कर दिया। मैंने उसका हाथ पकड़ा और मेरे पैर बहते पानी में नीचे जमीन को छू रहे थे। मैं सुशीला के चेहरे को पारदर्शी पानी में देख सकता था और फिर उसकी आँखों की तरफ देखता। मैं उसके बारे में फिक्र

रखना चाहता था और उसकी रक्षा करना चाहता था। मैं उसे शामली के दुःख से बाहर ले जाना चाहता था। मैं उसे फिर से अच्छी जिंदगी जीने देना चाहता था। मैं अपनी गरीबी को भूल गया था। अब मुझे सिर्फ सुशीला के दुःख ही दिखाई पड़ रहे थे।

मैं उसके हाथ को अपने होंठों तक ले गया और उसकी हथेलियों पर चूम लिया।

"क्या मैं तुम्हें किस कर सकता हूँ?" मैंने अनुमति माँगी।

"अभी तो किया तुमने!"

"क्या मैं तुम्हें किस कर सकता हूँ?" मैंने दोहराया।

"कोई जरूरी नहीं है।"

मैंने थोड़ा झुककर उसके गले में किस कर लिया। मुझे पता था कि उसे यह पसंद आएगा, क्योंकि यही वह जगह थी, जहाँ मैंने पहले भी उसे कई बार किस किया था। मैंने उसके गले पर उस जगह पर किस किया, जहाँ पर गुदगुदी होती है।

"कोई जरूरत नहीं है," उसने कहा, पर वह अपनी उँगलियों को मेरे बालों में फेर रही थी। मैंने उसके कान में किस किया और अपने मुँह को उसके कान में ले जाकर पूछा, "क्या मैं तुम्हें किस कर सकता हूँ?"

उसने अपना चेहरा मेरी तरफ कर लिया, ताकि हम दोनों एक-दूसरे की आँखों में देख सकें और फिर से किस कर सकें। और हम दोनों ने एक-दूसरे पर अपनी बाँहें फैला दीं और उस घास में पानी में, पैर डाले हुए लेट गए। हमने कुछ नहीं कहा, बस कई वर्षों बाद एक-दूसरे को लेटे हुए तब तक देखते रहे, जब तक बारिश की पहली बूँद नहीं पड़ गई।

यह बड़ी बूँद थी और सुशीला के गालों पर पड़ी, फिर मेरे। वह बूँद उसके गालों से होती हुई उसके होंठों पर पहुँच गई, ताकि मैं उसे फिर से किस कर लूँ। अगली बड़ी बूँद उसके नाक पर पड़ी और फिर बारिश की गति थोड़ा बढ़ने लगी।

"हमें जाना चाहिए।" सुशीला ने कहा।

हम घर की तरफ चल दिए, पर अधिक दूर जा नहीं पाए थे, क्योंकि बारिश काफी तेज होने लगी थी तथा सुशीला के बाल खुल गए थे। बारिश तेज हो गई थी। सुशीला की साड़ी बिल्कुल चिपक गई थी, ठीक एक पके हुए फलों की तरह उसके स्तन दिख रहे थे और मैं उत्साहित था। मैं उसे एक बड़े पेड़ की छाया में लेकर गया, उसे अपने बाँहों में दबोच लिया और उसके लबों से मेरे लब मिल गए। तब

मुझे लगा, जैसे वह रो रही हो, पर मैं पक्का नहीं था, क्योंकि उसके गालों पर बारिश की बूँदें भी हो सकती हैं।

"मेरे साथ चलो," मैंने कहा, "इस जगह को छोड़ दो। भाग चलो कल सुबह मेरे साथ। हम लोग ऐसी जगह चलेंगे, जहाँ हम दोनों के बीच कोई नहीं आ सकेगा।"

वह मुझ पर मुसकराई और बोली, "तुम अभी भी स्वप्नदर्शी हो।"

"तुम क्यों नहीं चल सकती हो?"

"मैं शादी-शुदा हूँ। इतना आसान नहीं है।"

"अगर यह आसान हो तो क्या चलोगी?"

"मुझे अपने माता-पिता के बारे में भी सोचना है। अगर तुम जैसा कह रहे हो, वैसा करती हूँ तो मेरे पापा को दुःख पहुँचेगा। तुम बिना कुछ सोचे-समझे कह रहे हो।"

"तुम बहुत प्रैक्टिकल हो।" मैंने कहा।

"अगर महिलाएँ इतनी प्रैक्टिकल न हों तो अधिकतर शादियाँ असफल हो जाएँ।"

"तो क्या तुम्हारी शादी सफल है?"

"बिल्कुल सफल है। मैं खुश नहीं हूँ और न ही उससे प्रेम करती हूँ, पर मैं दुःखी भी नहीं हूँ और उसे घृणा भी नहीं करती हूँ। बेवकूफ मत बनो, मैं हमेशा यही हूँ, तुम जब चाहो, मिलने आ सकते हो और कोई भी इस बात से दुःखी नहीं होगा। और मुझे यहाँ से दूर ले जाना सही निर्णय नहीं होगा।"

"तुम मुझसे प्रेम नहीं करती हो!" मैंने बेवकूफाना अंदाज में कहा।

"प्रेम बहुत दुःखी करनेवाला शब्द है।" उसने बताया और वह शांत हो गई।

मैं भी कुछ नहीं बोला। मैं फिर से नाराज हो गया। मैं उस व्यक्ति को नहीं समझ पा रहा था, जो एक दुःखी शादी-शुदा जिंदगी को तोड़ नहीं सकता था, हालाँकि यह बात सत्य है कि एक पुरुष के लिए यह काम करना आसान होता है, वह अपना ध्यान रख सकता है। एक पुरुष को न ही पड़ोसियों और न ही समाज के अनुमोदन की जरूरत होती है। एक महिला प्रेम के लिए सबकुछ कर सकती है, बस उसका दाम सुरक्षा न हो। एक महिला सुरक्षा को उतना ही पसंद करती है, जितना एक पुरुष स्वतंत्र रहना।

"मुझे वापस जाना चाहिए," सुशीला ने कहा, "तुम थोड़ी देर बाद आना।"

"तुम्हें सिर्फ बात करनी थी?" मैंने शिकायत की।

वह मुझ पर हँसी और मेरे बालों को अपनी तरफ खींच लिया। फिर वह पेड़ के नीचे से भाग गई। घास से होते हुए सरपट दौड़ गई, मिट्टी से गुजरी और भागते हुए उसके पैर में मिट्टी उड़ने लगी। मैं उसे बारिश के पतले परदे से जाते हुए देख रहा था, वह बरामदे में पहुँच गई थी और फिर होटल छोड़कर निकल गई।

बारिश कम हो गई थी, परंतु मुझे समझ नहीं आ रहा था कि मैं क्या करूँ। अब देर हो चुकी थी, शामली छोड़ना अब संभव नहीं था। अगर घास भीगी न होती तो मैं उस घास में ही पेड़ के नीचे सो जाता, बजाय होटल में डाइनिंग टेबल पर बैठने के।

मैं पेड़ से दूर आया और बगीचा पार कर लिया। मैं बरामदे में जाने के बजाय होटल के पीछे चला गया। मुझे रसोई दिखी थी। दयाराम अंदर था, चूल्हे के सामने एक बरतन को हिला रहा था। दयाराम मेरी तरफ देखकर मुसकरा दिया।

"मैंने सोचा, आप चले गए होंगे!" उसने कहा।

"मैं सुबह जाऊँगा।" मैंने एक खाली मेज को अपनी तरफ खींचते हुए कहा। तभी मेरे मन में अचानक एक खयाल आया, "तुम मेरे साथ क्यों नहीं चलते हो? मैं तुम्हारे लिए मसूरी में एक अच्छी नौकरी ढूँढ़ दूँगा। तुम्हें यहाँ पर कितना पैसा मिलता है?"

"पचास रुपए प्रति महीना। पर मुझे पिछले तीन महीने से वेतन नहीं मिला है।"

"क्या तुम कल सुबह से पहले अपना वेतन ले सकते हो?"

"नहीं, मुझे तब तक पैसा नहीं मिलेगा, जब तक किसी एक मेहमान द्वारा भुगतान नहीं किया जाएगा। मिस डीड्स का सिर्फ शराब का ही पचास रुपए बाकी है। वह कहती हैं कि जब स्कूल उन्हें भुगतान करेगा, तब वह भुगतान करेंगी। स्कूल तब तक उनका वेतन नहीं देगा, जब तक स्कूल के बच्चे फीस नहीं देंगे। इस तरह से शामली में हर कोई दिवालिया है।"

"अच्छा तो यह बात है," मैंने बस यों ही कह दिया, "पर मिस्टर दयाल तुम्हारा वेतन इसलिए नहीं रोक सकते हैं कि उन्हें अतिथियों ने भुगतान नहीं किया है।"

"अगर उन्हें अतिथियों से पैसा नहीं मिलता तो वह नहीं देते हैं।"

"अच्छा!" मैंने बताया, "मैं तुम्हें अपना पता बता देता हूँ, जब तुम फ्री हो जाना तो आना मेरे पास।"

"मैं रजिस्टर से आपका पता ले लूँगा।" उसने कहा।

बिना दयाराम को कुछ कहने के लिए वक्त देने से पहले ही मैंने अलमारी से प्लेट उठा ली, एक चम्मच उठा ली और बरतन से खाना ले लिया।

"चावल भी हैं।" दयाराम ने चावल की तरफ इशारा किया।

मैंने अपने प्लेट को चावल से भर लिया। कुल दस मिनट के बाद मैंने भोजन खत्म कर दिया। मैं आराम से बैठ गया। पेट भर जाने के बाद मैं लोगों और जीवन को बेहतर तरीके से समझ सकता हूँ। सुशीला की शंकाओं, लिन को और मिस डीड्स के आक्रामक रवैए को समझ पाऊँगा। दयाराम भोजन के लिए पुकारने गया और मैं अपने कमरे में पहुँच गया।

अपनी खिड़की से मैंने किरण को लॉन में दौड़ते हुए देखा और उसे बुलाया, पर उसने मेरी आवाज नहीं सुनी। वह दरवाजे की तरफ भागती हुई चली गई।

बादल दूर जाने लगे थे। सूर्य शिवालिक में जाकर डूब रहा था। आसमान रक्तमय हो रहा था। लंबे-पतले यूकेलिप्टस के पेड़ संतरी रंग जैसे दिखाई पड़ रहे थे। बारिश बंद हो चुकी थी और नरम हवा चल रही थी, परंतु छत से एक-एक बूँद खिड़की पर गिर रही थी। तब सूर्य पुरानी पहाड़ियों में जा धँसा।

कमरे में अँधेरा था, परंतु मैंने बिजली नहीं जलाई थी। मैं खिड़की के सामने बैठा बागीचे की आवाज सुन रहा था। मेढक की आवाज मुझ तक पहुँच रही थी एवं मेरे सर के ऊपर से कहीं से पंखों के फड़फड़ाने की आवाज सुनाई दे रही थी। कल सुबह मैं शामली से चला जाऊँगा, उसके बाद मैं कभी वापस आऊँगा या नहीं, कुछ पता नहीं था। हो सकता है, मैं हमेशा मेजर रॉबर्ट को ढूँढ़ता हुआ, फिर से शामली आऊँ और हो सकता है, मैं कभी उसे ढूँढ़ भी लूँ। यह खोया हुआ व्यक्ति किस तरह का लगेगा? एक रोमांटिक, एक व्यक्ति, जिसके पास एक सपना हो, एक व्यक्ति, जिसके भूरी खाल हो और नीली आँखें, जो एक बर्फीले पहाड़ के ऊपरी चोटी में एक कुटिया में रह रहा है। जो लकड़ियाँ काटता है, मछली पकड़ता है और बर्फीली नदियों में तैरता है, एक मजबूत और स्वतंत्र व्यक्ति, जिसका दयालु हृदय है तथा बड़ी-बड़ी दाढ़ी है। वह व्यक्ति जिसे धन और राजनीति से कोई लेना-देना नहीं है। जो खुद का मालिक है और प्रकृति में रहता है, जिसके पास कोई भय नहीं है। वह ऐसा कोई व्यक्ति मेजर रॉबर्ट नहीं हो सकता, जिसे मैं ढूँढ़ रहा हूँ। वह कोई फ्रेंच या फिर अंग्रेज नहीं है, वह मैं खुद हूँ! अपनी सपनों की दुनिया में मैं ही मेजर रॉबर्ट हो सकता हूँ।

जब दयाराम ने दरवाजे पर दस्तक दी और मुझे बताया कि दूसरे व्यक्तियों ने भोजन ग्रहण कर लिया है तो मैं अपने कमरे से लाउंज की तरफ निकला। सतीश दयाल बार में बैठे हुए थे, लिन पियानो बजा रहे थे और मिस डीड्स कमरे के बीचोबीच में टैंगो बजा रही थीं। यह जरूर था कि वह काफी मात्रा में पी रही थी।

"सबकुछ उधार चल रहा है," मिस्टर दयाल ने शिकायत की, "मुझे नहीं पता, वह कब पैसे देगी, पर मैं उसे मना भी नहीं कर सकता, क्योंकि वह गुस्से में पूरे होटल को तोड़ सकती है।"

"हाँ, वह ऐसा कर सकती है।" मैंने सहमति जताई।

लिन वाल्ट्ज बजाने लगा (मुझे ऐसा लगता है, वह वाल्ट्ज ही होगा) और फिर मैंने मिस डीड्स को अपने सम्मुख यह कहते हुए देखा, "तुम्हें डांस करना पसंद नहीं है?"

"शुक्रिया!" मैंने कहा, तभी कुछ बजा, "मुझे डांस करना नहीं आता है।"

"कम ओन! खिलाड़ी बनो!" उसने मुझे बार से खींचते हुए प्रयास किया। मैं खुश था कि वहाँ पर सुशीला नहीं थी। उसे बुरा न लगा होता, पर वह ऐसी हरकतों पर हँसती जरूर।

हम फ्लोर पर पहुँचे और मुझे बस इतना करना था कि मिस डीड्स के कदमों के साथ कदम मिलाना था। मैं उसकी बाँह पकड़े हुए कदम-से-कदम मिला रहा था। कुछ देर बाद लिन ने संगीत बंद कर दिया। इससे मुझे उससे अलग होने का मौका मिला। मिस डीड्स पियानो के पास चली गई और बोली, "कुछ अच्छा बजाइए मिस्टर लिन! कुछ हॉट!"

यह मेरे लिए अचंभित करनेवाली बात थी कि मिस्टर लिन बिना कुछ ना-नुकुर किए हुए एक हॉट सा गाना बजाने लगे। मुझे इस बात की खुशी थी कि इस बार मिस डीड्स ने मुझसे डांस के लिए नहीं पूछा।

यह मुझे बहुत बेमेल दिख रहा था कि मिस डीड्स पागलों की तरह नाच रही थी और लिन पियानो को बहुत गंभीरता से बजा रहा था तथा मिस्टर दयाल चिंतित मुद्रा में बार से बैठ के देख रहे थे। मुझे इस बात का अचंभा हुआ कि सुशीला इन सब के बारे में क्या सोचती होगी!

अंततः मिस डीड्स सोफे में लंबी-लंबी साँस लेते हुए बैठ गई, "मुझे ड्रिंक दो!" वह रोने लगी।

अच्छे इरादों से मैंने उसे एक गिलास पानी दे दिया। मिस डीड्स ने एक घूँट

पिया और मेरी तरफ घूरने लगी, "यह क्या है?" उसने प्रश्न किया, "यह कुछ अलग है।"

"पानी!...पानी है।" मैंने जवाब दिया।

"नहीं, मुझसे मजाक मत करो, बताओ, ये क्या है?"

"मैं सच कह रहा हूँ, यह पानी है।" मैंने जोर दिया।

जब उसने मुझे देखा कि मैं गंभीर हूँ तो उसका रंग उड़ गया और मुझे लगा कि वह पानी मेरे ऊपर ही फेंक देगी। पर वह यह करने के लिए बहुत थकी हुई थी, इसलिए उसने गिलास को दीवार पर फेंक दिया। मिस्टर दयाल उस उड़ते हुए गिलास को लपकना चाहते थे, पर असफल हुए। गिलास दीवार से टकराया और कई टुकड़ों में बँट गया।

मिस्टर दयाल ने अपने हाथ थपथपाए, "बेहतर होगा, इन्हें कमरे में ले जाइए।" उन्होंने मुझसे ऐसे कहा, जैसे मिस डीड्स के इस व्यवहार के लिए मैं भी उतना ही जिम्मेदार हूँ, क्योंकि मैंने उनके साथ डांस किया था।

"मैं इन्हें अकेले नहीं ले जा सकता।"

मिस्टर दयाल ने दयाराम को बुलाया और वह मजबूत नौजवान आ गया। हम दोनों उनकी एक-एक बाँह पकड़कर कमरे से बाहर ले गए। हम उसे उसके कमरे और उसके बिस्तर पर ले गए। जब हम लोग उसे बिस्तर पर छोड़कर वापस आने लगे तो उसने कहा, "प्लीज मत जाओ, थोड़ी देर रुको मेरे साथ।"

दयाराम चुपके से बाहर निकल गया। दरवाजे पर हाथ रखे हुए मैंने पूछा, "हममें से कौन रुके?"

"क्या तुम दो लोग हो?" मिस डीड्स ने बिना किसी निराशा के कहा।

"हाँ, दयाराम ने आपको यहाँ तक लाने में मेरी सहायता की।"

"आप कौन हैं?"

"मैं लेखक हूँ। आपने मेरे साथ डांस किया है। याद है?"

"हाँ, आपने बहुत अच्छा डांस किया, लेखक महोदय। मेरे साथ यहीं पर रुको और दयाराम अगर चाहे तो वह भी रुक सकता है।"

मुझे थोड़ी हिचकिचाहट महसूस हुई, मेरा हाथ दरवाजे पर था। जब तक मैं कमरे में था, उसकी आँखें बहुत कम खुली रहीं। उसने अपने हाथ ढीले छोड़ दिए थे और नंगे पाँव बिस्तर पर लटक रहे थे। मैं भयभीत था, मैंने धीरे से दरवाजा बंद किया और कमरे से बाहर खिसक लिया।

जब मैं बिस्तर में पड़ा हुआ था, मैंने भय से चीखते भेड़िया की आवाज सुनी, जैसे उसके आस-पास कोई चीता या बाघ हो! यह अजीब तरह की आवाज थी। मैंने रोशनी बंद कर दी और खिड़की से झाँका। मैंने लॉन के किनारे भेड़िए को देखा। वह सर ऊपर किए हुए अपनी जाँघ पर बैठा हुआ था। तभी उसे कोई आवाज सुनाई पड़ी और वह तुरंत पेड़ों की तरफ भाग खड़ा हुआ।

बिस्तर पर सोने से पहले मैंने निश्चित कर लिया कि खिड़की बंद हो। फिर से मेढक के टर्र-टर्र की आवाज सुनाई पड़ने लगी। पता नहीं उस वक्त सुशीला जग रही होगी या सो गई होगी? लगभग ग्यारह बज रहे थे। मेरे मन में मिस डीड्स के खयाल आए, जिनके पैर बिस्तर पर लटके हुए थे। मैं दो रातों से ढंग से सोया नहीं था, परंतु आज भी नींद नहीं आ रही थी। मैं बिना रोशनी जलाए बिस्तर से उठा और दरवाजा खोलकर चल दिया। मैं मिस डीड्स के कमरे के दरवाजे के पास रुका। मैंने कान लगाकर सुनना चाहा, पर मुझे सिर्फ घड़ी की टिक-टिक की आवाज सुनाई पड़ी। मैंने दरवाजे की कुंडी पर हाथ रखा, पर दरवाजा बंद था। इसने मामला सुलझा दिया था।

मैं पक्के तौर पर अगली सुबह शामली छोड़ दूँगा। ऐसे लोगों की संगति में एक और दिन मुझे इनकी तरह ही बरताव करने पर बाध्य कर देगा। शायद मैं वैसा कर भी रहा हूँ। मुझे ताँगेवाले के शब्द याद हैं, 'शामली में अगर अधिक दिन रुक गए तो कभी शामली छोड़ नहीं पाएँगे।'

जब बारिश की बूँदें पड़ने लगीं तो मुझे पेड़ों पर पड़नेवाली बारिश की आवाज बहुत पहले सुनाई पड़ने लगी थी, जब तक वे घर की दीवारों पर टकरातीं। तब वे छत पर और दीवारों में पड़ने लगीं, धीरे-धीरे ओले बरसने लगे। खिड़कियों पर ओले पड़ने की आवाज सुनाई पड़ रही थी। मुझे ऐसा लग रहा था, कहीं पत्थरों से खिड़की के शीशे न टूट जाएँ। इन ओलों की आवाज बंदूक चलने जैसी लग रही थी। और जब बिजली चमकती थी तो वह पूरे बागीचे में रोशनी भर देती थी। मुझे किरण की फिक्र सता रही थी। क्या वह बिना किसी चिंता के आराम से सो गई होगी या फिर वह जिस तरह से मैं जग रहा हूँ, उस तरह बिस्तर पर जग रही होगी? मुझे बहुत कम उम्मीद थी कि वह ओले बरसने पर पेड़ों के नीचे आएगी; हवा में अपने खुले बालों को लहराएगी और प्रकृति के इस सुंदर खेल पर आसमान की ओर देखते हुए हँसेगी। मैं अचंभित नहीं होऊँगा, अगर वह किसी जंगल की अप्सरा हो और किसी पेड़ पर रहती हो तथा बगीचा में खेलने आती हो!

तभी पास में ही बिजली गिरी और उसकी इतनी तेज आवाज हुई कि मैं बिस्तर से उठ गया। शायद उस बिजली ने आस-पास के पेड़ पर टक्कर मारी होगी या फिर कोई पेड़ गिर गया होगा!

मैंने कई लोगों की आवाज सुनी। मैंने बाहर निकलकर देखना चाहा, आखिर क्या हुआ और तभी मुझे बाहर एक भूतनुमा परछाईं दिखाई पड़ी। ये मिस्टर दयाल थे, जो एक बड़े पैजामा में मोमबत्ती लिये खड़े थे।

"मैं आपको जगाने के लिए आया हूँ," उन्होंने कहा, "ओले पड़ रहे हैं।"

उनकी एक विचित्र आदत थी कि वह सामान्य चीजों को बताया करते थे।

"हाँ, ओले पड़ रहे हैं," मैंने कहा, "हर कोई उठ क्यों गया?"

"पीछे की दीवार गिर गई है और थोड़ी सी छत गिर गई है। अच्छा रहेगा, अगर हम लाउंज में रात गुजारें। वही सबसे सुरक्षित कमरा है। यह बहुत पुरानी बिल्डिंग है।" उन्होंने माफी माँगते हुए स्वीकार किया।

"ठीक है," मैंने कहा, "मैं आता हूँ।"

लाउंज में दो मोमबत्ती जल रही थीं। एक पियानो के ऊपर रखी थी और दूसरी सोफे के पास मेज पर रखी हुई थी। मिस डीड्स सोफे पर थी, लिन पियानो स्टूल पर इस तरह से बैठा हुआ था कि वह किसी भी वक्त पियानो बजाने के लिए तैयार था। दयाल कमरे के बाहर निकलनेवाला था। सुशीला खिड़की के पास खड़ी ओले भरी रात का नजारा देख रही थी। मैं खिड़की के पास गया और उसको स्पर्श कर लिया, परंतु उसने न ही मेरी तरफ देखा और न ही कुछ बोला। तभी बिजली चमकी और उस आग के दरिया में उसकी आँखें दिख गईं।

"तुम किस वक्त जाओगे?" उसने पूछा।

"ताँगा सात बजे लेने के लिए आएगा।"

"अगर मैं आती हूँ," उसने कहा, "तो मैं ट्रेन छूटने से पहले स्टेशन पर मिलूँगी।"

"तुम वहाँ पर कैसे पहुँचोगी?" मेरे रग-रग में उत्साह से झुरझुरी दौड़ गई।

"मैं पहुँच जाऊँगी," उसने बताया, "मैं तुम्हारे पहुँचने से पहले पहुँच जाऊँगी। अगर मैं नहीं पहुँचूँ तो मेरा इंतजार मत करना। मेरे लिए वापस मत आना। अपने रास्ते चले जाना। इसका यह मतलब हुआ कि मैं आना नहीं चाहती हूँ।"

"क्या तुम तैयार हो?"

"अब मेरे नजदीक मत खड़े हो। मुझसे तब तक बात मत करो, जब तक

जरूरी न हो।" उसने मेरी उँगली दबा दी, फिर अपना हाथ हटा लिया। मैं वहाँ से दूर आकर कमरे के बीच में आ गया। फिर इतनी तेज हवा का झोंका खिड़की से आया कि सोफे के पास की मोमबत्ती बुझ गई।

"ओह तेरी! ये हवा!" मिस डीड्स चिल्लाई।

खिड़की पूरी तरह से खुली थी, जिस वजह से हवा के कारण पूरे फर्श पर पेड़ की पत्तियाँ बिखरी पड़ी थीं। मैं बिस्तर पर बैठ गया और यूकेलिप्टस की महक लेने लगा।

पूरी रात गुजरने के बाद मैं बरामदे में पहुँचा सूटकेस के साथ। बरामदे में पहुँचकर ताँगे का इंतजार करने लगा। तभी मुझे लाल रिबन में बड़ी-बड़ी चोटी बँधी हुई लड़की किरण दिखाई पड़ी। उसके चेहरे पर ताजगी दिखाई दे रही थी। वह गंभीरतापूर्वक मेरी तरफ देख रही थी।

"क्या आपको ओले पसंद हैं?" उसने प्रश्न किया।

"हाँ, कभी-कभी!" मैंने बताया, "मुझे जल्दी निकलना है। मैं तुम्हारी क्या मदद कर सकता हूँ?"

"आप कहाँ जा रहे हैं?"

"मैं दुनिया के आखिरी कोने में जा रहा हूँ। मैं मेजर रोबर्ट की खोज कर रहा हूँ, तुमने उन्हें कहीं देखा है?"

"नहीं, मैं ऐसे किसी मेजर रॉबर्ट को नहीं जानती हूँ," उसने नकार दिया, "क्या मैं आपके साथ दुनिया का आखिरी कोना देखने के लिए आ सकती हूँ?"

"अपने माता-पिता के बारे में क्या खयाल है?"

"ओह! मैं उन्हें नहीं ले जाऊँगी।"

"अगर तुम अकेली जाओगी तो वे परेशान हो जाएँगे।"

"मैं अकेले जा सकती हूँ, कहीं भी।"

"ठीक है, एक दिन मैं वापस आऊँगा और तुम्हें हर जगह लेकर जाऊँगा। तब कोई तुम्हें नहीं रोकेगा। और मैं तुम्हारी कोई मदद कर सकता हूँ?"

"मुझे कुछ फूल चाहिए, मैं वहाँ तक पहुँच नहीं पा रही हूँ।" उसने दीवार के पास उगे जपापुष्प के पेड़ की तरफ हाथ दिखाया, "देखो, वह पेड़!"

कोरल का पेड़ घर के बाहर ही था और उसके चारों तरफ पानी-ही-पानी था। पेड़ की शाखाएँ मोटी थीं और मटर के आकार के लाल रंग के फूल थे।

इसका मतलब था, पेड़ पर चढ़ने के लिए मुझे दीवार पर चढ़ना था। कुछ

फूल रात की हवा में गिर गए थे, जो पानी में तैर रहे थे। पेड़ पर चढ़ना आसान था और मैं सहजता से निचली शाखा पर चढ़ गया। ऊपर की तरफ गंभीरता से देख रही उस लड़की की तरफ मैंने मुसकराहट पास की।

"मैं इन फूलों को नीचे फेंक दूँगा।"

मैंने एक शाखा मोड़ने की कोशिश की, परंतु वह टहनी अभी कच्ची और हरी थी, जिसे तोड़ने के लिए मुझे कई दफा मोड़ना पड़ा।

"पता नहीं यह किसका पेड़ है?" मैंने कहते हुए उसे वह टहनी फेंक दी।

"किसी का पेड़ नहीं है।" उसने जवाब दिया।

"पक्का?"

उसने सहमति में सिर हिला दिया, "आप चिंता न करो।"

मुझे किरण से बात करते हुए पुराने दिन याद आने लगे थे।

"क्या तुम्हारे कई दोस्त हैं?" मैंने उससे पूछा।

"ओह हाँ।"

"कौन तुम्हारा बेस्ट फ्रेंड है?"

"दयाराम," उसने जवाब दिया, "मैंने पहले भी आपसे बताया हुआ है।"

"और तुम्हारा दूसरा बेस्ट फ्रेंड कौन है?"

उसने अपने सिर को एक तरफ कर लिया और बहुत गंभीर मुद्रा में सोचने लगी।

"मैं तुम्हें अपना दूसरा बेस्ट फ्रेंड बना लूँगी।" उसने कहा।

मैंने फूल की पत्तियाँ उस पर छिड़क दीं। "वाओ! यह तो बहुत अच्छा है। मैं खुश हूँ कि तुमने मुझे अपना दूसरा बेस्ट फ्रेंड बनाया।"

एक ताँगे की टकबक-टकबक की आवाज सुनाई पड़ी। मैंने पेड़ के पास से देखा और कहा, "यह मुझे ले जाने के लिए आ रहा है। मुझे जाना चाहिए।"

मैं तुरंत पेड़ से उतर आया। कूदने में मेरे जूते के सोल निकल आए।

"मुझे पता था ऐसा होगा।" मैंने कहा।

"इसकी फिक्र कौन करता है?" किरण ने प्रेरित किया।

मैं बरामदे में पहुँचा, वहाँ से सूटकेस उठाया और उस सूटकेस को ताँगे पर रख दिया।

"स्टेशन चलना है।" मैंने ताँगेवाले को आज्ञा दी।

किरण रास्ते से हटकर लाल जमीन पर खड़ी हुई मुझे निहार रही थी।

"शुक्रिया," मैंने धन्यवाद किया, "उम्मीद करता हूँ, भविष्य में मुलाकात होगी।"

"मैं आइसलैंड या फिर जापान में मिलूँगी," उसने बात जारी रखी, "मैं पूरी दुनिया घूमना चाहती हूँ।"

"मुझे विश्वास है, तुम जरूर मिलोगी," मैंने कहा, "और शायद मैं ही वापस आ जाऊँ और हम इसी बगीचे में फिर से मिलें। कितना अच्छा रहेगा, क्यों?"

उसने सर हिलाकर मुसकरा दिया। मुझे पता था कि यह एक महत्त्वपूर्ण क्षण है।

ताँगाचालक ने अपने सहायक से बात की और सारा सामान उठाकर रख दिया। लड़की और मैंने एक-दूसरे की तरफ हाथ हिलाया।

लड़की के हाथ में फूलों की टहनी थी। उसने उस हाथ को हिलाया तो फूल हिलते हुए नृत्य करने लगे।

"अलविदा!" मैंने विदा ली।

"अलविदा!" उसने जवाब दिया।

शामली स्टेशन ठीक वैसा ही लग रहा था, जैसा एक दिन पहले लग रहा था। वही ट्रेन उसी प्लेटफॉर्म पर खड़ी थी और वही कुत्ते भौंक रहे थे। मैं प्लेटफॉर्म पर इंतजार करता रहा, जब तक ट्रेन की घंटी नहीं बजी, पर सुशीला नहीं आई।

खैर, मुझे किसी बात की निराशा भी नहीं थी। सच कहूँ तो मैंने उम्मीद भी नहीं की थी। पर यह सत्य है कि सुशीला अगर मेरे साथ होती तो शायद और सुंदर और बेहतर दिखती।

शामली हमेशा वहीं पर रहेगी और मैं कभी भी मेजर रॉबर्ट को ढूंढ़ने पहुँच जाऊँगा।

□

2

आम के पेड़ पर सजा

दो कैदी पुलिस अफसर इंस्पेक्टर हुकुम सिंह और सब इंस्पेक्टर गुलेर सिंह को धूल से भरी एवं सूर्य से तपती हुई सड़क पर पकड़कर ले जाया जा रहा था। गाँव के लोग उन डकैत से भयभीत रहते थे। जब डकैत आते तो वे छुप जाते और जब डकैत चले जाते तो वे निकल आते थे।

उस डकैत के गिरोह का सरगना मंगल सिंह बुंदेला था, जो पिंडारी का पोता था, जिन्होंने अंग्रेजों की नाक में दम कर रखा था। मंगल भी अपनी सरकार की नाक में दम करने का काम कर रहा था। हाल ही में लोकल पुलिस को मजबूत किया गया था, परंतु यह पुलिस फोर्स उन डकैत से मुकाबला करने के लिए नाकाफी थी, जिन्हें रेगिस्तान का हर रास्ता उनसे बेहतर पता है। मंगल डकैत का मुख्य धंधा फिरौती माँगना था। उसके मुख्य शिकार बड़े उद्योगपतियों, दौलतमंद और जमींदारों के बेटे हुआ करते थे, परंतु आज उसने दो पुलिसवालों को पकड़ लिया था, जिनसे कोई फिरौती नहीं मिलनेवाली थी, परंतु ये ऐसे कैदी थे, जिनका कुछ और प्रयोग हो सकता था।

मंगल पुलिसवालों को दिखाना चाहता था। वह कम-से-कम एक पुलिसवाले को मृत्यु के घाट उतारना चाहता था—उसके लिए यह प्रतिष्ठा की बात थी। वह दूसरे पुलिसवाले को छोड़ देगा, जिससे उसकी ताकत का बखान हर जगह पर हो जाए।

उसके लाल और हरी पगड़ी एक तरफ से बँधी हुई थी। उसकी धोती उसके घुटनों तक थी। उसके चप्पलों में सोने और चाँदी के धागे बँधे हुए थे। उसका हथियार कोई पुराने जमाने का औजार नहीं था, बल्कि 303 बोर की राइफल थी। उसके दो आदमियों के पास भी ठीक वैसी ही राइफलें थीं। कुछ के पास रिवॉल्वर

था। बस छोटे दस्यु तलवार या देशी पिस्टल लिये हुए थे। मंगल सिंह, जो रूढ़िवादी सोच का था, परंतु हथियारों के लिहाज से आधुनिक था। इस वक्त उसके पास पुलिस की भी दो बंदूकें थीं।

"साथ आओ इंस्पेक्टर," मंगल सिंह ने बर्बरता से पुलिसवालों को रस्सी से चौदह निरक्षकों की कैद में पकड़े हुए था। "आज तुमने मुझे पकड़ लिया होता तो हीरो बन गए होते। तुमने इसका सारा श्रेय स्वयं ले लिया होता, यहाँ तक कि अपने मित्रों को भी इसका श्रेय न देते। अपनी ही जीप में अपने सब इंस्पेक्टर के साथ इस तरह रहना कितना दयनीय है! है न? परंतु यह जीप हमारे काम की है, परंतु मैं तुम्हें हीरो ही बनाए रखूँगा और एक शहीद से बड़ा हीरो कौन होता है।"

मंगल सिंह के अनुयायी इस बात पर ठहाका मारकर खूब हँसने लगे। उन्हें उसका क्रूरता भरा मजाक पसंद आया।

"और गुलेर सिंह," उसने अपना ध्यान सब इंस्पेक्टर की तरफ करके बात जारी रखी, "तुम मेरे गाँव के हो। तुम्हें मेरे गुट को बहुत समय पहले ज्वॉइन कर लेना चाहिए था, परंतु तुम विश्वासपात्र नहीं हो। तुमने सोचा कि तुम पुलिस में रहकर बेहतर कर सकते हो! क्यों?"

गुलेर सिंह ने कुछ नहीं कहा, बस यह सोचता रहा, आज उसका भाग्य कहाँ ले जाएगा? उसे ऐसा लग रहा था कि मंगल सिंह अपने बंधुओं के साथ कुछ शैतानी और राक्षसी विधि का प्रयोग करेगा। गुलेर सिंह की एकमात्र उम्मीद कॉन्स्टेबल घनश्याम था, जिसे डकैत नहीं पकड़ पाए थे, क्योंकि उस वक्त वह कहीं झाड़ियों में छुप गया था।

"आम के पेड़ पर लटका दो।" मंगल सिंह ने पुलिसवालों को आगे कर दिया।

"मंगल सुनो।" वह इंस्पेक्टर गिड़गिड़ाने लगा, अब उसकी हालत ऐसी थी कि वह खुद को बचाने के लिए कुछ भी कर सकता था। "मुझे जाने दो, आज के बाद जब तक मैं इस क्षेत्र में हूँ, तब तक तुम्हें कोई दिक्कत नहीं होगी। इससे बेहतर तुम्हारे लिए और क्या हो सकता है?"

"कुछ नहीं," मंगल सिंह ने बताया, "परंतु तुम्हारी बातों पर विश्वास नहीं किया जा सकता है। मेरे शब्द पलटते नहीं हैं। मैंने अपने लोगों से कह रखा है कि तुम्हें आम के पेड़ पर लटकाकर मृत्यु दी जाएगी और मैं अपनी बात पर पक्का हूँ। लेकिन एक बात है—मुझे खेल बहुत पसंद है। मैं एक खेल खेलूँगा। तुम स्वतंत्र हो

सकते हो, अगर तुम्हारा मित्र सब इंस्पेक्टर गुलेर सिंह चाहे तो!"

इंस्पेक्टर और सब इंस्पेक्टर दोनों ने संदेहास्पद चेहरे से एक-दूसरे की तरफ देखा। वह अधिक देर तक इस पहेली का हिस्सा नहीं रहे। आम के पेड़ के पास पहुँचकर डकैत ने एक मजबूत रस्सी को फंदा बनाकर बाँध दिया। इसके पहले उसे अपने कॅरियर में कई बार माला पहनाई गई थी, परंतु यह पहली बार था, जब उसे जल्लाद के द्वारा फंदा पहनाया जा रहा है। इससे पहले उसने लोगों को फाँसी पर चढ़ते हुए देखा था, यहाँ तक कि उनका आनंद भी उठाया था, परंतु उसने कभी नहीं सोचा था कि एक दिन वह भी इस फाँसी के फंदे पर लटकेगा! इंस्पेक्टर दया की भीख माँग रहा था। ऐसे वक्त पर कौन नहीं माँगेगा?

"चुप रहो," मंगल सिंह ने आज्ञा दी, "मुझे तुम्हारी पत्नी और बेटे के बारे में नहीं जानना है। तुमने पिछले वर्ष मेरे बेटे की हत्या की थी।"

"मैंने नहीं मारा," इंस्पेक्टर रोने लगा, "किसी दूसरे व्यक्ति ने मारा था।"

"परंतु तुम ही अगुआ थे। अब बस यह दिखाने के लिए कि मुझे खेल बहुत पसंद है, मैं तुम्हें पेड़ पर लटकाऊँगा और गुलेर सिंह को एक राइफल दूँगा, जिससे वह जिस रस्सी में तुम लटके हो, उस पर गोली चला सके। उसके पास छह गोलियाँ रहेंगी और जब तक तुम जीवित रहते हो, तब तक अगर वह गोली से रस्सी काट देता है तो तुम बच जाओगे। तुम्हारे लिए यही प्रार्थना करूँगा कि सब इंस्पेक्टर का निशाना अच्छा बैठे। उसे जल्दी निशाना लगाना है। मेरा जल्लाद, जिसने यह फंदा बनाया है, वह शहर की जेल में एक वक्त जल्लाद था। उसका कहना है कि रस्सी में कोई पंद्रह सेकंड से ज्यादा जीवित नहीं रह सकता है।"

गुलेर सिंह को चालीस कदम दूर खड़ा कर दिया गया था। उसके हाथों में राइफल पकड़ा दी गई थी। दो डकैत पेड़ की शाखाओं पर चढ़ गए थे। इंस्पेक्टर के दोनों हाथ पीछे बाँध दिए गए थे, वह सिर्फ देख सकता था। उसका मुँह खुल रहा और बंद हो रहा था, जैसे उसे अभी से खूब हवा की जरूरत हो। और तभी अचानक उस रस्सी को खींच लिया गया। इंस्पेक्टर ऊपर खींच लिया गया, उसका गला दबा जा रहा था, वहीं आम के पेड़ की शाखाएँ खिंच रही थीं, जिस वजह से आम के फूल जमीन पर गिरने लगे। इंस्पेक्टर जमीन से तीन फीट ऊपर लटका हुआ था।

"तुम गोली चला सकते हो।" मंगल सिंह ने सब इंस्पेक्टर को आज्ञा दे दी।

गुलेर सिंह ने काँपते हुए हाथों से राइफल उठाकर लगातार तीन गोलियाँ चला दीं। इंस्पेक्टर का शरीर मछली की तरह छटपटाने के कारण रस्सी हिल रही थी,

जिस वजह से गोलियाँ बहुत दूर लग रही थीं।

गुलेर सिंह ने पाया कि उसकी बंदूक में गोलियाँ नहीं बची हैं। उसने फिर से गोलियाँ भरीं और फिर से राइफल लेकर तैयार हो गया। इस बार वह अधिक सचेत था। अब उसके हाथ अधिक स्थिर थे। उसने अपनी आँखों से रस्सी के ऊपरी भाग पर ध्यान केंद्रित किया, जहाँ पर कम हिलना-डुलना है। सामान्यत: उसका निशाना अच्छा जाता था, परंतु उसे कभी इस तरह की परिस्थिति में निशाना लगाने के लिए नहीं कहा गया था।

इंस्पेक्टर अभी भी फड़फड़ा रहा था। अभी भी उसकी साँसें चल रही थीं। उसका चेहरा बैंगनी पड़ गया था।

गुलेर सिंह की राइफल एक बार फिर से चली। बस एक इंच से इस बार बची थी गोली। परंतु पाँचवीं गोली ने अपना निशाना पा लिया था, वह रस्सी को छूकर निकली थी।

परंतु उस निशाना से रस्सी नहीं कटी, बस उसे छूकर निकल गई थी।

गुलेर सिंह के पास सिर्फ एक गोली बची थी। वह शांत था। राइफल ने रस्सी की चाल को समझ लिया था। अब इंस्पेक्टर का हिलना-डुलना भी कम हो रहा था और रस्सी की चाल भी। इस बार गुलेर सिंह को महसूस हो गया था, निशाना जरूर लग जाएगा।

और तभी उसकी उँगलियों ने ट्रिगर को पकड़ा, परंतु तभी उसका दिमाग कहीं और चलने लगा, "मैं किसे बचाने जा रहा हूँ? हुकुम सिंह तुम्हारी प्रमोशन में दो बार बाधा बना है। उसने एक बार रिक्शा चालाक से पचास रुपए लेने के जुर्म में चार्जशीट फाइल कर दी थी। वह तुमसे सारे गंदे काम करवाता है। हर गलत चीज का दोष तुम्हारे सर पर थोप देता है। और हर सफलता का श्रेय खुद ले लेता है, परंतु उसके लिए तुम एक इंस्पेक्टर हो।"

रस्सी थोड़ा दाईं तरफ को मुड़ी और राइफल हल्का सा बाईं तरफ को। अंतिम गोली दाग दी गई।

जब रस्सी काटी गई तो इंस्पेक्टर तब तक मर चुका था।

"बेचारा!" मंगल सिंह बुंदेला ने कहा, "तुमने लगभग उसे बचा लिया था। परंतु अगली बार मैं तुम्हें पकड़ूँगा गुलेर सिंह। अगली बार तुम्हारी आम के पेड़ पर लटकने की बारी रहेगी। इसलिए दूर रहना। यह बात तो पता चल गई होगी कि मैं अपनी बात का पक्का हूँ। मैं अभी के लिए तुम्हें आजाद कर रहा हूँ।"

कुछ मिनट बाद सभी डकैत उस दोपहर को जंगल की तरफ गायब हो गए। तभी जीप की आवाज मंद होने लगी थी, धीरे-धीरे खामोशी छाने लगी और गुलेर सिंह के कान में सुन्न-सुन्न की आवाज ही चल रही थी।

धीरे-धीरे गाँव के लोग अपने-अपने घरों से निकलने लगे। कॉन्स्टेबल घनश्याम दिखाई पड़ा, जैसे वह जंगल में खो गया था। कई लोगों ने इस घटना को अपनी खिड़कियों से देखा था। वे लोग सब इंस्पेक्टर की अपने सीनियर को बचाने के साहसिक प्रयास की सराहना कर रहे थे। उसने अपनी सर्वश्रेष्ठ कोशिश की।

"यह सत्य है," गुलेर सिंह सोचने लगा, "मैंने अपनी सर्वश्रेष्ठ कोशिश की।"

अंतिम गोली के वक्त की हिचकिचाहट अब उसके मन की यादों से दूर भाग चुकी थी। हम वही याद रखते हैं, जो याद रखना चाहते हैं।

"मैंने भरसक प्रयास किया।" उसने सबको यही बताया।

□

3

वह व्यक्ति, जो किपलिंग था

मैं लंदन में विक्टोरिया और अल्बर्ट म्यूजियम के भारतीय खेमे के बेंच पर बैठा हुआ था। तभी लंबा, बूढ़ा व्यक्ति झुककर मेरे बगल में बैठ गया। मैंने उसके शरीर की तरफ निगाह की, बड़ी-बड़ी मूँछें और सींग की नोंक वाला ऐनक लगाए हुए था। उनका चेहरा कुछ जाना-पहचाना लग रहा था। मेरी निगाहें उनसे हट ही नहीं रही थीं।

मैंने देखा कि वे मुझे देखकर मुसकरा रहे थे।

"तुमने मुझे पहचाना क्या?" उसने बहुत ही मधुर आवाज में प्रश्न किया।

"आप कुछ जाने-पहचाने लग रहे हो," मैंने बताया, "क्या हम लोग कभी मिले हैं?"

"पता नहीं, पर अगर मैं आपको जाना-पहचाना लग रहा हूँ तो इसका मिलने से कोई लेना-देना नहीं है। समस्या आजकल यह है कि लोग मुझे जानते ही नहीं हैं। पुराने के विचारों के पीछे सिर्फ एक नाम सा बचा रह गया हूँ।

मैं उलझ गया उनकी बातों में। "आप क्या करते हैं?"

"मैंने एक वक्त पुस्तकें लिखी थीं, कविताएँ और कहानियाँ। आप बताओ, आप किस लेखक को पढ़ते हैं?"

"ओह, मॉघम, प्रेस्ले, थर्बर। और पुराने लेखको में बेनेट और वेल्स…" मैं हिचकिचा गया, एक सबसे जरूरी नाम मैं भूल गया। तभी मेरे बगलवाले व्यक्ति के ऊपर एक परछाईं गुजर गई।

"ओह! हाँ, और किपलिंग," मैंने कहा, "मुझे किपलिंग की पुस्तकें पसंद हैं।"

उनके चेहरे पर एकाएक चमक आ गई और मोटे चश्मे के अंदर आँखों में जीवन दिखने लगा।

"मैं किपलिंग हूँ।" उन्होंने बताया।

मैं अचंभित होकर उन्हें घूरता रह गया। और फिर यह महसूस करने लगा कि यह खतरनाक हो सकता है। मैं अस्पष्टता से हँसा, "ओह हाँ!"

"शायद तुम विश्वास न कर सको। मेरी मृत्यु हो चुकी है।"

"यही मैंने भी सोचा था।"

"तो तुम्हें भूतों में विश्वास नहीं है?"

"नहीं, मुझे विश्वास नहीं है।"

"परंतु अगर तुम्हारे पास कोई भूत आकर बात करने लगे तो?"

"मुझे कोई दिक्कत नहीं है, पर मुझे कैसे पता चलेगा कि आप किपलिंग हो? मुझे कैसे विश्वास हो कि आप ढोंगी नहीं हो?"

फिर सुनो और उन्होंने अपनी एक कविता सुनाई।

"एक बार," उसने मुझे अपने हाथों से पकड़कर मेरी तरफ निहारते हुए कहा, "एक बार मेरे जीवन में मैंने एक तारा देखा था, परंतु मैंने उसे जाने दिया।"

"तुम्हारा तारा अभी टूटा नहीं है," मैं थोड़ा सा सरककर किपलिंग की बगल में बैठ गया, "एक दिन जब हम ब्रह्मांड में शक्ति की खोज करने जाएँगे तो आपको फिर से खोज लेंगे।"

"वे मुझसे इतने लंबे समय से घृणा क्यों कर रहे हैं?"

"आप बहुत उग्रवादी थे। दूसरे शब्दों में कहें, आप राष्ट्रवादी थे। आप अपने भले के लिए देशभक्ति का प्रयोग करते थे।"

उन्हें थोड़ा बुरा लगा, "मैं कभी भी राजनीतिक नहीं था।" उन्होंने कहा, "मैंने कुल मिलाकर छह सौ से अधिक कविताएँ लिखीं और आप उनमें से मात्र एक दर्जन ही राजनीतिक पाएँगे। मुझे गालियाँ दी गईं, सिर्फ इसलिए कि मुझे लगता था कि सरकार अच्छी थी और भला काम कर रही थी। क्या अपनी विचारधारा होना गलत बात है? मैं कभी राजनीति में बहुत गहरी बात नहीं रखी है। मैंने भारत में बेहतरीन साठ वर्ष गुजारे हैं। मैं अपने बीसवें वर्ष में था, थोड़ा सा नादान–बिल्कुल तुम्हारी जैसा। मेरा भारत के प्रति प्रेम एक बच्चे का प्रेम था।"

"आपके जैसा भारत के बारे में किसी ने नहीं दरशाया है। मैं किम के साथ ग्रैंड ट्रंक रोड से होकर बनारस के मंदिर, सहारनपुर के फलों के बगीचे और

हिमालय की बर्फ तक हो आया हूँ। किम की कविताओं में भारत के अनेक रंग हैं।"

उन्होंने राहत की साँस ली और आँखों में चमक आ गई।

"हाँ, मैं पूर्वग्रही हूँ," मैंने जारी रखा, "मैंने अपनी अधिकतर जिंदगी भारत में बिताई है—आपके भारत में नहीं, परंतु ऐसे भारत में, जहाँ अभी बहुत रंग बिखरे हैं और वातावरण अच्छा है। श्रीमान किपलिंग क्या आपको पता है, आप आज भी तृतीय श्रेणी के डिब्बे में बैठकर बहुत ही अच्छे लोगों से मुलाकात कर सकते हैं? गाँव में आज भी वही सहानुभूति, प्रेम और सहस है, जो लामा और किम को वहाँ की यात्रा में प्राप्त हुए थे।"

"और ग्रैंड ट्रंक रोड? क्या अभी भी वहाँ पर ऐसी ही इनसानियत है?"

"अब उतना तो नहीं।" मैंने थोड़ा सहजता से जवाब दिया, "अब वहाँ पर अधिकतर गाड़ियाँ चलती हैं। बेचारे लामा अगर ग्रांड ट्रंक रोड में सपने देखने लगे तो किसी ट्रक के नीचे दबकर मौत हो जाए। अब वक्त बदल गया है। अब शिमला में कोई हक्बीस नहीं है।"

किपलिंग की आँखें दूर तक देख रही थीं। शायद वह फिर से अपने आपको एक लड़के की भाँति देख रहे थे। शायद वे घाटियाँ और राजपूतों के लाल रंग देख पाए। हम कुछ इस तरह खोए हुए थे कि लंदन के ट्रैफिक की आवाज हमें शीशे के दरवाजे से सुनाई पड़ी, परंतु हमें बैलगाड़ी व बाँसुरी की आवाजें ही समझ आ रही थीं।

वह खुद से बात कर रहे थे और अपनी ही कहानी का एक पैराग्राफ पढ़ रहे थे।

कुछ ही देर में मुझे ऐसा लगा, वे गायब हो गए। मैंने गेटकीपर से पूछा कि उसने एक लंबे झुके हुए व्यक्ति, जिसने चश्मा पहना हुआ है, को देखा है क्या?

"नहीं," गेटकीपर ने जवाब दिया, "कोई भी पिछले दस मिनट से नहीं आया।"

"कुछ देर पहले कोई वैसा ही गैलरी से गुजरा है क्या?"

"जहाँ तक मुझे याद है, कोई नहीं। उनका नाम क्या था?"

"किपलिंग!" मैंने बताया।

"मुझे नहीं पता।"

"क्या आपने कभी 'द जंगल बुक्स' नहीं पढ़ी?"

"कुछ जाना-पहचाना लग रहा है। टार्जन टाइप कुछ!"

मैं उस म्यूजियम को छोड़कर बाहर निकल आया, परंतु मुझे किपलिंग कहीं भी नहीं मिले। लंदन के ट्रैफिक की आवाज मुझे सतलज नदी की बहती धारा की आवाज सुनाई पड़ रही थी।

□

4

डैफोडिल केस

मार्च के महीने में कोहरे से भरा दिन था। मैं बेकर स्ट्रीट में सुस्त कदमों के साथ अपने रेनकोट की जेब में हाथ डालकर, अपने गले में स्कार्फ डाले हुए और दो जोड़ी मोजा अपने पैरों में बाँधे हुए बढ़ा चला जा रहा था। बीबीसी ने मुझे उत्तरी भारत के गाँव के बारे में वक्तव्य देने के लिए भेजा है। बेकर स्ट्रीट के उस कोहरे में मैं वक्तव्य के बारे में सोचता हुआ आगे बढ़ रहा था। मुझे यह महसूस हुआ कि मुझे भारत के गाँवों के बारे में अधिक जानकारी नहीं है।

हाँ, यही सत्य है, जहाँ तक मैं याद कर पा रहा हूँ, वह है गाय के गोबर के बने कंडे से निकला धुआँ और चमेली के तेल की खुशबू तथा मिट्टी की बनी दीवारें। परंतु मुझे वहाँ के मतदाता या फिर फसल या फिर गन्ने के दामों के बारे में कुछ भी नहीं पता है। मैं वापस लौट जाना चाहता था और अपना रास्ता भारत के घरों की ओर बढ़ाना चाहता था, ताकि मैं नए तथ्यों के बारे में पता कर लूँ और जब तक मैं यह सोचता, तब मैंने यह महसूस किया कि मैं बेकर स्ट्रीट पर था ही नहीं।

विचारों में घिरा हुआ मैं एक रीजेंट पार्क में पहुँच गया था और मुझे यह समझ नहीं आ रहा था कि मैं कैसे बाहर निकलूँ?

एक लंबा सज्जन व्यक्ति एक अँगरखा पहने हुए एक फुलवारी के पास रुका हुआ था। उसके पास जाकर मैंने पूछा, "माफ कीजिएगा सर, क्या आप मुझे बता सकते हैं कि यहाँ से बाहर कैसे जाया जाए?"

"जैसे अंदर आए हो।" उसने अगंभीर स्वर में जवाब दिया और मेरी तरफ चेहरा कर लिया। उसका चेहरा देखकर मैं अचंभित हो गया। उसने एक नुकीली शिकारी टोपी पहनी हुई थी और एक हाथ में आवर्धक लेंस पकड़ा हुआ था। एक लंबा घुमावदार पाइप उसके नशीले होंठों पर लगा हुआ था। वह मजबूत दिख रहा

था, उसका जबड़ा जैसे स्टील का बना हो और आँखों में उग्र भाव नजर आ रहे थे।

"शेरलॉक होम्स!" मैंने अचंभित होकर कहा, "तुम शेरलॉक होम्स हो?"

"और आप सर" उसने मुझे भौचक्का छोड़ दिया था, "बेरोजगार हो। भारत से इतनी दूर रेडियो पर वक्तव्य देने आए हुए हो।"

"यह सब तुम्हें कैसे पता?" मैं बोलते-बोलते फँस गया, "तुमने इससे पहले मुझे देखा भी नहीं। मुझे लगता है, तुम्हें मेरा नाम भी पता होगा?"

"हाँ, मेरे प्रिय बांड। बीबीसी का यह पत्र, जो आपके हाथ में है, वह आपके सारे इरादे बयान कर दे रहा है। तुम खुद के बारे में भी निश्चित नहीं हो, इसलिए तुम टी.वी. पर आनेवाले कोई पर्सनैलिटी नहीं हो। तुम्हारे पास आवाज का बेहतरीन जादू है। पक्के तौर पर रेडियो से जुड़े हुए हो। तुम्हारा नाम इस लिफाफे पर लिखा हुआ है, जो तुम पकड़े हुए हो। जिसमें बांड लिखा हुआ है। पक्के तौर पर यह कह सकता हूँ तुम जेम्स नहीं हो, न ही उस टाइप के लगते हो। तुम्हारे पास रोजगार भी नहीं है, अन्यथा तुम इस पार्क में क्या करते? जब पूरी दुनिया के लोग ऑफिस, क्षेत्र और फैक्टरी में काम करने में व्यस्त हैं।"

"और तुम्हें यह कैसे पता चला कि मैं भारत से हूँ?" मैंने थोड़ी सी घबराहट की मुद्रा में पूछा।

"तुम्हारा बोलने का तरीका बता देता है।" होम्स ने मुसकान दे दी।

मैं उसे छोड़कर वापस लौटनेवाला था, तभी उसने अपना प्रतिरोध करनेवाला हाथ मेरे कंधे पर रख दिया।

"कुछ देर रुको।" उसने कहा, "शायद तुम मेरी मदद कर सकते हो। मैं वाटसन पर अचंभित हूँ। उसने मुझे पंद्रह मिनट पहले वादा किया था, परंतु लगता है, उसकी पत्नी ने उसे घर में रोक लिया है। बांड, कभी शादी मत करना। महिलाएँ दिमाग खा जाती हैं।"

"मैं आपकी कैसे मदद कर सकता हूँ?" अब उस महान् व्यक्ति ने मुझे अपने विश्वास में लिया और मैं प्रसन्न था।

"जरा इसकी ओर ध्यान से देखो," होम्स ने अपने घुटनों को फुलवारी के नजदीक ले जाते हुए बैठने के अंदाज में कहा, "तुम्हें कुछ असामान्य दिखाई पड़ रहा है?"

"कोई डैफोडिल तोड़ रहा है।" मैंने जवाब दिया।

"गजब बांड! तुम्हारी अवलोकन की शक्ति एकदम वाटसन की तरह है। अब

यह बताओ, तुम और क्या देख पा रहे हो?"

"जमीन थोड़ी कुचली हुई लग रही है, बस इतना ही।"

"किससे?"

"किसी मनुष्य के पैर से। शायद हाई हील्स से। और···। एक कुत्ता भी साथ आया था, जो इसे खोदने में मदद कर रहा था।"

"तुमने मुझे अचंभित कर दिया, बांड! जितना मैंने सोचा था, उससे तुम कहीं तेज हो। तो अब क्या तुम्हें मैं समझाऊँ कि यह सब क्या है? पिछले एक हफ्ते से कोई पार्क से डैफोडिल चुराकर ले जा रहा है और अधिकारियों ने इस मामले की जाँच करने का आदेश मुझे दिया है। मुझे लगता है, हम लोग आज ही दोषियों को पकड़ लेंगे।"

मैं इस बात से दु:खी हुआ था, "क्या यह खतरनाक काम नहीं है?"

"ओह मेरे मित्र बांड! वे दिन चले गए, जब रुरितानियन राजकुमारियाँ डायमंड या फिर महारानियाँ माणिक खोया करती थीं। अब कोई भी राजकुमारी या महारानी माणिक जुटा नहीं सकती। हाँ, जब तक कोई भोजन का व्यापार न कर ले। सबसे खतरनाक अपराधी स्टॉक एक्सचेंज में काम करते हैं। डॉ. फुमांचू के पास डोरसेट में बहुत ही बड़ा घर है और वे स्कॉटलैंडवाले तो मेरे अस्तित्व पर ही विश्वास नहीं करते हैं।"

"मुझे यह सुनकर दु:ख हुआ।" मैंने कहा, "पर तुम क्या सोच रहे हो, कौन डैफोडिल चुरा रहा है?"

"यह वही हो सकता है, जिसके पास एक कुत्ता हो। जो उसे सुबह मोर्निंग वॉक पर रोज ले जाती हो। यह सिर्फ एक महिला की ओर इंगित करता है। लंदन में एक महिला छोटे कुत्ता रखने की शौकीन होती है···अगर इस कुत्ते के पैरों के निशान देखे जाएँ तो यह पेकिनीज है या फिर कोई बहुत ही नौजवान पोमेरानियन। अगर लैंपपोस्ट के उस नम पैच पर ध्यान दो तो पता चलेगा कि वह कुत्ता बहुत अधिक बड़ा नहीं है। मैं क्या कहता हूँ बांड! हम उस घास के बॉर्डर के किनारे छुप जाते हैं और अपराधी के आने का इंतजार करते हैं। पक्के तौर पर वह जरूर आएगी। वह डैफोडिल पिछले एक हफ्ते से चुरा रही है, जैसे सिगरेट पीना एक आदत बन जाता है, ठीक वैसे ही डैफोडिल चुराना भी एक लत बन जाती है।"

होम्स और मैं अहाते के पीछे छिप गए और काफी देर तक बैठे हुए इंतजार करने लगे। आधा घंटे के पश्चात् हमारे धैर्य को पुरस्कार मिला। एक थोड़ा उम्र

में बड़ी महिला एक बढ़िया हरे रंग की टोपी लगाए, बिल्कुल एक लौह महिला की तरह की लग रही थी, वह घास की तरफ टहलते कदमों के साथ एक सफेद पामेरियन कुत्ता के साथ बढ़ रही थी। जैसा मैंने उसके दिमाग के बारे में सुना था, होम्स उतना ही समझदार था। हमने तब तक इंतजार किया, जब तक वह डैफोडिल को जमीन से खींचने नहीं लगी, तब होम्स झाड़ियों से निकले।

"आह! आखिर पकड़ी ही गई मैडम!" वह निकलते हुए इतनी तेजी से चिल्लाया कि उन श्रीमतीजी के हाथों से वह डैफोडिल गिर गया। मैं सबूत उठाने में लग गया, परंतु मेरे प्रयास इस बात से पुरस्कृत हुए कि उस पोमेरानियन के नाखूनों में उस डैफोडिल के निशान लग गए थे।

होम्स उससे सवाल कर रहा था, परंतु मुझे पता नहीं था कि उसने उस महिला को डरा दिया। शायद पकड़े जाने की वजह से भयभीत हो गई थी या फिर गंभीर दिखनेवाला चेहरा, उस पर पाइप, अँगरखा और शिकारी टोपी भी वजह हो सकती थी।

"अब मैडम क्या किया जाए?" उसने धीरे से कहा, "आप ये डैफोडिल क्यों चुरा रही थीं?"

वह रोने लगी…हर महिला का सबसे सशक्त औजार…मुझे लगा, होम्स पसीज जाएगा। वह हमेशा ऐसा हो जाया करता था, जब किसी महिला को रोते हुए देखा करता था, परंतु इस लौह महिला से ऐसी उम्मीद नहीं थी।

"बांड! मैं तुम्हारा आभारी रहूँगा, अगर तुम पार्क के रक्षक को बुला लाओ।" उसने मुझसे निवेदन किया।

मैं तुरंत भागकर उस हरे घर में बैठे माली को पकड़ लाया। "डैफोडिल चुराने वाली पकड़ी गई।" एक हाथ में छड़ी लेकर वह दौड़ पड़ा।

जब वह डैफोडिल की फुलवारी के पास पहुँचा, न ही हमें चोर दिखा और न ही होम्स था वहाँ पर। दोनों एक साथ कहीं गुम हो गए थे, मुझे अकेला छोड़कर। मैं संदेह और लज्जा के घेरे में था। तब मैंने नीचे जमीन पर देखा और पाया कि डैफोडिल घास में टूटे हुए पड़े हैं।

"होम्स अवश्य ही उसे पुलिस के पास ले गया होगा।" मैंने अपना बचाव किया।

"होम्स!" माली ने दोहराया, "ये होम्स कौन है?"

"शेरलॉक होम्स! प्रसिद्ध जासूस! तुमने उसके बारे में नहीं सुना?"

उस माली ने मुझे संदेहास्पद लुक दिया।

"शेरलॉक होम्स! हाँ और मुझे लगता है, तुम वाटसन होगे?"

"नहीं," मैंने माफी माँगते हुए कहा, "मेरा नाम बांड है।"

इतना माली के लिए काफी था। इससे पहले भी पार्क में उसने पागल व्यक्ति देखे थे। वह मुड़ा और हरे घर की तरफ चल दिया।

अंत: मैंने भी पार्क से बाहर निकलने का रास्ता पा लिया था। मुझे ऐसा महसूस हो रहा था कि होम्स ने मुझे शर्मिंदा किया है। तभी बेकर स्ट्रीट पार करने के बाद मैंने सोचा कि मैंने उसे फुटपाथ के सामने देखा है। वह अकेला था, एक प्रकाशमयी कमरे की तरफ देख रहा था और उसके हाथ हिल रहे थे, जैसे किसी से हाथ हिलाकर विदा ले रहा हो। मेरे मन में खयाल आया, जैसे मैंने उसे यह चिल्लाते हुए सुना हो, "वाटसन!" परंतु मैं खुद ही असमंजस में था। मैं सड़क पार करना चाहता था, परंतु कोहरे में एक लाल बस मेरे सामने आ गई और मुझे रुकना पड़ा, उसके निकल जाने का इंतजार करना पड़ा। जब सड़क पर कोई वाहन नहीं नजर आ रहा था, मैंने सड़क पार कर ली। तब तक श्रीमान होम्स वहाँ से जा चुके थे और उस कमरे में अँधेरा था।

□

5

अंधा यात्री

ट्रेन में रोहना तक अपने कंपार्टमेंट में सिर्फ मैं ही था, फिर एक लड़की चढ़ गई। जो दंपती उसे छोड़ने आए थे, वे उसके माता-पिता थे। वे दोनों उसके लिए बहुत चिंतित दिखाई पड़ रहे थे और महिला ने अपनी लड़की को संपूर्ण हिदायतें दे दीं कि सामान कहाँ रखना है, खिड़की से कब झाँकना है और अपरिचित लोगों को कैसे नजरअंदाज करना है।

उन लोगों ने एक-दूसरे से विदा ली और ट्रेन स्टेशन से चल पड़ी। जैसे कि उस वक्त मैं पूरी तरह से अंधा था और मेरी आँखें उस वक्त सिर्फ प्रकाश और अंधकार को ही पहचान पाती थीं, मैं यह बताने में असमर्थ था कि वह लड़की कैसी दिखती थी, परंतु मुझे यह पता चल गया था कि वह स्लीपर पहने हुए थी।

मुझे उसके चेहरे को समझने में थोड़ा वक्त लगेगा, शायद मैं कभी न जान पाऊँ, परंतु मुझे उसकी आवाज पसंद आ गई थी और यहाँ तक कि उसके स्लीपर की आवाज!

"क्या आप सीधे देहरादून जा रही हो?" मैंने प्रश्न किया।

मैं जरूर ही अंधकार की तरफ बैठा रहा होऊँगा, क्योंकि उसे सिर्फ मेरी आवाज सुनाई दी। उसने धीरे से जवाब दिया, "मुझे नहीं पता था कि इस कंपार्टमेंट में कोई और भी है।"

यह घटना घटित हो जाती है कि अच्छी आँखोंवाले लोग भी कभी-कभी अपने सामने के व्यक्ति को देख नहीं पाते हैं। उनके पास देखने के लिए बहुत सारी चीजें होती हैं, मुझे ऐसा लगता है, जबकि ऐसे लोग, जो बिल्कुल भी नहीं देख पाते (या फिर थोड़ा बहुत देख पाते हैं), वे लोग बहुत जरूरी चीजों को ही ग्रहण कर पाते हैं, जो उन्हें अन्य माध्यम से प्राप्त होती हैं।

"मैं भी तुम्हें नहीं देख पाया, "मैंने जवाब दिया, "परंतु मैंने तुम्हें आते हुए सुना!"

मैं अचंभित था, क्योंकि मैं उससे अपने अंधेपन को समझने से बचा नहीं सकता था। जैसे मैं अपनी सीट पर बैठा हुआ था, उस लिहाज से इसे पहचानना उतना कठिन नहीं था।

उस लड़की ने जवाब दिया "मैं सहारनपुर में उतर जाऊँगी। वहाँ पर मेरी चाची मुझे मिलेंगी।"

"बेहतर होगा, मैं तुमसे अधिक बातें न करूँ, मैंने कहा, "चाचियाँ बहुत विकट प्राणी हुआ करती हैं।"

"आप कहाँ जा रहे हैं?" उसने पूछा।

"पहले देहरादून और फिर मसूरी।"

"कितने भाग्यशाली हो आप! मैं भी चाहती हूँ, कभी मसूरी जाऊँ। मुझे पहाड़ियाँ बहुत पसंद हैं, खासकर अक्तूबर में।"

"हाँ, यही सबसे बढ़िया समय होता है।" मैंने अपनी पुरानी यादों को ताजा करते हुए कहा, "पहाड़ियाँ जंगली दहलियों से ढकी होंगी, सूर्य चमकदार होगा और रात में आप आग के पास बैठकर ब्रांडी पी सकते हैं। इस वक्त अधिकतर यात्री लौट गए होंगे और सड़कें रेगिस्तान बन गई होंगी।"

"सही कह रही हो, अक्तूबर सबसे बढ़िया वक्त है।"

वह शांत थी। मैं समझ नहीं पा रहा था कि मेरी बातों ने उसे छू लिया था या फिर वह मुझे एक रोमांटिक आशिक समझ रही थी। फिर मैंने एक गलती कर दी।

"बाहर कैसा नजारा है?" मैंने उससे प्रश्न कर दिया।

उसे इस प्रश्न में कुछ भी विचित्र नहीं लगा। क्या उसने पहले ही देख लिया था कि मैं देख नहीं सकता हूँ! परंतु उसके अगले प्रश्न ने मेरे संदेह को मिटा दिया।

"आप खुद ही क्यों खिड़की से बाहर नहीं झाँक लेते हो?" उसने प्रश्न कर दिया।

मैं अपनी बर्थ से धीरे से खिसककर खिड़की के पास जा पहुँचा। खिड़की खुली हुई थी और मैं उसकी तरफ निहारने लगा। मैंने इंजन की आवाज सुनी, पहियों के चलने की आवाज सुनी और मेरे मन की आँखें टेलीग्राफ पोस्ट देख पा रही थी।

"क्या तुमने इस बात को नोटिस किया!" मैंने बुदबुदाया, "ऐसा लग रहा है जैसे पेड़ चल रहे हैं और ट्रेन खड़ी है!"

"हमेशा ऐसा ही लगता है।" उसने जवाब दिया, "क्या आप जानवर देख रहे हो?"

"नहीं।" मैंने विश्वास के साथ जवाब दिया। मुझे यह बात अच्छे से पता थी कि देहरादून जाते वक्त बहुत मुश्किल से जंगलों में जानवर मिलते हैं।

मैं खिड़की से खिसककर फिर से लड़की की तरफ चेहरा करके बैठ गया।

"तुम्हारा चेहरा बहुत ही मजेदार है।" मैंने उसकी तारीफ की। मेरे अंदर साहस भरता जा रहा था, परंतु यह बहुत ही सुरक्षित तारीफ थी। कुछ लड़कियों को फ्लर्ट पसंद होता है। उसने हलकी मुसकान बिखेर दी…साफ तौर पर हँसी थी।

"अच्छा लगा! मजेदार चेहरा! मैं लोगों से सुंदर चेहरा सुन-सुनकर बोर हो चुकी हूँ।"

'ओह, तो आपका सुंदर चेहरा है,' मैंने ऐसा सोचा और फिर जोर से कहा, "कोई बात नहीं, मजेदार चेहरा सुंदर भी होता है।"

"तुम बहुत बहादुर नौजवान हो।" उसने भी मेरी तारीफ की, "परंतु तुम इतने गंभीर क्यों हो?"

मैंने सोचा, मैं उसके लिए ठहाका मारकर हँसूँगा, परंतु उस हँसी के विचार ने मुझे परेशान और अकेला कर दिया।

"हम जल्द ही तुम्हारे स्टेशन पर होंगे।" मैंने कहा।

"ओह भगवान्, शुक्रिया! बहुत छोटी यात्रा है। मैं ट्रेन में बहुत देर तक नहीं बैठ सकती, अधिकतम दो या तीन घंटे।"

जबकि मैं कितने भी घंटे सिर्फ उसकी आवाज सुनने के लिए ट्रेन में बैठा रह सकता हूँ। उसकी आवाज में पहाड़ी धारा की चमक है। जैसे ही वह ट्रेन से उतरेगी, हम दोनों की बतकही बहुत जल्द भूल जाएगी, परंतु यह बाकी बची यात्रा में मेरे साथ रहेगी।

इंजन की सीटी बजी, पहियों ने अपनी आवाज और गति बदल ली, वह लड़की उठ खड़ी हुई और अपना सामान उठाने लगी। मुझे यह नहीं पता था कि उसने अपने बालों को बाँध रखा है या खुले हुए हैं। मुझे लगता है, उसके बाल बाजुओं तक लटक रहे होंगे या फिर बहुत छोटे-छोटे काट दिए गए होंगे।

ट्रेन धीरे-धीरे स्टेशन पर पहुँच गई। बाहर विक्रेताओं और तेज आवाजवाली महिला का शोरगुल सुनाई दे रहा था। निश्चित ही वह महिला इस लड़की की चाची होगी।

"अलविदा।" लड़की ने कहा।

वह मेरे पास ही खड़ी थी। इतना नजदीक कि उसका इत्र मुझ तक पहुँच रहा था। मैं अपने हाथ उठाना चाहता था और उसके बालों का स्पर्श कर लेना चाहता था, परंतु वह आगे बढ़ गई। जहाँ वह खड़ी थी, वहाँ बस उसके इत्र की महक बची थी।

दरवाजे के पास कुछ गड़बड़ी हुई थी। एक व्यक्ति, जो कंपार्टमेंट में चढ़ रहा था, हकलाते हुए उसने माफी माँगी थी। फिर दरवाजा बंद हो गया और पूरा विश्व फिर शांत हो गया। मैं अपने बर्थ पर वापस आ गया था। सुरक्षाकर्मी ने अपनी सीटी बजा दी और हम फिर से आगे बढ़ चले। अब फिर मुझे एक नए यात्री के साथ बातों का सिलसिला बढ़ाना था।

ट्रेन ने गति पकड़ ली थी, पहियों ने अपना संगीत पकड़ लिया था और डिब्बा उसी के अनुसार हिलकर डांस करने लगा था। मैं खिड़की के पास बैठ गया और दिन के प्रकाश का आनंद लेने लगा, परंतु यह मेरे लिए अंधकार था।

बहुत सारी बातें इस खिड़की से बाहर हो रही होंगी। मैं सोच रहा था, बाहर क्या-क्या हो रहा होगा!

वह व्यक्ति, जिसने कंपार्टमेंट में प्रवेश किया था, उसने मेरी शांति में खलल डाल दिया।

"आप बहुत दुःखी होंगे," उसने बताया, "मैं उस लड़की की तरह आकर्षक नहीं हूँ, जो अभी तक आपके साथ सफर कर रही थी।"

"वह एक मजेदार लड़की थी।" मैंने उसे बताया, "क्या आप मुझे बता सकते हैं...उसके बाल लंबे थे या छोटे?"

"मुझे याद नहीं है," उसने शांत स्वर में जवाब दिया, "मैंने उसकी आँखों को गौर किया था, न कि उसके बालों को। उसकी बहुत सुंदर आँखें थीं, पर उनका कोई उपयोग नहीं था। वह पूरी तरह अंधी थी। आपने गौर नहीं किया?"

□

6
देओली में टोकरीवाली लड़की

जब मैं कॉलेज में पढ़ता था, तब मैं अपनी गरमियों की छुट्टियाँ देहरादून में अपनी दादी के घर में बिताया करता था। मैं मई की शुरुआत में चला जाया करता था और जुलाई के अंत में वापस आया करता था। देओली देहरादून से तीस मील दूर एक छोटा सा स्टेशन था। भारतीय तराई के घने जंगलों की शुरुआत यहीं से होती है।

ट्रेन देओली में पाँच बजे सुबह पहुँचती थी, जब स्टेशन विद्युत् बल्ब और तेल के लैंप से मध्यम जगमगाया करता था। रेलवे ट्रैक के पास के जंगल सुबह की रोशनी से दिखने लगते थे। देओली में सिर्फ एक प्लेटफॉर्म था, स्टेशन मास्टर के लिए एक ऑफिस और एक प्रतीक्षा घर था। प्लेटफॉर्म पर एक चाय की दुकान थी, एक फल विक्रेता और कुछ आवारा कुत्ते। इससे अधिक कुछ नहीं दिखता था, क्योंकि ट्रेन वहाँ सिर्फ दस मिनट रुकती थी, उसके बाद घने जंगलों में समा जाया करती थी।

मुझे नहीं पता, यह देओली में क्यों रुका करती थी। वहाँ कुछ नहीं होता था। न ही कोई ट्रेन से उतरता था और न ही कोई चढ़ता था। प्लेटफॉर्म पर कोई कुली भी नहीं दिखाई पड़ता था, परंतु ट्रेन वहाँ पूरे दस मिनट रुकती थी। घंटी बजती और गार्ड अपनी सीटी बजाता तथा देओली पीछे छूट जाता, और मन की विस्मृति से गायब हो जाता।

मैं इस बात को लेकर आश्चर्य किया करता था कि स्टेशन की दीवारों के पीछे देओली में क्या होता है! मुझे हमेशा उस खाली और अकेले प्लेटफॉर्म तथा ऐसी जगह ,जहाँ कोई जाना नहीं चाहता, को लेकर दया का भाव आता था। मैंने निर्णय लिया था कि एक दिन मैं ट्रेन से उतरूँगा और पूरा दिन कस्बे में इसलिए घूमूँगा, ताकि उन्हें अच्छा महसूस हो।

मैं उस वक्त अठारह वर्ष का था। मैं अपनी दादी के घर जा रहा था और रात की ट्रेन देओली पर रुक गई। एक लड़की प्लेटफॉर्म पर टोकरी बेच रही थी।

यह एक सर्द सुबह थी और लड़की ने अपने कंधों के चारों तरफ शॉल ओढ़ रखा था। उसके पैर नंगे थे और उसके कपड़े पुराने थे, परंतु वह एक नौजवान लड़की थी, जो इनायत और मर्यादित तरीके से चल रही थी।

जब वह खिड़की के पास आई तो रुक गई। उसने पाया कि मैं उसे देख रहा हूँ, परंतु पहली दफा उसने नजरअंदाज किया। उसकी त्वचा पीली थी, काले बाल, नशीली आँखें और वे आँखें कुछ खोज रही थीं, पर मुझसे मिल गईं।

वह मेरी खिड़की के पास कुछ देर तक रुकी रही और हम दोनों में से किसी ने कुछ भी नहीं कहा। जब वह आगे बढ़ गई तो मैं अपनी सीट छोड़कर दरवाजे तक पहुँच गया। मैं वहाँ प्लेटफॉर्म पर खड़ा-खड़ा इंतजार कर रहा था। मैं चाय की दुकान तक पहुँच गया। आग पर केतली रखी हुई थी, जिसमें चाय उबल रही थी, परंतु दुकानदार लोगों को ट्रेन में कहीं चाय देने में व्यस्त था। वह लड़की स्टॉल तक मेरे पीछे आ गई।

"टोकरी ले लो," उसने मुझसे पूछा, "ये बहुत मजबूत हैं और बहुत मजबूत बेंत से बनाई गई हैं।"

"नहीं," मैंने जवाब दिया, "मैं टोकरी का क्या करूँगा?"

हम दोनों एक-दूसरे को निहारते हुए खड़े रहे। कुछ देर बाद उसने फिर से प्रश्न दाग दिया, "तो आपको सच में टोकरी नहीं लेनी है?"

"इतना जिद कर रही हो तो चलो एक टोकरी दे दो।" मैंने उससे सबसे ऊपर की एक टोकरी ले ली और उसे एक रुपया पकड़ा दिया, इस बीच उसकी उँगलियों को छूने का साहस न था।

जैसे ही वह बोलने को हुई, गार्ड ने सीटी बजा दी। उसने कुछ कहा था शायद, पर वह घंटी के बजने के शोर और इंजन की आवाज में दबकर रह गई। मैं अपनी बोगी की तरफ दौड़ पड़ा। गाड़ी आगे बढ़ने लगी।

जैसे ही गाड़ी प्लेटफॉर्म छोड़ने को थी, मैं उसे निहार रहा था। वह प्लेटफॉर्म पर अकेली थी और वहीं खड़ी रही, बिना टस-से-मस हुए। वह मुझे निहार रही थी और मुसकरा रही थी। मैंने उसे तब तक देखा, जब तक सिग्नल बॉक्स मेरे रास्ते में नहीं आया और फिर गाड़ी जंगल में समा गई। परंतु मैं तब भी उसे प्लेटफॉर्म पर अकेली खड़ी देख पा रहा था।

मैं बची हुई यात्रा में जागता ही रहा। मैं अपने मन को उस लड़की के चेहरे और उसकी गहरी नशीली आँखों की छवि से हटा ही नहीं पा रहा था। परंतु जब मैं देहरादून पहुँचा तो यह घटना धुँधली हो गई। मेरे मन को इन्हीं चीजों ने घेर लिया। दो महीने बाद जब मैं वापस लौटने को हुआ, तब वह लड़की एकदम से फिर याद आ गई।

जैसे ट्रेन स्टेशन पर पहुँचनेवाली थी, मेरी आँखें उसे तलाशने लगीं और मुझे एक अनपेक्षित रोमांच का अनुभव हुआ, जब मैंने उस लड़की को प्लेटफॉर्म पर चलते हुए देखा। मैं पायदान पर उतरा और उसकी ओर हाथ हिलाया।

उसने मुझे देखकर मुसकराहट बिखेर दी। वह खुश थी कि मैंने उसे याद रखा। मैं खुश था कि मैं भी उसे याद था। हम दोनों खुश थे, यह ठीक उसी प्रकार की स्थिति थी, जैसे पुराने दोस्तों से मिलना।

वह पूरी ट्रेन में टोकरी बेचने नहीं गई, बल्कि वह चाय की दुकान की तरफ बढ़ आई। उसकी गहरी आँखों में रोशनी भर गई थी। हम दोनों ने कुछ वक्त तक एक लफ्ज भी नहीं निकाला, परंतु यह अधिक देर तक नहीं चला।

मुझे ऐसा महसूस हो रहा था, इसे मैं ट्रेन में बैठाऊँ और अपने साथ ले चलूँ। मैं इस विचार को सहन नहीं कर पा रहा था कि अगली बार इसे देखने के लिए मुझे देओली स्टेशन आना पड़ेगा। मैंने उसके हाथ से टोकरियाँ लीं और उन्हें जमीन पर रख दिया। मैंने उसका एक हाथ धीरे से थाम लिया।

"मुझे दिल्ली जाना है।" मैंने बताया।

उसने सर हिलाकर कहा, "मुझे कहीं नहीं जाना है।"

गार्ड ने ट्रेन के चलने के लिए सीटी बजा दी, इस काम के लिए मैं गार्ड से इतना खफा हूँ, बता नहीं सकता।

"मैं फिर आऊँगा," मैंने बताया, "क्या तुम यहीं मिलोगी?"

उसने सर हिलाकर सहमति प्रदान कर दी। घंटी बज गई और ट्रेन धीरे से आगे बढ़ निकली। उस चलती हुई ट्रेन को पकड़ने के लिए मुझे लड़की के हाथ से अपना हाथ छुड़ना पड़ा।

इस बार मैं उसे कतई नहीं भूला। वह मेरे साथ पूरी यात्रा में थी और उसके बाद भी काफी वक्त तक। पूरे वर्ष मेरे मन में वह पूरी तरह से रग-रग में जीवित थी। जब कॉलेज बंद हुए तो मैंने बहुत तेजी से बैग पैक किए और हमेशा से काफी पहले देहरादून के लिए निकल पड़ा। मेरी दादी मेरे वहाँ जाने की इच्छा से बहुत खुश होंगी।

जैसे ही ट्रेन देओली पहुँची, मैं चिंतित और बेचैन होने लगा था, क्योंकि मैं इस असमंजस में खोया हुआ था कि मैं लड़की से क्या कहूँगा और उससे कैसा बरताव करना चाहिए? मैं इस बात के लिए दृढ़प्रतिज्ञ था कि मैं उसके सामने सिर्फ खड़ा नहीं रहूँगा, ऐसा भी नहीं होगा कि ज्यादा कुछ बोल भी न पाऊँ या फिर अपनी भावनाओं को बता न पाऊँ!

मैंने दरवाजा खोला और उस फुटबोर्ड पर उतर गया। मैं बहुत ज्यादा निराश हुआ। मेरे मन में खयाल आया कि मुझे कुछ करना चाहिए, इसलिए मैं स्टेशन मास्टर के पास दौड़कर पहुँच गया और पूछ बैठा, "आप उस लड़की को जानते हैं, जो यहाँ पर टोकरी बेचती थी?"

"नहीं, मुझे नहीं पता," स्टेशन मास्टर ने मुझे ही हिदायत दे दी, "और बेहतर यही होगा कि तुम ट्रेन में चढ़ जाओ, वरना यहीं पर रह जाओगे।"

मैंने प्लेटफॉर्म को ऊपर से नीचे पूरा खँगाल लिया, परंतु मुझे वह कहीं नहीं दिखी। सिर्फ आम के पेड़ और जंगल की तरफ जाती धूल की सड़क दिखाई पड़ रही थी। यह सड़क किधर जाती होगी? ट्रेन स्टेशन से आगे बढ़ने लगी थी और मुझे प्लेटफॉर्म पर दौड़कर अपने कंपार्टमेंट में चढ़ना था। जैसे ही ट्रेन ने गति पकड़ी और जंगल की ओर आगे बढ़ने लगी, मैं खिड़की के पास बैठ गया।

मैं उस लड़की को कैसे खोज सकता हूँ, जिसे मैंने सिर्फ दो बार ही देखा है, जिसने मुश्किल से मुझसे बात की हो और जिसके बारे में मुझे कुछ भी नहीं पता! परंतु यह भावना और फिक्र मुझे उसके लिए क्यों आ रही है, जो मुझे अब तक अन्य किसी भी व्यक्ति के लिए नहीं आई।

मेरी दादी माँ खुश नहीं थीं, क्योंकि मैं दो हफ्तों में ही वहाँ से वापस आ गया। मैंने ट्रेन पकड़ी और फिर से स्टेशन पर पहुँच गया। इस बार मेरे पास स्टेशन मास्टर से पूछने के लिए कुछ प्रश्न थे।

परंतु देओली में एक नया स्टेशन मास्टर आ गया था। पुराना स्टेशन मास्टर का पिछले ही हफ्ते किसी अन्य पोस्ट पर ट्रांसफर हो गया था। नए व्यक्ति को उस लड़की के बारे में कुछ भी पता नहीं था, जो टोकरियाँ बेचती थी। मुझे चाय की दुकान का मालिक मिल गया, जो कद में छोटा था, दुबला था, मोटे कपड़े पहने हुए था और मैंने उससे पूछा कि क्या वह टोकरी बेचनेवाली लड़की को जानता है?

"हाँ, एक लड़की तो थी। मुझे याद है," उसने जवाब दिया, "परंतु आजकल वह दिखाई नहीं दे रही। शायद आना छोड़ दिया है।"

"क्यों ?" मैंने एक और प्रश्न कर दिया, "उसे क्या हुआ ?"

"मुझे कैसे पता होगा ?" उस व्यक्ति ने जवाब दिया, "वह मेरी कौन लगती है ?"

ट्रेन पकड़ने के लिए एक बार फिर से मुझे दौड़ना पड़ा।

देओली प्लेटफॉर्म पीछे छूट गया। मैंने निर्णय लिया कि एक दिन मैं अपनी यात्रा यहीं पर रोककर इस कस्बे में एक दिन गुजारूँगा और उस लड़की के बारे में पता करूँगा, जिसने अपनी गहरी आँखों-नशीली आँखों से मेरा दिल चुराया है।

इस विचार से मैंने कॉलेज के अंतिम वर्ष खुद को दिलासा दी। मैं फिर से गरमियों में देहरादून पहुँचा और जब सुबह यात्रा की शुरुआत हुई थी, यह रात्रि को ट्रेन देओली पहुँच गई। मैंने हर जगह देखा, पर वह लड़की न दिखी। मुझे पता था, वह नहीं मिलेगी, पर मन था कि मानता नहीं था।

मैंने कभी अपनी यात्रा रोककर देओली में एक दिन का वक्त नहीं दिया। (अगर यह सब काल्पनिक होता या फिल्म होती तो जरूर ही मैं देओली में एक दिन गुजार करके आपको इस रहस्य का पर्दाफाश कर देता) मुझे लगता है, मैं सच्चाई जानने से भयभीत था कि उस लड़की के साथ क्या हुआ ? शायद वह अब देओली में थी ही नहीं, शायद उसकी शादी हो गई होगी, शायद वह बीमार पड़ गई होगी!

पिछले कुछ वर्षों में मैं देओली से कई बार गुजरा, हर बार मैं खिड़की से आधे मन उसके उसी हँसते हुए चेहरे को देखने की जरूर उम्मीद करता। मैं अचरज में रहता हूँ कि देओली स्टेशन की उन दीवारों के पीछे क्या होता है, परंतु मैं कभी यात्रा नहीं रोकूँगा, यह मेरा पूरा खेल चौपट कर देगी। मुझे उम्मीदों में, स्वप्न में जीना और खिड़की से बाहर उस अकेले प्लेटफॉर्म को देखना अच्छा लगता है। वह लड़की जो टोकरी लिये मेरा इंतजार कर रही होगी।

मैंने कभी देओली में अपनी यात्रा नहीं रोकी, परंतु जितना जल्दी हो सकता है, मैं देओली से गुजरता जरूर हूँ।

□

7

दादाजी की शुतुरमुर्ग से लड़ाई

दादाजी ने भारतीय रेल में नौकरी करने से पहले कुछ समय के लिए पूर्वी अफ्रीकायाई रेलवे के साथ काम किया था। यह उस समय की बात है, जब उनकी एक शुतुरमुर्ग से लड़ाई हुई थी, उनका यह किस्सा काफी प्रसिद्ध था। मेरा बचपन दादाजी की अकसर सुनाई जानेवाली उत्साहपूर्ण कहानियों से भरा हुआ था। मैं यहाँ पर उसे उसी रूप में रख रहा हूँ—या यह कहूँ कि जिस तरह से वह मुझे याद है।

बात उन दिनों की है, जब हम एक नई रेलवे लाइन को बिछाने में लगे हुए थे, उस समय मेरे साथ एक ऐसी घटना हुई, जिसमें मैं बहुत ही चमत्कारी ढंग से बड़े ही भयानक रूप में आई मौत से बचा। मैं एक छोटे से शहर में रहता था, मेरा काम वहाँ से लगभग 12 मील दूर होता था, लेकिन काम करने के स्थान पर रुकने के लिए टेंट का भी इंतजाम था; हालाँकि मुझे शहर जाने के लिए पैदल न चलकर घोड़े की सवारी करनी होती थी।

एक बार मेरे घोड़े के साथ एक दुर्घटना हो गई, मैं किसी से मदद माँगकर शहर पहुँचा। मुझे लगा कि वापसी के समय भी कोई मेरी मदद कर देगा और मुझे आसानी से लिफ्ट मिल जाएगी। लेकिन ऐसा नहीं हुआ। मैंने अगली सुबह पैदल यात्रा करने का मन बनाया, दूरी को कम करने के लिए मैंने पहाड़ों के बीच से गुजरने वाले छोटे रास्ते को चुना, जो मेरे लिए लगभग छह मील तक छोटा था।

इस रास्ते पर आगे बढ़ने के लिए मेरे लिए जरूरी था कि मैं एक शुतुरमुर्ग के फार्म से गुजरकर आगे बढ़ूँ। इन कैंपों से प्रजनन के मौसम में पैदल चलने का जोखिम उठाना बहुत खतरनाक हो सकता था, क्योंकि इस मौसम के दौरान विशेष तौर पर पुरुष शुतुरमुर्ग बहुत अधिक क्रूर हो जाते हैं।

लेकिन मैं शुतुरमुर्गों के व्यवहार से परिचित था। मैं जानता था कि यदि कोई

शुतुरमुर्ग मुझ पर हमला करने की कोशिश करेगा तो मेरा कुत्ता उसे भगाने में कामयाब हो जाएगा। सुनने में यह बहुत अजीब लगता है, यहाँ तक कि बड़े-बड़े शुतुरमुर्ग (उनमें से कुछ की ऊँचाई तो 9 फीट तक की थी) एक छोटे से कुत्ते को देखकर भी किसी घोड़े से भी तेज दौड़ते हैं। इसलिए जब तक मेरा कुत्ता मेरे साथ था (मेरा कुत्ता मिश्रित नस्ल का था और जिसने मुझे एक महीना पहले ही अपनाया था), मैं खुद को सुरक्षित महसूस करता था।

कैंप के पास पहुँचकर मैं तार के बाड़े में घुसा, पूरी तरह से चौकन्ना होकर चारों तरफ नजर बनाए हुए था। मैं झाड़ियों के बीच से जगह तलाश कर आगे बढ़ रहा था और फिर मुझे कुछ दूरी पर उनमें से एक पक्षी की झलक दिखी, जो भोजन कर रहा था।

मैं उस बाड़े में आधा मील ही आगे बढ़ा था कि एक खरगोश भागता हुआ आया, मेरा कुत्ता भी उसके पीछे भागने लगा। मैंने अपने कुत्ते को वापस बुलाने का प्रयास यह जानते हुए भी किया कि मेरा प्रयास बेकार जानेवाला है, चूँकि खरगोश के पीछे भागना उसका शौक था।

पता नहीं यह कुत्ते के भौंकने की आवाज थी या फिर खुद मेरे चिल्लाने की, मुझे ठीक से नहीं पता, लेकिन जिस स्थिति से बचने के लिए मैं सबसे ज्यादा बेचैन था, वही घटना मेरे साथ कुछ ही देर में घट गई। शुतुरमुर्ग चौंक गए और इधर-उधर तेजी से दौड़ने लगे। अचानक मैंने देखा कि एक पुरुष शुतुरमुर्ग झाड़ियों में से प्रकट हुआ, जो मुझसे करीब 100 गज दूर था। वह सीधा खड़ा रहा और कुछ पलों के लिए मुझे घूरता रहा, फिर अपने पंखों को फैलाता व अपनी पूँछ को सीधा करता हुआ मेरी ओर उछलता हुआ आया।

अपनी अक्लमंदी पर भरोसा करना वीरता का सबसे बेहतर हिस्सा है (कम-से-कम उस विशेष परिस्थिति में तो था), मैं मुड़ा और बाड़े की ओर भागने लगा। लेकिन उनकी दौड़ने की गति और मेरी दौड़ने की गति में कोई मेल नहीं था। कहाँ मेरे दो या तीन फीट के पैर और कहाँ उनके पैरों की सोलह या बीस फीट की छलाँगें, इनके बीच क्या मुकाबला है? अब तो बस एक ही आस थी, झाड़ी के पीछे से और शुतुरमुर्ग का इंतजार करना और उसे तब तक धोखा देना, जब तक वह थक नहीं जाता। धोखे का खेल खेलना ही मेरे बचने का एकमात्र अवसर था।

अपनी इस योजना में थोड़ा सा बदलाव करते हुए मैं पास की झाड़ियों के झुरमुट की ओर भागा, जहाँ पर मैं थोड़ी देर साँस ले सकूँ, मैं अपना पीछा करनेवाले

का इंतजार कर रहा था। वह विशालकाय पक्षी कुछ क्षणों में ही मेरे ऊपर टूट पड़ा और एक अजीब सी मुठभेड़ शुरू हो गई। मैं इधर-उधर घुमाकर उसे चकमा दे रहा था, इस बीच मैं यह भी ध्यान रख रहा था कि उसके सीधे हमले से खुद को बचाता रहूँ। शुतुरमुर्ग आगे बढ़कर आक्रमण कर रहा था, उसका हमला इतनी तीव्रता के साथ हो रहा था कि छेनी के तराशे हुए नाखूनों से घाव करने में कामयाब हो जाए तो इनसान को ऊपर से लेकर नीचे तक एक ही वार में फाड़ डाले।

फूलती साँसों के साथ और पूरी तरह से असहाय मैं पूरी ताकत के साथ झाड़ियों, जो व्यास में 12 फीट और ऊँचाई में करीब छह फीट की थीं, से खुद को घेरकर मदद के लिए जोर से चिल्लाया। मेरी ताकत तेजी से समाप्त हो रही थी और मुझे एहसास हुआ कि इस संघर्ष को ज्यादा देर तक बनाए रखना मेरे लिए संभव नहीं है। मैं थक कर चूर हो चुका था और किसी भी पल एक झटके के साथ हार मानने वाला था। ऐसा लगा जैसे वह पक्षी मेरी खराब होती स्थिति को भाँप गया है और उस क्रोध में पागल पक्षी ने अचानक अपने वार को दोगुना तेज कर दिया व सीधे मुझ पर हमला करने के लिए बढ़ा। हताशा के साथ किए गए प्रयास में मैं उसे एक ओर करने में कामयाब रहा। यह कैसे हुआ, मुझे नहीं पता, लेकिन उस समय मैंने खुद को उस पक्षी का एक पंख पकड़े हुए पाया, जो बिल्कुल उसके शरीर का स्पर्श कर रहा था।

अब बारी उस पक्षी के डरने की थी और वह डर से पलटने लगा या फिर यह कहें कि नाचने लगा, वह इतनी तेजी से गोल-गोल घूम रहा था कि जल्दी ही मेरे पैर हवा में समांतर घूमने लगे। इस दौरान शुतुरमुर्ग सारा समय अपनी चोंच को जोरदार कड़क की आवाज के साथ खोलता और बंद करता रहा।

उस समय मेरी स्थिति की कल्पना करो, मैं गुस्से से पागल पक्षी के पंखों से चिपका हुआ था, जो मुझे गोल-गोल ऐसे घुमा रहा था, जैसे मैं कोई झाड़ या पौधे की डाल हूँ। मेरे हाथ जल्दी ही खिंचाव से दुःखने लगे और लगातार घूमने व चक्कर काटने की वजह से मुझे चक्कर आ रहे थे। लेकिन मैं जानता था कि अगर मैंने अपनी पकड़ को ढीला कर दिया, मेरे लिए बहुत भयानक नजारा इंतजार में है, मैं एक हिंसा करने पर उतारू एक बड़े से पक्षी द्वारा जल्दी ही कुचलकर मार दिया जाऊँगा।

हम गोल-गोल घूम रहे थे। ऐसा लग रहा था कि जैसे मेरा दुश्मन कभी थकने वाला नहीं है। लेकिन मैं यह भी जानता था कि मैं ज्यादा देर तक उसे पकड़कर नहीं रहनेवाला हूँ।

अचानक वह पक्षी उलटा चलने लगा। इस अचानक किए गए बदलाव ने

पक्षी पर मेरी पकड़ को न केवल ढीला कर दिया, बल्कि मैं धड़ाम से जमीन पर आ गिरा। मैं काँटेदार झाड़ियों के नीचे पड़े एक ढेर पर जा गिरा, इससे पहले कि मुझे इस बात का एहसास हो पाता कि मेरे साथ क्या हुआ है, मैंने देखा कि शुतुरमुर्ग मेरे ऊपर था। मुझे लगा, मेरा अंत आ गया है।

सहज बोध से मैंने अपने हाथ चेहरे पर उसे बचाने के लिए फैला दिए। लेकिन मुझे यह देखकर हैरानी हुई कि उस विशालकाय पक्षी ने मुझ पर हमला नहीं किया।

मैंने अपने चेहरे से अपने हाथों को हटाया और देखा कि मेरे सामने शुतुरमुर्ग अपना एक पैर उठाए मेरे जिस्म की चीर-फाड़ करने के लिए तैयार खड़ा है। मैं जरा भी नहीं हिल पाया, जैसे मुझे लकवा मार गया हो। क्या यह पक्षी मेरे साथ भी उसी तरह खेलने वाला था, जिस तरह बिल्ली छोटे से चूहे के साथ उसका खात्मा करने से पहले खेलती है, क्या यह मेरी तड़प को और बढ़ाना चाहता है?

जिस समय मैं अपने अंत की तरह-तरह की कल्पना कर रहा था, मैंने देखा कि उसने अपना सिर बहुत तेजी से बाईं ओर घुमाया। एक क्षण के बाद ही उसने पीछे की ओर छलाँग लगाई और जितना तेज हो सकता था, तेजी के साथ मुड़कर आगे बढ़ा। मैं बुरी तरह घबरा गया, मुझे समझ नहीं आ रहा था कि क्या हो गया।

कुछ देर बाद ही मैंने जो देखा, उसके बाद मेरी खुशी का ठिकाना नहीं रहा, मैंने अपने मनमौजी कुत्ते के भौंकने की आवाज सुनी, अगले ही पल मैंने यह भी पाया कि वह मेरे आस-पास कूदता हुआ मेरे चेहरे और हाथों को चूम रहा है।

अब यह कहने की जरूरत नहीं कि मैं फिर से उसकी प्यार भरी पनाह में पहुँच गया था! और मुझे इस बात की भी बहुत ज्यादा तसल्ली थी कि उसने मेरे साथ-साथ चलना तब तक नहीं छोड़ा, जब तक हमने उस शुतुरमुर्ग के कैंप को पार नहीं कर लिया।

□

8

बहुरुपिए दादाजी

दादाजी को ईश्वर की ओर से बहुत सारी नियामतें मिली थीं, लेकिन शायद सबसे अलग और समय-समय पर चौंका देने वाली—छद्मवेश धारण करने की क्षमता थी, अपनी इस क्षमता का उपयोग कर वे किसी दूसरे व्यक्ति का रूप धारण कर लेते थे, जो प्राय कभी गली में सामान बेचने वाले किसी विक्रेता का होता तो कभी बढ़ई या धोबी का होता, जिसे उन्होंने कुछ समय पहले कभी आस-पास देखा होता और उसकी आदतों व खासियतों को ध्यान से देखा होता।

आमतौर पर उनके कपड़े वही होते, जो औसतन एक एंग्लो इंडियन या अंग्रेजी इनसान के होते हैं—अस्तर वाली कमीज व खाकी जाँघिया, कभी-कभी वे सोला टोपी या धूप से बचने के लिए हेलमेट भी पहनते, लेकिन अगर आप उनकी अलमारी में छान-बीन करोगे तो आपको अजीब-अजीब तरह के कपड़ों का संकलन मिलेगा—धोती, लुंगी, पाजामा, कढ़ाई की हुई कमीजें और रंग-बिरंगी पगड़ियाँ। वे किसी दिन महाराजा बन सकते थे तो अगले दिन भिखारी। हाँ, हमारे घर में ताँबे का भीख माँगने वाला एक कटोरा भी था, जिसे उन्होंने केवल एक बार इस्तेमाल यह देखने के लिए किया था कि एक भिखारी की तरह जो पूरी तरह झुका हुआ है और लँगड़ाकर चलता है, बनकर अपनी पहचान जाहिर किए बिना बाजार से गुजर सकते हैं। उन्हें किसी ने भी नहीं पहचाना, लेकिन उन्होंने यह भी स्वीकार किया कि भीख माँगना सबसे मुश्किल काम है।

आपको दिनभर बिना मौसम की परवाह किए गलियों में घूमना होता है, आपको सबके साथ विनम्रता से बात करनी होती है—कोई भी भिखारी लोगों के साथ रूखे ढंग से बात करके अपने काम में सफल नहीं हो सकता! आपको हर समय चौकन्ना रहना पड़ता है। उन्होंने मुझे एक दिन बताया था, 'मुझ पर भरोसा करो, यह बहुत

ही मुश्किल काम होता है। मैं किसी को भी भीख माँगने का पेशा चुनने की सलाह नहीं दूँगा।'

दादाजी को किसी दूसरे इनसान के पेशे या जीवनशैली में ढलकर उसका मजा लेना बहुत अच्छा लगता था। वे अपने दोस्तों व रिश्तेदारों के साथ इस तरह के खेल खेलना पसंद करते थे।

दादीजी को दुकानदारों और सामान विक्रेताओं के साथ मोल-भाव करना बहुत अच्छा लगता था। जब प्याज या कपड़ों या टोकरियों या बटनों को सबसे कम कीमत पर लेने की बात आती तो वे शेखी बघारने से पीछे नहीं रहते, लेकिन यह तब तक ही जब एक दिन एक सब्जीवाले, सिर पर सब्जी व फलों की टोकरी लेकर घर-घर घूमने वाले ने घर के बरामदे बैठकर उनको जो चाहिए था, वे चीज बेचने से पहले अलग-अलग चीजों की कीमतों को लेकर करीब एक घंटे तक बहस की।

उस दिन के बाद दादाजी ने दादीजी से इस बात पर बहस की कि उन्होंने टमाटर व हरी मिर्च के लिए ज्यादा कीमतें क्यों दीं?

"ये जो कीमतें तुमने दी हैं, वह बाजार में मिलने वाली कीमतों से बहुत अधिक हैं।" उन्होंने कहा।

"तुम्हें कैसे पता कि मैंने उसे किस चीज की क्या कीमत दी है?" दादीजी ने पूछा।

"क्योंकि यह रहा वो दस का नोट, जो तुमने मुझे दिया था।" दादाजी ने दस का नोट उनके हाथ पर रखते हुए कहा, "मैंने भेस बदला और उस सब्जीवाले से एक घंटे के लिए उसकी टोकरी उधार ली थी!"

दादाजी भेस बदलने के लिए कभी मेकअप का इस्तेमाल नहीं करते थे। उनका रंग साँवला था और नकली मूँछ व दाढ़ी लगाकर, बालों को सँवारने का ढंग बदलकर वे आसानी से जिसका भी रूप बनाना चाहते थे, बन जाते थे।

मेरे मनोरंजन के लिए एक बार दादाजी एक ताँगेवाला भी बने थे, वह बग्गी जिसे घोड़े द्वारा खींचा जाता है, मेरे बचपन में कहीं भी आने-जाने के लिए प्रायः इसी साधन का उपयोग होता था।

दादाजी ने अपने एक घनिष्ठ मित्र से ताँगा उधार लिया था और मुझे शहर में रोमांच से भरपूर यात्रा करवाई थी। अपनी यात्रा के दौरान हमने कुछ सवारियाँ भी लीं और कुछ रुपए भी कमाए, जो दादाजी ने अपनी कर्तव्यनिष्ठा दिखाते हुए दिन समाप्त होने पर ताँगे के मालिक को दे दिए। उस दिन हमने अपने ताँगे पर डॉक्टर

बिष्ट, हमारे परिवार के डॉक्टर को भी बिठाया था, जो दादाजी को पहचान नहीं पाए थे। हाँ, लेकिन उन्होंने मुझे जरूर पहचाना था और एक अच्छे परिचित की तरह पूछा था—"तुम यहाँ क्या कर रहे हो? इस समय तो तुम्हें स्कूल में होना चाहिए था।"

"मैं, बस दादाजी की मदद कर रहा था," मैंने उत्तर दिया, "यह हमारे विज्ञान विषय के प्रोजेक्ट का हिस्सा है," डॉक्टर बिष्ट ने फिर दोबारा दादाजी की ओर देखा और जोर-जोर से हँसने लगे, साथ ही उन्होंने मुफ्त में ताँगे की सवारी पर भी जोर दिया।

एक बार तो दादाजी दादीजी को बिना अपनी पहचान बताए बैंक तक छोड़कर आए थे, उस समय भी उनके पास सफेद रंग की पूँछ वाला घोड़ा था, जो ताँगे को खींच रहा था। दादीजी अंधविश्वासी थीं, वे सफेद पूँछ वाले घोड़ों से जितना संभव हो दूर रहती थीं। लेकिन दादाजी ने अपने ताँगेवाले के भेष में दादीजी को इस बात का विश्वास दिलाया कि उसकी सफेद पूँछ वाला घोड़ा बहुत शांत स्वभाव का है। अत: उनके चतुराई के साथ किया गया मार्गदर्शन था कि उस दिन के बाद दादी का सफेद घोड़ों का डर गायब हो गया।

एक बार सर्दी के मौसम में जैमनी सर्कस हमारे उत्तर भारत के छोटे से शहर में आया और उन्होंने अपना टैंट पुराने परेड ग्राउंड में लगाया। दादाजी जिन्हें सर्कस व सर्कस के लोग बहुत पसंद थे, जल्दी ही उन्होंने उन सभी लोगों—सर्कस के मालिक, रिंग मास्टर, शेर का ट्रेनर, घुड़सवार, जोकर, झूले पर कलाबाजी करनेवाले तथा नटों से दोस्ती कर ली। उन्होंने मुझे बताया था कि बचपन में वे हमेशा सर्कस में काम करना चाहते थे, विशेष तौर पर एक जानवर के प्रशिक्षक या रिंग मास्टर के तौर पर, लेकिन उनके माता-पिता ने उन पर जोर दिया कि वे एक इंजन ड्राइवर बनें।

"एक इंजन का ड्राइवर बनना बहुत मजेदार होता होगा।" मैंने कहा।

"हाँ, लेकिन शेरों के साथ ज्यादा सुरक्षित होता।" दादाजी ने कहा।

उन्होंने सर्कस वालों से अपनी दोस्ती का फायदा उठाते हुए मेरे, मेरे चचेरे भाई मेलानी और मेरे छोटे से दोस्त गौतम, जो हमारे घर के पास रहता था, के लिए मुफ्त में पास का इंतजाम किया था।

"आप नहीं आ रहे हमारे साथ?" मैंने दादाजी से पूछा।

"मैं वहाँ पर रहूँगा।" उन्होंने कहा, "मैं अपने दोस्तों के साथ रहूँगा। यदि तुम मुझे पहचान सको!"

हम यह मान चुके थे कि एक बार फिर दादाजी किसी और का रूप धारण

करनेवाले हैं। शाम को होनेवाले मनोरंजक कार्यक्रम में भाग लेने वाले हैं। इसलिए मैं, मेलानी और गौतम के लिए वह शाम दादाजी को पहचानने का खेल भी होनेवाली थी।

हम सभी शो के विशेष आकर्षणों से सम्मोहित हो चुके थे—शेर उनके ड्रिल में से आ-जा रहा था, सुंदर नवयुवक और नवयुवतियाँ कलाबाजी करते हुए झूलों पर झूल रहे थे, एक जलते हुए रिंग में शेरदिल मोटर साइकिल सवार उछल-कूद कर रहा था, नट और जोकर सबका मनोरंजन करने में व्यस्त थे, लेकिन हम उन सभी कलाकारों में से दादाजी को पहचानने की कोशिश कर रहे थे। हम ज्यादा शोर नहीं कर सकते थे, क्योंकि ठीक हमारे पीछे वाली पंक्ति में शहर के कुछ अति सम्मानीय लोग—मेयर, एक पगड़ीधारक महाराजा, सेना की वरदी धारण किए हुए एक अंग्रेज, कुछ नन और गौतम के क्लास टीचर बैठे हुए थे। लेकिन हमने जितनी देर शो चलता रहा, अपनी बातचीत जारी रखी।

"क्या तुम्हारे दादाजी शेर के ट्रेनर के रूप में हैं?" गौतम ने पूछा।

"मुझे नहीं लगता," मैंने कहा, "उन्होंने कभी शेरों के साथ अभ्यास नहीं किया। उनको बाघों के साथ का अच्छा अनुभव है। लेकिन बाघों के साथ तो कोई और था।"

"हो सकता है कि वे कलाबाजों में से एक हों।" मेलानी ने कहा।

"वे कलाबाजों से ज्यादा लंबे हैं।" मैंने कहा।

गौतम ने जो अंदाजा लगाया, वह ज्यादा सटीक लगा, "हो सकता है कि वे दाढ़ी वाली औरत के भेस में हों!" हमने पूरे ध्यान से लंबी सी दाढ़ी वाली औरत को देखने का पूरा प्रयास किया, जब वह रिंग में हमारी तरफ आई। उसने हमारी ओर जाने-पहचाने अंदाज में हाथ हिलाया और गौतम ने उसे बुलाकर पूछा, "माफ करना, क्या आप रस्किन के दादाजी हैं?"

"नहीं प्रिय," उसने जोर से हँसते हुए कहा, "मैं उसकी गर्लफ्रेंड हूँ।" और वह छलाँग लगाकर रिंग की दूसरी ओर चली गई।

एक जोकर हमारे पास आया और अजीब-अजीब चेहरे बनाकर हमें हँसाने लगा।

"आप दादाजी हैं?" मेलानी ने कहा।

लेकिन वह बस मुसकराता हुआ, कलाबाजी करता हुआ पीछे की ओर चला गया और वहाँ बैठे लोगों को हँसाने के काम में लग गया।

"अगर वे नाचते हुए भालू के भेस में नहीं हैं तो मैंने हार मान ली।" मेलानी ने कहा।

"लेकिन यह तो असली भालू है," गौतम ने कहा, "उसके पंजों को देखो।"

भालू असली लग रहा है। इसी तरह शेर, शेर के जैसा और बाघ असली बाघ लग रहा है।

हम सब यह मानकर घर लौट आए कि दादाजी वहाँ पर नहीं थे।

"तो तुमने सर्कस का मजा लिया?" जब हम रात का खाना खाने के लिए सारे एक साथ बैठे तो उन्होंने पूछा।

"हाँ, लेकिन आप वहाँ पर नहीं थे।" मैंने शिकायत करते हुए कहा, "हमने सभी को पूरे ध्यान से देखा—यहाँ तक कि लंबी सी दाढ़ी वाली औरत को भी।"

"ओह, मैं वहीं पर था" दादाजी ने कहा, "मैं ठीक तुम्हारे पीछे बैठा था। लेकिन तुम लोग सर्कस और वहाँ होनेवाले प्रदर्शन में इतना खो गए थे कि किसी का भी ध्यान वहाँ बैठे लोगों पर नहीं गया। मैं वहाँ जो सुंदर सा सूट-बूट व टाई में महाराजा और नन के बीच में बैठा अंग्रेज था, वही था। मुझे लगा, थोड़ा बदलाव करते हुए आज मैं बस मेरा अपना रूप ही धारण करता हूँ!"

□

9

तेंदुआ

मैंने उस तेंदुए को पहली बार तब देखा, जब मैं पहाड़ी के नीचे एक छोटे दरिया को पार कर रहा था।

नदी इतनी गहरी थी कि दिन के अधिकांश समय, वह छाया में ही रहती थी। इससे बहुत सी चिड़ियों और जानवरों को प्रोत्साहन मिलता था कि वह दिन के समय भी अपनी ओट से बाहर निकल आएँ। बहुत कम लोग ही उस रास्ते से गुजरते थे, केवल दूधवाले या फिर, आस-पड़ोस के गाँव से काठ-कोयला जलानेवाले। इसका असर यह हुआ कि नदी जंगली जानवरों के लिए एक आश्रय स्थल बन गई थी, जो थोड़े-बहुत प्राकृतिक आश्रय मसूरी के पास थे, जो उत्तरी भारत का पहाड़ी इलाका है, उनमें से एक।

मेरे मकान के नीचे ओक, मेपल और हिमालयन रोडोडेंड्रोंज का जंगल था। एक पतली सी पगडंडी ने, पेड़ों के बीच में से घूमकर अपना रास्ता बना लिया था, एक खुली पर्वत श्रेणी के ऊपर, जहाँ लाल रंग के अम्ल जंगली तरीके से उग रहे थे और फिर कड़ी ढलाई पर, जंगली रसभरी के गुच्छों के बीच में बढ़ती लताएँ और लचीली बेंत। पहाड़ी के नीचे रास्ता एक घसियारी सीमा तक जा रहा था, जो जंगली कुत्ते के फूलों से घिरा हुआ था। (बहुत आश्चर्यजनक है कि किस प्रकार पाँच से आठ हजार फीट के निचले हिमालय के फूल अंग्रेजी देहात जैसे प्रतीत होते हैं।)

नदी घसियारी सीमा के पास तक जाती थी, चिकने पत्थरों के ऊपर से लुढ़कती हुई, समय के साथ पीले होते टीलों के ऊपर से जमीन लिटिल सोंग नदी तक जाने के लिए और अंत में पुण्य गंगा तक।

जब मैंने पहली बार इस नदी को खोजा था, तब अप्रैल की शुरुआत थी और जंगली गुलाब फूल रहे थे—छोटे सफेद फूल, जो झुंडों में पड़े हुए थे।

मैं करीब-करीब हर रोज, दो या उससे अधिक घंटे लिखने के बाद, नदी तक पैदल चलकर जाता था। मैं बहुत अरसे तक शहरों में रहा था और अपने आप को एक बार मानसिक और शारीरिक तौर पर, फिर ताजा करने के लिए, वापस पहाड़ों में आया था। एक बार यदि आप, चाहे जितनी अवधि के लिए हो, पहाड़ों में रह चुके हों, तो आप उन्हीं के हो जाते हैं और आपका बार-बार आना होता है।

करीब-करीब हर सवेरे और कभी तो दिन में भी, मुझे बार्किंग डॉग्स की आवाज सुनाई पड़ती थी और शाम को, जंगल से पैदल चलते हुए, मैंने फेजेंट्स की टोली में दखल दिया। वह चिड़िया, खुले स्थिर पंखों पर नदी के ऊपर से बहते हुए जा रही थी। मैंने चित्राले देवदारू और एक बहुत खूबसूरत रेड्फोक्स देखा और मैंने भालू के पदचिह्नों को पहचान लिया।

क्योंकि मैं जंगल से कुछ भी लेने नहीं आया था, तो चिड़ियाँ और जानवर मेरी उपस्थिति से वाकिफ हो गए थे; या फिर शायद वे मेरे पैरों की आवाज पहचान गए थे। कुछ समय बाद मेरे आने से उन्हें कोई तकलीफ नहीं होती थी।

ओक और रोडोडेंड्रोंज पेड़ों के लंगूर, जो पहले मेरे आने पर एक टहनी से दूसरी टहनी पर कूदते रहते थे, ओक की नरम शूट को चबाते हुए अब मुझे कुछ उत्सुकता से देखते थे। छोटे बंदर, लड़कों जैसे कुश्ती करते या लड़ाई करते रहते थे, जबकि उनके माता-पिता एक-दूसरे की चमड़ी को सजाते-सँवारते रहते थे, अपने आप को धूप से रोशन पहाड़ी पर लेटकर।

परंतु एक शाम को, जब मैं वहाँ से गुजर रहा था, मैंने उन्हें पेड़ों पर चहचहाते हुए सुना और मुझे पता लगा कि मैं उनकी उत्तेजना का कारण नहीं था। जैसे ही मैं दरिया पार कर पहाड़ी के ऊपर चढ़ रहा था, उनकी बड़बड़ाहट और बढ़ गई। ऐसा लग रहा था, मानो लंगूर मुझे किसी छुपे हुए खतरे के विषय में आगाह करना चाह रहे थे। खड़ी पहाड़ी से छोटे पत्थरों की बौछार, धड़धड़ाती हुई नीचे आई और मैंने सिर उठाकर देखा तो मुझे हट्टा-कट्टा नारंगी-सुनहरे रंग का तेंदुआ, मुझसे करीब बीस फीट ऊपर एक टीले पर बैठा हुआ नजर आया।

वह मेरी ओर नहीं देख रहा था, परंतु उसका सिर चौकन्ना होकर सामने की ओर को था, नदी की दिशा में। फिर भी, उसने मेरी उपस्थिति को महसूस किया जरूर होगा; क्योंकि उसने धीरे से अपना सिर हिलाकर नीचे मेरी ओर देखा।

शायद वह वहाँ मेरी उपस्थिति से भौचक्का रह गया था और अपना ढाढ़स बढ़ाने के लिए, मैंने अपने हाथों से जोर से ताली बजाई, तो वह तेंदुआ कूदकर घने

जंगलों की छाया में भाग गया, बिना किसी शोर-शराबे के।

जो जानवर खाने की खोज में आया था, मैंने उसकी शांति भंग कर दी थी, परंतु कुछ ही देर बाद, मैंने एक बार्किंग डॉग की तेज पुकार सुनी, जब वह जंगल के बीच से भाग रहा था। शिकार अभी भी चल रहा था।

बिल्ली के परिवार के अन्य सदस्यों की तरह, भारत में तेंदुआ भी उन्मूलन के कगार पर है। मैं मसूरी के इतनी पास एक को देखकर अचंभित था। शायद आस-पड़ोस के पहाड़ों में जो वन-नाशन हो रहा था, उसके कारण हिरण इस हरी घाटी में आ गए थे और इसी कारण स्वाभाविक था कि तेंदुआ भी पीछे-पीछे आए।

कई सप्ताह बाद मैंने तेंदुए को फिर देखा, हालाँकि मुझे कई बार उसकी उपस्थिति के विषय में जानकारी दी जा चुकी थी। कई बार तो मुझे पूरा विश्वास हो गया था कि मेरा पीछा किया जा रहा है।

एक बार, जब मैं देर से घर पहुँच रहा था और थोड़ी सी छुटपुट रोशनी अँधेरी, अमावस्या की रात को स्थान दे रही थी, साही के एक परिवार से मैं चौंक गया, जो एक निर्वृक्ष स्थान में इधर-उधर दौड़ रहा था। मैंने डरते हुए इधर-उधर देखा तो पास की एक झाड़ी से दो चमकती आँखों को देखा, जो मेरी ओर घूर रही थीं। मैं सीधा खड़ा रह गया, मेरा दिल मेरी पसलियों से टकराता हुआ। फिर मेरी आँखें नाचती हुई अलग हो गईं, जब मैंने समझा कि वे केवल जुगनू ही थे।

मई-जून में, जब पहाड़ भूरे और सूखे होते थे, तब दरिया के पास हमेशा हरा और ठंडा होता था, जब बहारी और कुमारी सुलभ पत्ते और लंबी घास बढ़ती रहती थी।

अनुप्रवाह में मुझे एक छोटा तालाब मिला, जहाँ मैं नहा सकता था और एक गुफा, जिसकी छत से पानी चू रहा था, सूरज की रोशनी, जो छत की दरारों से निकलती हुई खंभों पर सुनहरी और रूपाली चमक रही थी।

'वह मुझे हरी-भरी गुचार भूमि में लिटा देता है; वह मुझे शांत जल के किनारे तक ले जाता है।' शायद डेविड ने भी इसी प्रकार का स्वर्गिक अनुभव किया होगा, जब उन्होंने ये शब्द लिखे थे; शायद मैं भी अच्छे शब्द लिखूँगा। पहाड़ों की गरमी के मौसम में आए मेहमानों ने इस प्रकार की जंगली और हरी चीजों के आश्रय का अनुभव न किया हो। मुझे ऐसा लगने लगा था, जैसे कि यह स्थान मेरा ही हो, जैसे मेरा ही यहाँ नियंत्रण हो।

नदी का कम-से-कम एक और दर्शनार्थी था, द्विशाखित पूँछवाला चित्तीदार

जीव और हालाँकि मेरे आने से वह उड़ा नहीं, परंतु यदि मैं ज्यादा देर रुक जाता तो वह विचलित जरूर हो जाता और फिर वह एक पत्थर से दूसरे पत्थर पर जाता ठेठ नालिश भरी आवाज में शिकायत करता रहा।

मैंने एक संपूर्ण दोपहर चिड़ियों का घोंसला ढूँढ़ने में बरबाद कर दी, जिसमें मुझे विश्वास था, छोटी चिड़िया का घोंसला था; क्योंकि मैंने द्विशाखित पूँछवाली चिड़िया को अपनी चोंच में खाना ले जाते हुए देखा था। समस्या यह थी कि चिड़िया जब धारा के अनुकूल उड़ती थी, मुझे तेजी से उसका पीछा करने में असुविधा होती थी, क्योंकि टीले बहुत तेज धारवाले और फिसलनवाले थे।

अंततः मैंने अपने आप को टूटे पत्तों से सजाया और धीरे से धारा के प्रतिकूल जाते हुए, एक पेड़ के अंदर के खोखल में छुप गया, जहाँ मैंने द्विशाखित पूँछवाली चिड़िया को खोते देखा था। मेरा मकसद उस चिड़िया को लूटने का नहीं था। मुझे केवल उसका घर देखने की उत्सुकता थी।

झुकने से मुझे नदी का किनारा और दरिया की थोड़ी धारा मिली, उसका नजारा मिला, परंतु मैंने द्विशाखित पूँछवाली चिड़िया को धोखा देने के लिए कुछ खास नहीं किया था, जिसे मेरा उसके घोंसले के इतना पास होने से आपत्ति होती रही।

मैंने अपने बचे धैर्य को एकत्र किया और करीब दस मिनट शांति से बैठा रहा। वह चिड़िया शांत हो गई; शायद नजर से दूर होने का अर्थ था, मन से भी दूर होना, परंतु वह कहाँ चली गई थी? शायद नदी की दीवारों में, जहाँ मुझे पूरा विश्वास था, वह अपने घोंसले की रखवाली कर रही थी।

मैंने निश्चय किया कि मैं उसे चौंका दूँगा और अचानक खड़ा हो गया, इसलिए नहीं कि मैं उस चिड़िया को अपने घर के द्वार पर देखूँगा, परंतु तेंदुए को अचानक गुर्राकर भागते हुए! दो लंबी और तीव्र गति की छलाँगें और वह नदी पार करके जंगल के भीतर छुप गया था।

मैं भी उतना ही आश्चर्यचकित था, जितना कि तेंदुआ और द्विशाखित पूँछवाली चिड़िया और उसके घोंसले के विषय में भूल गया था। क्या वह तेंदुआ फिर मेरा पीछा कर रहा था? मैंने इस संभावना के खिलाफ निश्चय किया। केवल नरभक्षी ही मनुष्य का पीछा करते हैं और जहाँ तक मैं जानता हूँ, मसूरी के आस-पड़ोस के क्षेत्र में कभी कोई नरभक्षी नहीं था।

मानसून (वर्षा के समय) में दरिया एक तेज बहनेवाली प्रचंड धारा बन जाता था, जिसमें छोटे पेड़ और झाड़ियाँ बह जाते थे और पानी की मित्रता भरी गुनगुनाहट

एक धमकाती हुई गरज बन जाती थी। मैं उस स्थान पर अधिक नहीं जाता था, क्योंकि वहाँ लंबी घास जोंकों से भरी थी।

एक दिन मुझे एक भागते हिरण के शेष हिस्से मिले, जिन्हें थोड़ा-बहुत ही खाया गया था। मैं सोचने लगा कि तेंदुए ने अपना शेष भोजन कहीं छुपा क्यों नहीं दिया था। अंत में मैंने निश्चय किया कि शायद खाते समय उसे बाधा हो गई हो।

फिर पहाड़ी पर चढ़ते हुए, मैं शिकारियों की एक ऐसी टोली से मिला, जो ओक के नीचे विश्राम कर रही थी। उन्होंने मुझसे पूछा कि क्या मैंने किसी तेंदुए को देखा है? मैंने कहा कि मैंने नहीं देखा। उन्होंने कहा कि वे जानते थे कि जंगल में एक तेंदुआ था।

उन्होंने मुझे बताया कि दिल्ली में तेंदुए की खाल, एक हजार रुपए से अधिक की बिकती है। यह तो तब है कि खाल के निर्यात पर प्रतिबंध था, परंतु उन्होंने मुझे समझाया कि कई तरीके थे, मैंने उन्हें इस जानकारी के लिए धन्यवाद दिया और आगे निकल आया, बहुत बेचैन और विचलित महसूस करते हुए।

शिकारियों ने हिरण के ढाँचे को देख लिया था और तेंदुए के पैरों के निशान भी देख लिये थे और वे बार-बार जंगल में आते रहे। प्रायः हर शाम को मुझे उनकी बंदूकों की आवाज आती रहती; क्योंकि वे प्रायः हर चीज पर गोली चलाने को तैयार थे।

"आस-पास, कहीं तेंदुआ है," वे मुझे हमेशा बताते रहते थे, "तुम्हें अपने साथ एक बंदूक रखनी चाहिए।"

"मेरे पास बंदूक नहीं है," मैंने कहा।

कम चिड़िया दिखती थीं और लंगूर भी आगे निकल गए थे। लाल लोमड़ी अपने आप को दिखाती नहीं थी और पाइन मार्टेन, जो अब काफी निर्भीक हो गए थे, मेरे आने से अंदर छुप जाते थे। किसी भी मनुष्य की गंध दूसरे मनुष्य के समान ही होती है।

और फिर बरसात का मौसम खत्म हो गया और अब अक्तूबर था। मैं महकती घास के ऊपर धूप में लेट सकता था और ओक की पत्तियों के पैटर्न के बीच में से आँखें चौंधिया देनेवाले नीले आकाश को देख सकता था और फिर मैं भगवान् की प्रशंसा करता पत्तियों, घास और चीजों की खुशबू के लिए, पुदीने की और गुमट तिपतिया की खुशबू के लिए और चीजों के स्पर्श के लिए—घास, हवा और आकाश, आकाश के नीलेपन के लिए।

मैंने उन आदमियों के विषय में और नहीं सोचा। उनकी ओर मेरी प्रतिक्रिया भी जंगल के निवासियों की ओर की प्रतिक्रिया के समान थी। ये मनुष्य थे, जिनके विषय में कुछ भविष्यवाणी नहीं की जा सकती थी और अगर हो सकता, तो इनसे दूर रहना चाहिए।

नदी के दूसरी ओर था परी तिब्बा, परियों की पहाड़ी, एक उजाड़, झाड़ियों से भरी पहाड़ी, जहाँ कोई नहीं रहता था।

ऐसा कहा जाता था कि पिछली शताब्दी में अंग्रेजों ने पहाड़ी के ऊपर घर बनाने की कोशिश की थी, परंतु उस इलाके में हमेशा बिजली आकर्षित होती थी—या तो पहाड़ी के स्थान के कारण अथवा पहाड़ी की खनिज धरोहर के कारण, जब कई बार बिजली इन घरों पर गिर चुकी थी, वहाँ के लोग दूसरी पहाड़ी पर चले गए थे, जहाँ अब नया शहर बसा है।

पहाड़ियों के लिए यह पारी तिब्बा है, जहाँ एक अभागे दंपती की, जो एक तूफान में समाप्त हो गए थे, आत्माएँ भटकती हैं; अन्य लोगों के लिए यह जली पहाड़ी है, अपने दागी और अविकसित पेड़ों के लिए।

एक दिन, दरिया पार करने के बाद, मैं पारी तिब्बा पर चढ़ गया—एक कड़ा दायित्व, क्योंकि ऊपर कोई रास्ता नहीं था और मुझे एक प्रपाती टीले पर पत्थरों और जड़ों के सहारे चढ़ना था, जो मेरे खोजते हाथों में निकलकर आ सकते थे।

परंतु ऊपर कुछेक पाइन पेड़ोंवाला एक पठार था, जिनकी ऊपर की टहनियाँ हवा के झोंकों को पकड़ रही थीं और धीरे-धीरे गुनगुना रही थीं। फिर मुझे ऐसे घरों के खँडहर मिले, जो शायद वहाँ बसनेवाले पहले लोगों के थे, केवल कुछ छोटे पत्थरों के ढेर थे, जिनमें अब जंगली घास, अम्ल शाक, बिच्छू-बूटी और दंदेलिओंस थे।

चुप्पी इतनी संपूर्ण थी कि मेरे कानों में गूँजती-सी प्रतीत होती थी, परंतु कुछ और भी था, जिसके विषय में मैं चौकन्ना हो रहा था—बिल्ली जाति की एक कड़ी गंध। मैंने थोड़ा इधर-उधर देखा, मैं अकेला था। किसी सूखे पत्ते अथवा खुले पत्थर के हिलने की कोई आवाज नहीं थी।

अधिकतर ये खँडहर आकाश के लिए खुले थे। उनकी सड़ती कड़ियाँ गिर चुकी थीं और एक साथ जुड़कर एक खान के द्वार जैसी हो गई थीं और ऐसा प्रतीत होता था, मानो यह अंधकारमय गुफा धरती के अंदर तक जा रही थी। जब मैं यहाँ पहुँचा, तो गंध और भी तीव्र थी, अत: मैं वहाँ रुक गया और इंतजार करने लगा, यह सोचता हुआ कि क्या मैं तेंदुए के बिछौने तक पहुँच गया था, यह सोचता हुआ कि

कहीं वह जानवर शिकार के पश्चात् अब विश्राम तो नहीं कर रहा था?

शायद वह वहाँ, अंधकार में दुबका हुआ, मुझे देख रहा था और पहचान रहा था कि यह वही व्यक्ति है, जो जंगल में, बिना किसी अस्त्र-शस्त्र के अकेला घूमता है।

मैं यह समझकर खुश था कि वह वहाँ था कि वह मुझे पहचानता था और मानता था कि मैं वहाँ एक दोस्त की हैसियत से आया था, मेरी पूर्ण तौर पर अवज्ञा करके।

शायद मैंने उसे विश्वासपात्र बना दिया था—कुछ अधिक विश्वासपात्र, बहुत अधिक लापरवाह, अपने मध्य में एक मनुष्य के होने पर भी बहुत अधिक विश्वासी। मैंने और आगे जाने की सोची भी नहीं; मैं पागल नहीं था। मैं उसके साथ संपर्क नहीं करना चाहता था, न ही उसकी नसों से भरे सुंदर शरीर की एक टीले से दूसरे टीले पर कूदती एक और झलक चाहता था। मैं तो केवल उसका विश्वास चाहता था और मुझे ऐसा लगता है, जैसे वह उसने मुझे दे दिया था।

परंतु क्या एक तेंदुआ, किसी एक व्यक्ति पर विश्वास करके, दूसरे व्यक्तियों पर भी अपना विश्वास दे सकता है? क्या मैंने, उसका संपूर्ण भय हटाकर, अपने खुद के भय और तेंदुए के खुद को बचाने के भय ने उसे असुरक्षित छोड़ दिया था?

क्योंकि अगले दिन, दरिया से ऊपर आते समय, चिल्लाते और ढोल बजाते हुए, शिकारी आ रहे थे। उनके कंधों पर एक लंबा बाँस था और उस बाँस से लटका पैर ऊपर, सिर नीचे था, तेंदुए का मृत शरीर, जिसे गले और सिर पर गोली मार दी गई थी।

"हमने आपको बताया था कि एक तेंदुआ है!" वे चिल्लाए, बहुत खुशी में। "यह एक बहुत बढ़िया नमूना नहीं है?"

"हाँ," मैंने कहा, "यह एक बहुत सुंदर तेंदुआ था।"

मैं शांत जंगल से होता हुआ, चलकर घर आ गया। बहुत शांति थी, उसी प्रकार की जैसे कि चिड़ियों और पशुओं को पता था कि उनके साथ विश्वासघात हुआ है।

मुझे डी.एच. लॉरेंस की कविता याद आ गई और जैसे-जैसे मैं उस खड़े और एकांत रास्ते से अपने घर की ओर आ रहा था, उन शब्दों की आवाज मेरे मन से फूटकर बाहर आने लगी, 'दुनिया में एक पहाड़ी शेर और मेरे लिए जगह थी।'

□

10

बहुत रंगोंवाला कमरा

पिछले हफ्ते मैंने एक कहानी लिखी और जिस पूरे समय मैं लिख रहा था, मैं सोचता था कि वह अच्छी कहानी थी; परंतु जब वह खत्म हो गई और मैंने उसे पढ़ा, मैंने देखा कि उसमें कुछ कमी थी; कि वह सच नहीं लग रही थी। इसलिए मैंने उसे फाड़ दिया। मैंने एक कविता लिखी, एक बूढ़े व्यक्ति के विषय में, जो धूप में सो रहा था और यह सच था, परंतु वह जल्दी खत्म हो गई और एक बार फिर मैं इस दुविधा में पड़ गया कि अब अगला मैं क्या लिखूँ और मुझे अपने पिताजी की याद आई, जिन्होंने मुझे लिखना सिखाया था और मैंने सोचा, क्यों न अपने पिताजी के बारे में ही लिखूँ, उन पेड़ों के बारे में जो हमने लगाए थे और उन लोगों के विषय में, जिन्हें मैं बड़ा होते समय जानता था और बड़ा होने के रास्ते में क्या-क्या हुआ।

अतः ऐलिस के जैसे, मुझे शुरू से ही शुरू करना होगा और शुरू में यह लाल कीड़ा था, एक शनील के बटन जैसा, जो मुझे बँगले के सामने के बगीचे में मिला था। पूरी रात बारिश होने की वजह से घास अभी तक गीली थी।

मैंने उस कीड़े को अपनी हथेली में लिया और अपने पिताजी को दिखाने के लिए घर के अंदर ले गया।

"देखिए, पिताजी," मैंने कहा, "मैंने पहले इस तरीके का कीड़ा नहीं देखा। यह कहाँ से आया है?"

"तुम्हें यह कहाँ मिला?" उन्होंने पूछा।

"घास में।"

"शायद यह आकाश से नीचे आया होगा," उन्होंने कहा, "शायद यह बारिश के साथ नीचे आ गया होगा।"

बाद में उन्होंने जो मुझे बताया कि कीड़ा किस तरह आया था, परंतु मुझे उनका

पहले वाला स्पष्टीकरण बेहतर लगा। उसका आकाश से गिरना अधिक आनंददायक प्रतीत हुआ।

मैं उस समय सात वर्ष का था और मेरे पिताजी सैंतीस वर्ष के, परंतु शुरू से ही, उन्होंने मुझे ऐसा महसूस कराया, जैसे मैं उनसे किसी भी विषय में बात करने के लिए यथेष्ट बड़ा था—कीड़े, लोग, पेड़, भाप से चलनेवाले इंजन, किंग जॉर्ज, कॉमिक, मगरमच्छ, महात्मा, वायसराय, अमेरिका, मोजांबिक और टिंबकटू। हम एक साथ लंबी सैर पर जाते थे, पुराने खँडहरों का अन्वेषण करते, तितलियों का पीछा करते और जाती हुई ट्रेनों को हाथ हिलाते।

जब मैं चार साल का था तो मेरी माँ चली गई थीं और मेरी उनके संबंध में बहुत धुँधली यादें थीं। अधिकांशतः बच्चों की माताएँ उनके साथ थीं और मुझे थोड़ा अजीब लगता था कि मेरी नहीं रह पाई थीं। मैं जब भी अपने पिताजी से पूछता कि माँ क्यों चली गई थी? वे कहते थे, "तुम जब बड़े हो जाओगे, तब समझोगे।" और अगर मैं उनसे पूछता था कि वे कहाँ गई हैं? तो वे बहुत परेशान हो जाते थे और कहते थे, "मुझे सही तरीके से नहीं पता।" मेरा यह इकलौता प्रश्न था, जिसका उनके पास कोई उत्तर नहीं था।

लेकिन मैं अपने पिताजी के साथ अकेला रहकर भी काफी खुश था; मैं किसी और प्रकार का जीवन जानता भी नहीं था।

हम एक पुरानी दीवार पर बैठे हुए थे, समुद्र में देखते हुए, जहाँ कुछेक अरब बगुले और एक ट्राम स्टीमर थे, जब मेरे पिताजी ने कहा, "क्या तुम किसी दिन समुद्र में जाना चाहोगे?"

"समुद्र कहाँ जाता है?" मैंने पूछा।

"वह हर जगह जाता है।"

"क्या वह दुनिया के अंत तक जाता है?"

"वह दुनिया के चारों ओर जाता है। यह दुनिया गोल है।"

"ऐसा नहीं हो सकता।"

"ऐसा ही है, परंतु वह इतनी बड़ी है कि तुम उसकी गोलाई देख नहीं सकते। जब कोई मक्खी तरबूज पर बैठती जाए, तो वह तरबूज के सब तरफ नहीं देख सकती। मक्खी को तरबूज काफी चपटा ही लगता होगा। खैर, दुनिया की तुलना में हम, छोटे-से-छोटे कीड़े से भी छोटे हैं।"

"क्या आप पूरी दुनिया घूमे हैं?" मैंने पूछा।

"नहीं, सिर्फ इंग्लैंड तक, जहाँ तुम्हारे दादाजी पैदा हुए थे।"

"और मेरी दादीजी?"

"वे जब काफी छोटे थे, तब नॉर्वे से भारत आए थे। नॉर्वे एक ठंडी जगह है, जहाँ पहाड़ हैं और बर्फ और समुद्र धरती में गहराई तक काट जाता है। मैं अपने बचपन में वहाँ था। बहुत सुंदर जगह है वह और लोग अच्छे और मेहनती हैं।"

"मैं वहाँ जाना चाहूँगा।"

"एक दिन तुम जरूर जाओगे। जब तुम और बड़े हो जाओगे, तब मैं तुम्हें नॉर्वे ले जाऊँगा।"

"क्या वह इंग्लैंड से बेहतर है?"

"वह काफी भिन्न है।"

"क्या वह भारत से बेहतर है?"

"वह काफी भिन्न है।"

"क्या भारत इंग्लैंड के जैसा है?"

"नहीं, वह अलग है।"

"खैर, 'अलग या भिन्न' का क्या अर्थ है?"

"इसका अर्थ है कि चीजें एक जैसी नहीं हैं। इसका अर्थ है कि लोग अलग हैं। इसका अर्थ है कि मौसम अलग हैं। इसका अर्थ है कि पेड़, पशु, पक्षी और कीड़े भिन्न हैं। अंग्रेज घड़ियाल भारतीय घड़ियालों से अलग हैं।"

"इंग्लैंड में घड़ियाल नहीं होते तो फिर तो अलग होंगे ही।"

"यह एक अरुचिकर दुनिया होती, अगर हर जगह एक जैसी होती," मेरे पिताजी ने कहा।

वे मेरे अनंत प्रश्नों के बावजूद धैर्य नहीं खोते थे। यदि वे आराम करना चाहते थे, तो वे अपना पाइप निकाल लेते और उसे जलाने में काफी समय लगाते। अगर यह बहुत अधिक समय लेता तो मैं कुछ और करने के लिए ढूँढ़ लेता, परंतु कभी-कभी जब तक पाइप खिंचता रहता था, मैं रुका रहता था और फिर आक्रमण में लौट जाता था।

"क्या हम हमेशा इंडिया में ही रहेंगे?" मैंने पूछा।

"नहीं, हमें एक-न-एक दिन चले जाना होगा। पता है क्या? बहुत मुश्किल है समझाना, परंतु असल में यह हमारा देश नहीं है।"

"आया कहती है कि यह इंग्लैंड के बादशाह का है और उसके मुकुट में

जो जवाहरात हैं, वे भी भारत से लिये गए और यह कि जब इंडियन लोगों को अपने जवाहरात वापस मिल जाएँगे, तब राजा इंडिया को खो देगा! परंतु पहले तो उन्हें राजा से उनका मुकुट लाना होगा, परंतु यह बहुत मुश्किल है, वह कहती है, क्योंकि मुकुट हमेशा उनके सिर पर होता है। वे सोते भी हैं तो मुकुट अपने सिर पर पहनकर!"

आया मेरी आया थी। वह मुझे बहुत अधिक प्यार करती थी और हमेशा ही मेरे दिमाग में अजीब, लेकिन बहुत अच्छी कहानियाँ भर देती थी।

मेरे पिताजी आया के विचारों पर कभी कोई टिप्पणी नहीं करते थे। उन्होंने केवल इतना कहा था कि "हमें एक-न-एक दिन जाना होगा।"

"हम यहाँ कब से हैं?" मैंने पूछा।

"दो सौ साल।"

"नहीं, मेरा मतलब है 'हम'...।"

"तुम्हारा जन्म इंडिया में हुआ था, अतः, तुम्हारे लिए सात साल।"

"तो क्या मैं यहाँ नहीं रह सकता?"

"तुम रहना चाहते हो?"

"मैं समुद्र के उस पार जाना चाहता हूँ। परंतु क्या हम आया को अपने साथ ले जा सकते हैं?"

"मुझे नहीं पता, बेटा! चलो, हुम समुद्र के किनारे सैर करते हैं।"

हम तालाब के किनारे एक पुराने महल में रहते थे। बाहर से वह महल एक खँडहर प्रतीत होता था, परंतु इसके कमरे शीतल और आरामदेह थे। हम एक हिस्से में रहते थे और मेरे पिताजी ने दूसरी ओर एक छोटे स्कूल की व्यवस्था कर दी थी। उनके शिष्यों में राजा और उनके रिश्तेदारों के बच्चे थे। मेरे पिताजी ने चायबागान के मालिक के रूप में अपना जीवन भारत में ही शुरू किया था, परंतु उन्हें एक शिक्षक के रूप में प्रशिक्षण प्राप्त था और अरब की खाड़ी के बिल्कुल सामने के एक छोटे राज्य में स्कूल शुरू करने का विचार उन्हें भा गया था। आय अधिक नहीं थी, परंतु हमारे पास रहने के लिए महल था, इधर-उधर घूमने के लिए, सबसे नवीनतम 1935 मॉडल की हिलमन गाड़ी थी और उस जमाने में कई नौकर थे। यह सही है कि उन दिनों में हरेक के पास नौकर होते थे (हालाँकि नौकरों के नहीं होते थे)। आया हमारी अपनी थी, परंतु खानसामा, बैरे, माली और भिश्ती, सब सरकार द्वारा दिए जाते थे।

कभी-कभी मैं स्कूल के कमरे में दूसरे बच्चों के साथ बैठता था (जो सब मुझसे उम्र में बहुत बड़े थे), मैं कभी-कभी घर पर ही रह जाता था आया के पास, कभी मैं दुखी माली के पीछे विस्तारित बागान में जाता। हालाँकि मैं कभी भी यह नहीं खोज पाया कि माली के पास दुखी होने को क्या था, परंतु यह नाम उस पर बिल्कुल सही लगता था। वह झुकी हुई अप्रिन के समान था, जो वह अपनी छोटी खुरपी से हमेशा खोद रहा होता था। मैंने यदा-कदा ही उसे खड़े देखा होगा। वह हमेशा जमीन पर बैठा रहता था, उसके घुटने करीब-करीब उसकी ठोड़ी तक आते हुए और इसी अवस्था में वह अप्रिन पर आक्रमण करता था। वह इसी अवस्था में सारा दिन रह सकता था, उस बागान में इसी तरह से घास के ऊपर पैर घिसटते हुए।

मैंने उसकी मुद्रा की नकल करने की कोशिश की, अपनी एड़ियों पर बैठकर और अपने घुटनों को अपनी बगल के नीचे लाकर, परंतु पाँच मिनट से ज्यादा कभी नहीं रह पाया।

एक बड़े बागान में समय का कोई मतलब नहीं होता और दुखी को कभी जल्दी नहीं होती थी। उसके लिए जिंदगी का अर्थ, एक साल के बाद और एक साल नहीं था, बल्कि पाँच मौसमों का—सर्दी, वसंत, गरमी, मानसून और पतझड़। उनका आना और चले जाना। उसकी क्यारियाँ हमेशा अगले मौसम के लिए तैयार होनी होती थीं और वह अगले मानसून के आगे कुछ नहीं देखता था। उसकी उम्र बताना नामुमकिन था। वह छत्तीस का या छियासी का हो सकता था। वह या तो अपनी उम्र के लिए बहुत छोटा था, या बहुत बूढ़ा।

दुखी को चटक रंग बहुत अच्छे लगते थे, खासतौर पर लाल और पीले। उसे तेज गंधवाले फूल भी अच्छे लगते थे जैसे कि चमेली और हनीसकल। वह मेरे पिताजी की हलकी मीठी खुशबूवाले पेटूनिया और स्वीटपी के लिए अभिरुचि को नहीं समझ पाता था, परंतु मैं दुखी के आम चमकदार नारंगी गेंदों के लिए, जो मंदिरों में चढ़ाए जाते हैं और जिनका उपयोग, माला और गुलदस्ते बनाने में होता है, के लिए उसके प्यार का भागीदार था। जब बागान हर प्रकार के रंग से खाली हो जाता, तो गेंदा फिर भी रह जाता, खुश और भड़कीला, सूरज को चुनौती देता हुआ।

दुखी को गुलदस्ते बनाना बहुत अच्छा लगता था और मुझे उसे काम करते हुए देखना। सूरजमुखी मध्य स्थान पर था। उसके चारों ओर गुलाब, गेंदे और

कनेर थे, जिसके चारों ओर हरी पत्तियाँ थीं और उन्हें एक रुपहले रंग के धागे से बाँधा था। उसकी खुशबू प्रतिभूत थी। गुलदस्ते या तो मुझे या मेरे पिताजी को खास मौकों पर दिए जाते थे, जैसे जन्मदिन या फिर मेरे पिताजी के मेहमानों को, जिन्हें महत्त्वपूर्ण समझा जाता था।

एक दिन मैंने दुखी को एक गुलदस्ता बनाते हुए देखा और कहा, "आज तो कोई नहीं आ रहा है, दुखी! किसी का जन्मदिन भी तो नहीं है।"

"जन्मदिन है, छोटे साहब," उसने कहा। 'छोटे साहब' एक उपाधि थी, जो उसने मुझे दी थी। राजा साहब, दीवान साहब अथवा बड़े साहब की तुलना में यह कोई उपाधि नहीं थी, परंतु सात साल की उम्र में एक उपाधि होना अच्छा था।

"ओह," मैंने कहा, "तो क्या कोई पार्टी भी है?"

"कोई पार्टी नहीं।"

"बिना पार्टी के जन्मदिन का क्या फायदा, बिना उपहार के जन्मदिन का क्या लाभ?"

"इस व्यक्ति को उपहार अच्छे नहीं लगते, केवल फूल।"

"कौन है वह?" उत्सुकता से मैंने पूछा।

"अगर आप जानना चाहते हो तो आप यह फूल ले जा सकते हो उनके लिए। वे महल के दूरवाली तरफ के सबसे ऊपर रहती हैं। वहाँ चढ़ने के लिए बाईस सीढ़ियाँ हैं। याद रखिएगा, छोटे साहब, आप तेईस कदम लेंगे और आप किनारे को फाँदते हुए तालाब में गिर जाएँगे!"

मैंने सीढ़ियाँ चढ़ना शुरू किया।

वे घुमावदार सीढ़ियाँ थीं, पिटवान लोहे की बनी हुईं और वे ऊँचे, घुमावदार ढंग से जा रही थीं और मुझे काफी चक्कर दे रही थीं और थका रही थीं।

ऊपर जाकर मैंने अपने आप को एक बालकनी में पाया, जो बाहर तालाब और एक और महल की ओर, भीड़वाले शहर की ओर और दूर के बंदरगाह की ओर खुलती थी। मुझे एक आवाज सुनाई दी, एक ऊँचे स्वर की संगीतमय आवाज, जो (अंग्रेजी में) कह रही थी, 'क्या तुम कोई भूत हो?' मैंने घूमकर यह देखने की कोशिश की कि कौन बोला था, परंतु मुझे वह बालकनी खाली नजर आई। आवाज एक अँधेरे कमरे से आई थी।

मैं सीढ़ी की ओर मुड़ा, भाग जाने के लिए, परंतु उस आवाज ने कहा, "अरे, जाओ मत; डरने की कोई बात नहीं है!"

अत: मैं सीधा खड़ा रहा, कमरे के अंधकार की ओर उत्सुकता से देखते हुए।

"पहले मुझे बताओ—क्या तुम भूत हो?"

"मैं एक लड़का हूँ," मैंने कहा।

"और मैं एक लड़की हूँ। हम दोस्त हो सकते हैं। मैं वहाँ बाहर नहीं आ सकती, इसलिए तुम ही भीतर आ जाओ, यही बेहतर होगा। आओ, मैं भी भूत नहीं हूँ—कम-से-कम अभी तो नहीं!"

क्योंकि उस आवाज के पीछे कुछ भी बहुत भयानक नहीं था, मैं कमरे के अंदर गया। वहाँ अंदर अँधेरा था और चकाचौंध करनेवाली रोशनी अंदर आकर, मुझे एक छोटी सी बुजुर्ग महिला, जो एक सुनहरी कुरसी पर बैठी हुई थीं, को देखने में थोड़ा समय लगा। वे एक लाल साड़ी, कलाई में कई रंग-बिरंगी चूड़ियाँ और सोने की बालियाँ पहने हुए थीं। उनके बालों में सफेद धारियाँ थीं, परंतु उनकी त्वचा काफी नरम और बिना झुर्रियों के थीं और उनकी बड़ी और बेहद खूबसूरत आँखें थीं।

"तुम निश्चय ही मास्टर बॉण्ड हो!" उन्होंने कहा, "क्या तुम जानते हो कि मैं कौन हूँ?"

"आप एक महिला हैं, जिनका आज जन्मदिन है," मैंने कहा, "परंतु केवल यही बात है, जो मैं जानता हूँ। दुखी ने मुझे और कुछ नहीं बताया।"

"अगर तुम इस बात को गुप्त रखने का वचन देते हो, तो मैं तुम्हें बताऊँगी कि मैं कौन हूँ। असल में सब लोग मुझे पागल समझते हैं। क्या तुम भी ऐसा ही सोचते हो?"

"मैं नहीं जानता।"

"खैर, अगर तुम ऐसा सोचते हो तो मुझे बता जरूर देना," उन्होंने एक दबी हुई हँसी के साथ कहा। उनकी हँसी की आवाज ऐसी थी, जैसे कि एक छिपकली की, एक छोटी दीवार की छिपकली, जो गले के भीतर से आ रही थी। "मुझे ऐसा लगता है कि तुम एक सच्चे लड़के हो। क्या तुम्हें सत्य बोलना कष्टकर लगता है?"

"कभी-कभार।"

"कभी-कभार, कई बार ऐसा होता है कि मैं झूठ-झूठ बोलती हूँ, बहुत सारे छोटे-छोटे झूठ, क्योंकि उसमें बहुत मजा आता है! पर क्या तुम मुझे झूठी कहोगे, अगर मैं तुम्हारी जगह होती, तो मैं तो न बुलाती; पर क्या तुम बुलाओगे?"

"क्या तुम झूठी हो?"

"मैं तुमसे पूछ रही हूँ! अगर मैं तुमसे कहूँ कि मैं एक रानी थी—एक रानी हूँ, तो क्या तुम मुझ पर विश्वास करोगे?"

मैंने इसके बारे में बहुत सोचा और फिर कहा, "मैं तुम पर विश्वास करने की कोशिश करूँगा।"

"अरे, पर तुम्हें मुझ पर विश्वास करना होगा। मैं असली की रानी हूँ! देखो, मेरे पास हीरे हैं, इसे साबित करने के लिए!" उसने अपने हाथ बाहर निकाले और हर उँगली पर एक अंगूठी थी, उस धीमी रोशनी में जगमगाते पत्थर। "हीरे, रूबी, मोती और पन्ना! केवल एक रानी के पास ही यह सब हो सकता है!" वह बहुत व्याकुल हो रही थी कि मैं उस पर विश्वास कर लूँ।

"आप जरूर रानी होंगी," मैंने कहा।

"बिल्कुल सही!" वह खीजकर बोली। अतः क्या तुम्हें मुझ को 'मल्लिका' बुलाने में आपत्ति होगी?"

"मल्लिका," मैंने कहा।

वह मुसकराई। वह एक धीमी, सुंदर मुसकराहट थी। उसका पूरा मुँह दीप्तिमान हो गया।

"मैं तुमसे प्यार कर सकती थी," उसने कहा, "परंतु उससे भी बेहतर होगा कि मैं तुम्हें कुछ खाने को दूँ। क्या तुम्हें चॉकलेट पसंद है?"

"जी हाँ, मल्लिका!"

"खैर," अपने पास रखी एक मेज से डिब्बा निकालते हुए उसने कहा, "ये सब इंग्लैंड से आई हैं। दो ले लो। केवल दो, सँभलकर लेना, नहीं तो डिब्बा बृहस्पतिवार से पहले खत्म हो जाएगा और मैं नहीं चाहती कि ऐसा हो, क्योंकि मुझे शनिवार से पहले और नहीं मिलेंगी।" उस दिन ही कप्तान मैक व्हिर्र का जहाज, एस.एस. लूसी आता है, जिसमें बहुत सारी चॉकलेट आती हैं!

"सारी आपके लिए?" मैंने काफी हैरानी से पूछा।

"हाँ, बिल्कुल। इन्हें कम-से-कम तीन महीने चलाना होता है। मैं इन्हें इंग्लैंड से मँगाती हूँ। मैं सबसे अच्छी चॉकलेट ही मँगाती हूँ। मुझे उसके भीतर गुलाबी, कुरकुरी चीज बहुत अच्छी लगती है और तुम्हें?"

"हा-हा!" मैंने ईर्ष्या से भरे हुए कहा।

"कोई बात नहीं," उसने कहा, "हो सकता है, मैं तुम्हें बीच-बीच में

एक-आधी दे दूँ—अगर तुम मेरे साथ अच्छा व्यवहार करो! यह लो…" उसने चॉकलेट का डिब्बा मेरी ओर सरकाते हुए कहा।

मैंने एक चाँदी में लिपटी चॉकलेट ले ली और जैसे ही मैं दूसरी लेने की सोच ही रहा था कि उसने जल्दी से वह डिब्बा हटा लिया।

"और नहीं!" उसने कहा, "इन्हें शनिवार तक चलाना है।"

"परंतु मैंने तो एक ही ली है," मैंने कुछ गुस्से से कहा।

"ऐसा क्या?" उसने मुझे एक तेज नजर से देखा, निश्चित किया कि मैं सच बोल रहा हूँ और फिर दयामय भाव से कहा, "अगर ऐसी बात है तो तुम एक और ले सकते हो।"

रानी को ध्यान से देखते हुए कि वह एक बार फिर, डिब्बा अपनी ओर न खींच ले, मैंने दूसरी चॉकलेट चुन ली, इस बार की हरे कागज में लिपटी हुई थी। मुझे कुछ याद नहीं है कि बाहर किस प्रकार का दिन था, परंतु मुझे वह चमकते हरे रंग का कागज याद रहा।

मैंने सोचा कि एक रानी के सामने चॉकलेट खाना अशिष्ट होगा, इसलिए मैंने उन चॉकलेटों को अपनी जेब में डाला और कहा, "अब मुझे चलना चाहिए। आया मुझे ढूँढ़ रही होगी।"

"और मुझको देखने तुम फिर कब आओगे?"

"मैं कह नहीं सकता," मैंने कहा।

"मल्लिका।"

"मल्लिका।"

"मैं चाहती हूँ कि तुम मेरे लिए कुछ करो," उसने कहा, मेरे कंधे पर एक उँगली रखते और मुझे एक नजर से देखते हुए कहा, "क्या तुम करोगे?"

"क्या है, मल्लिका?"

"क्या है, तुम क्या पूछ रहे हो? एक असली राजकुमार कहाँ, क्यों, कुछ भी, कभी नहीं पूछता; वह सिर्फ वही करता है, जो राजकुमारी उससे करने को कहती है। जब मैं राजकुमारी थी, रानी बनने के पहले, मैंने एक राजकुमार से तालाब के उस पार तैरकर जाकर मेरे लिए एक लिली लाने को कहा, जो दूसरे किनारे पर उगता था।"

"और क्या वे आपके लिए उसे लाए?"

"वे आधे रास्ते में डूब गए। यह तुम्हारे लिए एक सीख हो जानी चाहिए।

कभी भी बिना जाने कि क्या बात है, उसे करने के लिए राजी मत होना।"

"लेकिन मैंने सोचा कि आपने कहा था…।"

"इसकी चिंता मत करो कि मैंने क्या कहा था। जो मैं कहती हूँ, वही मायने रखता है!"

"अच्छा, ठीक है," मैंने कहा, चले जाने के लिए तत्परता दिखाते हुए, "वह क्या चीज है, जो आप चाहती हैं कि मैं करूँ?"

"कुछ नहीं।" उसके छोटे गुलाब जैसे लाल होंठ थूथाए और उसने दीवार पर टँगी एक तसवीर की ओर उदास तरीके से देखना शुरू कर दिया। अब, क्योंकि मेरी आँखें उस कमरे की मद्धम रोशनी की आदी हो गई थीं, मैंने देखा कि दीवार पर हृष्ट-पुष्ट राजाओं और रानियों की पगड़ी बाँधे और सुंदर कपड़े पहनी तसवीरें टँगी थीं। इंग्लैंड की रानी विक्टोरिया और राजा जॉर्ज पंचम की भी तसवीरें थीं। इस विशिष्ट संगत में, मिकी-माउस की भी एक बड़ी सी तसवीर थी।

"अगर काम बहुत मुश्किल न हुआ तो मैं कर दूँगा," मैंने कहा।

"तो सुनो।" उसने मेरा हाथ पकड़ा और मुझे अपनी ओर खींचा—उसका हाथ कितना छोटा था! और फुसफुसाई, "मुझे एक लाल गुलाब चाहिए। महल के बागान से, पर सावधानी से करना! माली दुखी को तुम खुद को पकड़ने मत देना। उसे पता चल जाएगा कि यह मेरे लिए है। उसे पता है कि मुझे गुलाब बहुत अच्छे लगते हैं और वह मुझसे बहुत नफरत करता है! मैं तुम्हें एक दिन बताऊँगी, क्यों, परंतु यदि वह तुम्हें पकड़ लेता है, तो वह कुछ बहुत बुरा कर देगा।"

"मेरा?"

"नहीं, अपने आप का। वह तो और भी गलत है, नहीं? वह अपने आप को गाँठों में बाँध लेगा, या फिर नंगा होकर गुलाब के काँटों के बिस्तर के ऊपर लेट जाएगा, या फिर एक लंबे उपवास पर चला जाएगा बिना कुछ खाए हुए, सिवाय फल, मिठाई और चिकन के! तो तुम सावधान रहोगे, है न?"

"अरे, पर वह तुमसे नफरत नहीं करता," मैं विरोध में चिल्लाया, उन फूलों के विषय में याद करके, जो उसने उसके लिए भेजे थे और इधर-उधर देखकर मैंने देखा कि मैं उन पर बैठा हुआ था। "देखो, उसने यह फूल तुम्हारे जन्मदिन के लिए भेजे थे!"

"खैर, अगर उसने ये फूल मेरे जन्मदिन के लिए भेजे थे…" और फिर वह अकस्मात् नरम हो गई और लज्जाशील लगने लगी। उसने कहा, "तो फिर मैं

इन्हें रख लेती हूँ। धन्यवाद प्रिये, यह एक बहुत मधुर सोच थी।" और फिर वह सामने की ओर झुकी, जैसे कि वह मेरा चुंबन लेनेवाली हो।

"देर हो गई है, मुझे जाना चाहिए!" मैंने भयभीत होकर कहा और मुड़कर, कमरे के बाहर निकल गया, उस घुमावदार सीढ़ी के नीचे।

पिताजी ने खाना शुरू नहीं किया था, मेरा मतलब है, नाश्ता, जैसा हम उसे उस समय बुलाते थे। वे अधिकतर मेरे लिए रुके रहते थे, अगर मुझे देरी होती थी तो। मुझे लगता है, उन्हें अकेले खाना अच्छा नहीं लगता था।

नाश्ते में हम लोग प्राय: चावल और मटन करी (कोफ्ता अथवा मीट का कीमा की गोलियाँ, जिसमें बहुत सारी तरी होती थी, मेरी प्रिय तरी थी), तड़केवाली दाल और एक गरम नीबू या आम का अचार। रात के खाने के लिए हम अंग्रेजी खाना खाते थे—सूप, भुना हुआ पोर्क (सूअर का मांस) और तले हुए आलू, मेरे पिताजी द्वारा बनाई गई एक स्वादिष्ट, मसालेदार तरी और एक कस्टर्ड अथवा कारमेल पुडिंग। मेरे पिताजी को खाना बनाना बहुत अच्छा लगता था, परंतु केवल दिन में ही वह समय निकाल पाते थे खाना बनाने का। ब्रेकफास्ट (सवेरे का नाश्ता) उनका खुद का सृजन किया हुआ होता था। वह विभिन्न रुचिकर तरीकों से अंडा बनाते थे और कई इतालियन व्यंजनों को, जिनको उन्होंने यूरोप की अपनी एक यात्रा में संगठित किया था, मेरे जन्म के बहुत पहले, अधिक पसंद करते थे।

हमारे हिंदू दोस्तों की भावना के कारण हम गाय का मांस नहीं खाते थे, लेकिन मटन और मुरगी के अलावा अन्य मांस की भी आपूर्ति रहती थी—जैसे कि बटेर, मृग मांस, समुद्री झींगा और यहाँ तक कि साही भी!

"और आप कहाँ होकर आ रहे हैं?" मेरे पिताजी ने पूछा; चावल लेते हुए, जब उन्होंने मुझे आते हुए देखा।

"पुराने महल के ऊपर से," मैंने कहा।

"क्या तुम वहाँ किसी से मिले?"

"हाँ, मैं एक छोटी सी महिला से मिला, जिन्होंने मुझे बताया कि वे रानी थीं। उन्होंने मुझे चॉकलेट दीं।"

"नियमित रूप से उन्हें अतिथि अच्छे नहीं लगते।"

"ओह, उन्होंने मेरे लिए तो आपत्ति नहीं की, परंतु क्या वे सच में रानी हैं?"

"वे एक महाराजा की पुत्री जरूर हैं। इस तरह से वे राजकुमारी जरूर हो जाती हैं। उन्होंने कभी शादी नहीं की। एक कहानी है कि वे एक मामूली व्यक्ति

से प्रेम करने लगी थीं, महल के एक नौकर से और उससे शादी करना चाहती थीं, परंतु जाहिर है, वे इसकी इजाजत नहीं देते। वे बहुत दु:खी रहने लगीं और पुराने महल में अकेली रहने लगीं। वह उन्हें वे सब देते हैं, जिनकी उन्हें आवश्यकता होती है, परंतु न तो वे बाहर जाती हैं, न ही उनके यहाँ कोई अतिथि आता है। सब लोग कहते हैं कि वे पागल हैं।"

"उन्हें कैसे पता?" मैंने पूछा।

"शायद इसलिए, क्योंकि वे और लोगों से भिन्न हैं।"

"क्या यह पागलपन होता है?"

"नहीं, सही मायने में नहीं। मेरे हिसाब से पागलपन का अर्थ है, चीजों को उस नजरिये से नहीं देखना, जैसे बाकी लोग देखते हैं।"

"क्या वे बहुत खराब हैं?"

"नहीं," पिताजी ने कहा, जिन्हें शायद पहली बार, मुझे कुछ समझाने में कष्ट महसूस हो रहा था, "परंतु जो लोग ऐसे होते हैं, जिनके दिमाग इतने अलग होते हैं कि वे सोचते भी नहीं, एक-एक कदम पर, जैसे हम सोचते हैं, जिनके विचार हर तरफ दौड़ते रहते हैं, ऐसे लोगों के साथ रहना बहुत मुश्किल होता है···।"

"एक-एक कदम," मैंने दोहराया, "एक-एक कदम···।"

"तुम तो खा ही नहीं रहे," पिताजी ने कहा, "जल्दी करो, जिससे कि तुम आज मेरे साथ स्कूल जा सको।"

मैं हमेशा अपने पिताजी की क्लास में जाने के लिए उत्सुक रहता था। वे मुझे अपने स्कूल नहीं ले जाते थे, क्योंकि पहली बात तो वे स्कूल जाने को एक मनोरंजन बनाना चाहते थे और फिर बाद में नियमित रूप से जाना इतना अरुचिकर न लगे।

वहाँ, अपने से बड़े बच्चों के बीच में बैठकर, जो वे सीख रहे थे, उसका आधा ही समझकर, मैं अपने आप को बहुत महत्त्वपूर्ण और कुछ हद तक बड़ा भी महसूस करता था और हाँ, मैंने लिखना-पढ़ना तो सीख ही लिया था, हालाँकि मैंने पहले उलटा पढ़ना ही सीखा था, दूसरों की डेस्क के सामने खड़े हो, उनकी किताबों के भीतर झाँककर। बाद में, जब मैं स्कूल गया, मुझे सीधे तरीके से पढ़ना सीखने में थोड़ी मुश्किल हुई और आज भी कभी-कभी मैं उलटा ही पढ़ता हूँ, केवल इसलिए कि मुझे विविधता चाहिए। मेरा कहने का यह मतलब नहीं है कि मैं सिर के बल खड़ा होकर पढ़ता हूँ; केवल यही कि मैं किताब को उलटा पकड़ता हूँ।

मेरे हाथ में कई छंद और कविताएँ थीं, जिनमें से सबसे मनोरंजक थी 'सोलोमन ग्रंडी'।

सोलोमन ग्रंडी,
बॉर्न ऑन अ मंडे,
क्रिस्न्ड ऑन टीऊसडे
मैरिड ऑन वेडनेसडे
टुक इल ऑन थर्सडे
वर्स ऑन फ्राइडे
डाइड ऑन सेटरडे
बरीड ऑन संडे
दिस वाज द एंड ऑन ऑफ सोलोमन ग्रंडी।

क्या अंत में, यही था जीवन और क्या हम सब ही सोलोमन ग्रंडी थे? उस समय, यही प्रश्न थे, जो मुझे विचलित कर देते थे। दूसरी चिंतित कर देनेवाली कविता थी—

सुनो, सुनो, कुत्ते भौंक रहे हैं,
भिखारी श्री में आ रहे हैं;
कुछ चिथड़ों में, कुछ बस्तों में,
और कुछ शनील के गाउनों में।

बहुत दिनों, यह कविता मुझे उलझन में डाल देती थी। बाजार में बहुत बड़ी तादाद में भिखारी थे और कई बार वे घर भी आ जाते, उनमें से कुछ सच में, चिथड़े और बस्ते पहनते थे (और कुछ, कुछ भी नहीं) और सच में कुत्ते उन पर भौंकते थे, परंतु शनील के गाउन में कभी भी हमारे रास्ते में नहीं आया।

"यह शनील के गाउन में भिखारी कौन है?" मैंने अपने पिताजी से पूछा।

"कोई भी भिखारी नहीं है," उन्होंने कहा।

"तो फिर उसे भिखारी क्यों बुलाएँ?"

और मैं आया के पास गया और उससे भी यही प्रश्न पूछा, "यह शनील के गाउन में भिखारी कौन है?"

"ईसा मसीह," आया ने कहा।

आया एक धर्मोत्साही ईसाई थी और रात को, मुझे अपनी प्रार्थना कहने को बोलती थी, जब मैं बहुत नींद में होता था, तब भी। मुझे लगता है, उसके अंदर

मछुआरों की कोली कौम, जहाँ की उसकी माँ थीं, के साथ अरब और नीग्रो खून भी मिला हुआ था। उसके पिता,जो एक अरब जहाज में नाविक थे, ने धर्म परिवर्तन कर लिया था। आया एक बड़ी सी, हृष्ट-पुष्ट औरत थी, जिसके भारी हाथ-पैर और धीमी, लहराती हुई चाल और जिसमें एक शाही हाथी का प्रताप था। अपनी विराट् काया के बावजूद, हाथी कुशाग्रबुद्धि जीव होते हैं और आया भी कुशाग्रबुद्धि, संवेदनशील और अपने हाथों से बहुत कोमल थी। उसका चेहरा सदैव मुसकराता हुआ और बच्चों के समान था।

हालाँकि वह ईसाई थी, वह अपने माता-पिता के विश्वासों को पकड़े रहती थी और चंचल और बुरी आत्माओं, मनुष्य, जो जानवरों में परिवर्तित हो जाते थे और उन साँपों की, जो अपने पिछले जनम में राजकुमार थे, की कहानियाँ मुझे सुनाना पसंद करती थी।

एक कहानी थी, जिसमें एक साँप ने एक राजकुमारी से शादी कर ली थी। शुरू में राजकुमारी साँप से विवाह नहीं करना चाहती थी, जिसके साथ उसकी जंगल में मुलाकात हुई थी, परंतु साँप ने जबरदस्ती की, यह कहकर कि "अगर तुम मुझसे शादी नहीं करोगी तो मैं तुम्हें मार डालूँगा," और फिर इस प्रश्न का उत्तर मिल गया। साँप अपनी पत्नी को लेकर एक बहुत बड़े धन की ओर ले गया। "मैं अपने पिछले जनम में एक राजकुमार था," उसने समझाया। "यह खजाना तुम्हारा है।" और फिर, साँप वीरता के साथ वहाँ से लुप्त हो गया।

"साँप," आया ने घोषित किया, "को बहुत भाग्यशाली माना जाता था, यदि उन्हें सवेरे-सवेरे देखा जाता था।"

"परंतु यदि साँप किसी भाग्यशाली व्यक्ति को काट ले, तो क्या होता है?" मैं पूछता हूँ।

"वह हमेशा ही भाग्यशाली रहेगा," आया ने कहा, ऐसे तर्क के साथ, जो उसका स्वयं का मानना था।

साँप! बड़े बागान में बहुत सारे रहते थे और मेरे पिताजी ने मुझे सलाह दी थी कि मैं लंबी घास से बचकर रहूँ, परंतु मैंने साँपों को सड़क पार करते समय देखा था (आया के अनुसार एक भाग्यशाली शगुन) और वे कभी भी आक्रामक नहीं थे।

"साँप आप पर कभी भी आक्रमण नहीं करेगा," पिताजी ने कहा था, "अगर आप उसे अकेला छोड़ दें। हाँ, यह जरूर है कि अगर आपका पैर किसी पर पड़ता है तो फिर शायद वह काट ले।"

"क्या सारे साँप जहरीले होते हैं?"

"हाँ, लेकिन कुछ ही इतने जहरीले होते हैं कि वे मनुष्य को मार सकें। बाकी अपना जहर चूहों और मेढकों पर इस्तेमाल करते हैं। अच्छा ही है, नहीं तो बरसात के समय मेढक पूरे घर पर अपनी मिलकियत कर लें।"

एक दिन, दोपहर के समय, जब पिताजी स्कूल में थे, आया को हौज (बाथटब) में एक साँप मिला। भोर का समय तो था नहीं, अतः वह साँप शगुनवाला साँप तो था नहीं। आया डर गई और मदद के लिए चिल्लाती हुई बागान में भाग गई। दुखी दौड़ता हुआ आया। आया ने मुझे बाहर रहने का हुक्म दिया और खुद वह साँप के पीछे चले गए।

और कुछ देर के लिए मैं बागान में बिल्कुल अकेला था—एक असामान्य हादसा, क्योंकि दुखी तो प्रायः सारे वक्त वहाँ होता था, जब मुझे रानी का अनुरोध याद आया। आवेग में मैं सबसे पासवाले गुलाब की झाड़ पर गया और सबसे बड़ा गुलाब, जिसका काँटा मेरे अँगूठे में चुभ गया था, तोड़ लिया।

और फिर, बिना यह देखे कि साँप का क्या हुआ (वह अंततः भाग गया था), मैं सीढ़ी चढ़ता हुआ, पुराने महल में सबसे ऊपर चढ़ गया।

जब मैं ऊपर पहुँचा, मैंने रानी के कमरे के दरवाजे को खटखटाया। कोई उत्तर न पाकर, मैं बालकनी के किनारे चलता रहा, जब तक मैं एक और दरवाजे पर नहीं पहुँच गया। उस दरवाजे के चारों ओर लकड़ी की फट्टियाँ थीं, जिनमें हाथी, ऊँट और पगड़ी बाँधे योद्धा नक्काशी करे हुए थे, क्योंकि दरवाजा खुला हुआ था, मैं हिम्मत से अंदर चला गया...फिर अचंभित, वहाँ स्थिर होकर खड़ा रहा। पूरा कमरा एक अनोखी, अद्‌भुत रोशनी से भरा हुआ था। कमरे के चारों ओर खिड़कियाँ थीं और हर छोटी खिड़की अलग-अलग रंग के शीशों से बनी थी। जो सूरज की रोशनी आ रही थी, वह रानी, जो काँच से अपना चेहरा लगाए हुए खड़ी थी, के छोटे से आकार पर लाल, हरे और बैंगनी रंग फेंक रही थी।

खिड़की से बिना हटे, वे बोलीं, "यह मेरा सबसे मनपसंद कमरा है। यहाँ मेरे पास सारे रंग हैं। मैं खिड़की के हर काँच से एक अलग दुनिया देख सकती हूँ। आओ, मेरे साथ तुम भी जुड़ जाओ!" और उन्होंने मुझे बुलाया, उनके छोटे और फड़फड़ाते हाथ किसी नाजुक तितली के समान थे।

मैं रानी के पास गया। वे मुझसे थोड़ी ही लंबी थीं और हम दोनों एक ही शीशे को शेयर कर सकते थे।...

"देखो, दुनिया लाल है!" उन्होंने कहा।

नीचे बागान, महल, तालाब...सबमें लाल की झलक थी।

मैंने कुछ देर के लिए रानी की दुनिया देखी और फिर उनके हाथ को छूकर कहा, "मैं आपके लिए एक गुलाब लाया हूँ!"

वे मुझसे दूर हो गईं, उनकी आँखों में डर भरा हुआ था। वे गुलाब की तरफ देख नहीं रही थीं।

"अरे, तुम उसे क्यों लाए?" वे चिल्लाईं, अपने हाथों को मलते हुए। "अब उसे बंदी बनाया जाएगा!"

"किसे बंदी बनाया जाएगा?"

"राजकुमार को और किसे!"

"लेकिन गुलाब तो मैं लाया हूँ," मैंने कहा, "किसी ने मुझे नहीं देखा। आया और दुखी घर के अंदर थे, एक साँप को पकड़ने के लिए।"

"क्या उन्होंने उसे पकड़ लिया," उन्होंने पूछा, गुलाब के बारे में भूलकर।

"मुझे नहीं पता। मैं देखने के लिए रुका ही नहीं!"

"उन लोगों को चाहिए कि वे साँप का पीछा करें, उसे पकड़ने की बजाय। हो सकता है, वह उन्हें किसी खजाने की ओर ले जाए। सब साँपों के पास, देखभाल करने के लिए खजाना होता है।"

ऐसा प्रतीत हुआ, जैसे यह बात उस बात को अनुमोदित करती थी, जो आया ने कही थी और मैंने मन में ठान लिया कि मैं, जिस भी अगले साँप को देखूँगा, उसका पीछा करूँगा।

"क्या आपको गुलाब सुंदर लगा?" मैंने पूछा।

"क्या तुमने चोरी की थी?"

"हाँ।"

"बहुत अच्छा। फूलों को हमेशा चुराना चाहिए। तब ही वे अधिक सुगंध देते हैं।"

हिटलर नामक एक व्यक्ति के कारण, यूरोप में युद्ध छिड़ गया था और ब्रिटेन जर्मनी के खिलाफ लड़ रहा था।

मेरे कॉमिक पेपरों में जर्मनी को ज्यादातर 'चूकते मूर्ख' के रूप में दरशाया जाता था; अतः मुझे यह समझ में नहीं आ रहा था कि ब्रिटेन किस तरह युद्ध हार सकता है, न ही यह कि भारत को इसके विषय में चिंता क्यों करनी चाहिए, न

यह कि मेरे पिताजी को इसमें जुड़ जाना क्यों आवश्यक था, परंतु मुझे याद है कि उन्होंने मुझे एक सुर्खी दिखाई थी, जिसमें लिखा था—

बकिंघम पैलेस में बम गिरे—राजा रानी सकुशल

मेरी समझ में उसका इससे कोई संबंध था।

वे RAF के साथ एक इंटरव्यू के लिए दिल्ली चले गए और मुझे आया की निगरानी में छोड़ दिया गया।

वह एक ऐसा सप्ताह था, जो मुझे बहुत अच्छी तरह से याद है, क्योंकि यह पहली बार था, जो मुझे अपने भरोसे पर छोड़ा गया था। उस पहली रात को तो मैं बहुत डरा हुआ था—अँधेरे से डरा, घर के खालीपन से डरा, बाहर सियार के रोने से डरा। घड़ी की ऊँची आवाज में टिक-टिक ही एक सांत्वना देनेवाली आवाज थी; उन दिनों की घड़ियाँ अपनी आवाज सुनना जानती थीं! मैंने बहुत कोशिश की कि मैं बाकी सब आवाजें और अंधकार के भय को छोड़कर घड़ी की टिक-टिक पर ही ध्यान दूँ, परंतु इसका कोई फायदा नहीं हो रहा था। मुझे ऐसा लगा, जैसे मैंने बिस्तर के पास हलकी फुसफुसाने की आवाज सुनी और मैं, पसीने से तर-बतर हो, उठकर बैठ गया, यह सोचकर कि कमरे में कोई साँप था। मैं आया के लिए चिल्लाया और वह दौड़ती, सब बत्तियाँ जलाती हुई आ गई।

"साँप!" मैं चिल्लाया। "कमरे में एक साँप है!"

"कहाँ, बाबा?"

"मुझे नहीं पता कहाँ, लेकिन मैंने उसे सुना था।"

आया ने खाट के नीचे और कुरसियों और मेजों के पीछे देखा, परंतु कोई साँप नहीं दिखा। उसने मुझे विश्वास दिलाने की कोशिश की कि मैंने मच्छर के परदों में हवा की आवाज सुनी होगी।

लेकिन अब मैं अकेला छूटना नहीं चाहता था।

"मैं तुम्हारे पास आ रहा हूँ," मैंने कहा और उसके पीछे-पीछे रसोई के पास उसके छोटे से कमरे में चला गया।

आया एक नीचे निवाड़ की खटिया पर सोती थी। उसका गद्दा पतला और गुदड़ी जैसा था, परंतु आया का गरम और ठोस शरीर बिस्तर के कष्ट को दूर कर रहा था। मैं उसके साथ लिपट गया और जल्दी ही सो गया।

मैं पुराने महल की रानी को करीब-करीब भूल गया था और उनसे मिलने जाने ही वाला था, जब मुझे विश्वास नहीं हुआ, मैंने उन्हें बागान में देखा।

मैं सवेरे जल्दी ही उठ गया था और ओस में भीगी घास पर नंगे पाँव दौड़ने गया था। तब कोई भी नहीं था, लेकिन मैं तोते के एक झुंड को देखकर चौंका और वे चिड़ियाँ 'चीं-चीं' करती बरगद के पेड़ से उड़ीं और महल के बागान के किसी और कोने की तरफ उड़कर चली गईं। मैंने एक गोह्न्स को तेजी से एक अंडे को मुँह में दबाए दौड़ते हुए देखा। वह जरूर महल के मुरगीखाने पर धावा बोलकर आ रहा था।

मैं उस नेवले के छुपने की जगह को देखना चाहता था और लंबे कॉसमॉस पौधों के जंगल में चारों पैरों पर था, जब मैंने कपड़ों के हिलने की आवाज सुनी और मुड़कर देखा तो रानी को अपनी ओर घूरते हुए पाया।

उन्होंने मुझसे यह नहीं पूछा कि मैं वहाँ क्या कर रहा था, परंतु केवल कहा, "मुझे नहीं लगता कि वह वहाँ गया होगा।"

"परंतु मैंने उसे इस ओर जाते देखा था," मैंने कहा।

"बकवास! वह बागान के इस तरफ नहीं रहता। वह बरगद के पेड़ की जड़ों में रहता है।"

"परंतु वहाँ तो साँप रहता है," मैंने कहा।

"तुम्हारा मतलब है, वह साँप, जो पहले राजकुमार था। वही तो है, जिसे मैं ढूँढ़ रही हूँ!"

"एक साँप, जो राजकुमार था!" मैंने रानी की ओर आश्चर्यचकित होकर देखा।

उन्होंने अपने तितलीवाले हाथों से अधीरता का संकेत किया और कहा, "श⋯ तुम केवल एक बच्चे हो, तुम नहीं समझ सकते। राजकुमार बरगद की जड़ों में रहते हैं, परंतु वे सवेरे, बहुत जल्दी निकल आते हैं। क्या तुमने उन्हें देखा है?"

"नहीं, लेकिन मैंने एक नेवले को देखा है।"

रानी डर गईं। "हे भगवान्, क्या बागान में एक नेवला है? हो सकता है, वह राजकुमार को मार डाले!"

"कोई नेवला किसी राजकुमार को कैसे मार सकता है?" मैंने पूछा।

"तुम नहीं समझते, मास्टर बॉण्ड! जब कोई राजकुमार मरता है तो वह फिर साँप के रूप में पैदा होता है।"

"सारे राजकुमार?"

"नहीं, केवल वही, जो शादी करने से पहले मर जाते हैं।"

"क्या तुम्हारे राजकुमार तुमसे शादी करने से पहले मर गए थे?"

"हाँ, और वे इस बागान में एक सुंदर साँप के रूप में वापस आए।"

"खैर," मैंने कहा, "मैं आशा करता हूँ कि वह, वह साँप नहीं था, जिसे पिछले हफ्ते भिश्ती ने मार दिया था।"

"उसने एक साँप को मारा!" रानी भयभीत प्रतीत हुईं। वे काँप रही थीं। "हो सकता है, वह राजकुमार रहा हो!"

"वह एक भूरे रंग का साँप था," मैंने कहा।

"ओह, तो फिर वह, वह नहीं था।" वे बहुत चिंतामुक्त प्रतीत हुईं। "भूरे साँप केवल मंत्री और उस तरह के लोग होते हैं। राजकुमार होने के लिए उसे हरे रंग का साँप होना पड़ेगा।"

"मैंने तो यहाँ कोई हरा साँप नहीं देखा।"

"बरगद की जड़ों के नीचे एक रहता है। तुम उसे मारोगे तो नहीं?"

"नहीं, अगर वह सच में राजकुमार है, तो।"

"और तुम दूसरों को भी उसे नहीं मारने दोगे?"

"मैं आया से कह दूँगा।"

"बहुत अच्छा, तुम मेरी तरफ हो, परंतु माली से सावधान रहना। उसे बरगद के पेड़ से दूर रखना। वह हमेशा साँप मारता रहता है। मैं उस पर तनिक भी विश्वास नहीं करती।"

वे और पास आईं और थोड़ा सामने झुककर, मेरी आँखों में झाँका।

"नीली आँखें, मैं उन पर विश्वास करती हूँ, लेकिन हरी आँखों पर विश्वास नहीं करना और पीली आँखें तो अनिष्टकर होती ही हैं।"

"मैंने कभी पीली आँखें नहीं देखीं।"

"वह इसलिए, क्योंकि तुम पवित्र हो," उन्होंने कहा और घूमकर, जल्दी से लॉन के पार चली गईं, जैसे कि उन्हें अभी ही कोई बहुत आवश्यक काम याद आ गया हो।

सूरज निकल आया था और वह बरगद के पेड़ की शाखाओं से तिरछा होकर आ रहा था और मुझे सवेरे के नाश्ते के लिए बुलाती हुई आया की आवाज सुनाई दे रही थी।

उस दिन, थोड़ी देर से, जब मैंने उसे देखा, तो मैंने कहा, "दुखी, बरगद के पेड़ में जो साँप है, उसे मारना मत।"

"बरगद के पेड़ में साँप!" उसने अपने रबड़ के पाइप को जोर से पकड़ते हुए कहा।

"नहीं-नहीं!" मैंने कहा, "मैंने उसे नहीं देखा, परंतु रानी कहती हैं कि वह है। वह कहती हैं कि वह पिछले जन्म में एक राजकुमार था और यह कि हमें उसको मारना नहीं चाहिए।"

"ओ," दुखी ने अपने आप से मुसकराते हुए कहा। "रानी ऐसा कहती हैं। तुम उनसे कह देना कि हम उसे नहीं मारेंगे।"

"क्या यह सच है कि वे एक राजकुमार से प्रेम करती थीं, परंतु यह कि शादी करने से पहले ही उसका देहांत हो गया?"

"कुछ ऐसा ही," दुखी ने कहा, "बहुत पहले की बात है, मेरे यहाँ आने से पहले।"

"मेरे पिताजी कहते हैं कि वह कोई राजकुमार नहीं था, केवल एक आम आदमी था। क्या तुम भी आम आदमी हो, दुखी?"

"एक आम आदमी, वह क्या होता है, छोटे साहब?"

"मुझे पक्के तौर से पता नहीं। मुझे लगता है, शायद कोई बहुत गरीब।"

"तो फिर मैं आम आदमी ही होऊँगा," दुखी ने कहा।

"क्या तुम्हें रानी से प्यार था?" मैंने पूछा।

दुखी इतना भौचक्का रह गया कि उसने अपना पाइप गिरा दिया और अपना संतुलन खो दिया; पहली बार, अपने पुट्ठे पर उकड़ू बैठकर अपना संतुलन खोते देखा था।

"ऐसी बातें मत बोलिए, छोटे साहब!"

"क्यों नहीं?"

"आप मुझे मुश्किल में डाल देंगे।"

"तो फिर यह सच ही होगा।"

दुखी ने नकली निराशा में, अपने हाथ उठा लिये और अपने औजार इकट्ठे करने शुरू कर दिए।

"यह सच है, यह सच है!" मैं उसके चारों ओर नाचने लगा और फिर मैं अंदर, आया के पास भागता हुआ गया और मैंने कहा, "आया, दुखी रानी से प्यार करता था!"

आया जोर से हँसी, फिर गंभीर हो गई और अपनी उँगली मेरे होंठों पर रख दी।

"ऐसी बातें मत बोलिए," उसने कहा, "दुखी बहुत नीची जाति का है। अगर लोगों ने सुन लिया, जो आप कह रहे हैं, तो उन्हें अच्छा नहीं लगेगा। इसके अलावा,

आपकी रानी ने आपको बताया कि उनका राजकुमार मर गया है और एक साँप में बदल गया है। अभी तक तो दुखी साँप नहीं बना है, है न?"

सच, दुःखी को देखकर ऐसा नहीं लगता कि वह माली के अलावा और कुछ हो सकता है, परंतु मैं, न तो उसके प्रतिवाद और न ही आया की मेरे होंठ बंद करने की कोशिश से संतुष्ट था। क्या दुखी ने रानी के लिए एक गुलदस्ता नहीं भेजा था?

जब मेरे पिताजी घर आए, वे अपने आप में काफी खुश नजर आ रहे थे।

"आप मेरे लिए क्या लाए हैं?" पहला प्रश्न था, जो मैंने उनसे पूछा।

वे मेरे लिए कुछ नई किताबें, एक डार्ट बोर्ड और एक ट्रेन सेट लाए थे और इन सब चीजों का निरीक्षण करने के अपने उत्साह में, मैं उनसे उनके दौरे के नतीजे के विषय में पूछना भूल गया।

नाश्ते के समय उन्होंने मुझे बताया कि क्या हुआ था और क्या होनेवाला था?

"हम लोग जल्दी ही चले जाएँगे।" उन्होंने कहा। "मैंने रॉयल एयरफोर्स में कार्य करना शुरू कर दिया है। मुझे नई दिल्ली में काम करना पड़ेगा।"

"अरे! क्या आप युद्ध में होंगे, पिताजी, क्या आप हवाई जहाज उड़ाएँगे?"

"नहीं, मैं हवाई जहाज उड़ाने के लिए बहुत बूढ़ा हो गया हूँ। जुलाई में मैं चालीस साल का हो जाऊँगा। RAF मुझे वह कार्य देगा, जिसे वह 'खुफिया कार्य' कहता है—गुप्त संदेशों का कूटानुवाद करना और इसी प्रकार के कार्य करना और मुझे नहीं लगता मैं तुम्हें इस विषय में इससे अधिक कुछ बता पाऊँगा।"

यह हवाई जहाज उड़ाने जितना उत्तेजक प्रतीत नहीं हुआ, परंतु सुनने में काफी महत्त्वपूर्ण और रहस्यमय लगा।

"खैर, मैं उम्मीद करता हूँ कि यह दिलचस्प होगा।" मैंने कहा। "क्या दिल्ली रहने के लिए अच्छी जगह है?"

"मैं निश्चित तौर पर कह नहीं सकता। अप्रैल के मध्य तक बहुत गरमी हो जाती है और रस्किन, तुम मेरे साथ रह भी नहीं पाओगे—शुरू में तो नहीं ही, जब तक मुझे शादीशुदा लोगों के लिए घर नहीं मिल जाता और फिर, सिर्फ अगर तुम्हारी माँ लौटती है...तब तक, तुम देहरा में अपनी दादी के साथ रहोगे।" उन्होंने मेरे मुँह पर निराशा की झलक देख ली होगी, क्योंकि उन्होंने जल्दी से कहा, "यह सही है कि मैं तुमसे अकसर मिलने आया करूँगा। देहरा दिल्ली से बहुत दूर नहीं है—केवल एक रात की यात्रा है।"

परंतु मेरी हिम्मत टूट रही थी। ऐसा नहीं था कि मैं अपनी दादी के पास नहीं रहना चाहता था, परंतु मुझे अपने पिताजी के जीवन में भागीदार बनने की और उन्हें काम करते देखने की इतनी आदत पड़ गई थी कि उनसे दूर रहने का विचार भी बरदाश्त के बाहर लगता था।

"बोर्डिंग स्कूल में रहने जितना बुरा नहीं," उन्होंने कहा, "और यही दूसरा विकल्प है।"

"बोर्डिंग स्कूल नहीं," मैंने जल्दी से कहा, "मैं बोर्डिंग स्कूल से भाग जाऊँगा।"

"खैर, तुम अपनी दादी के पास से तो नहीं भाग जाना चाहोगे। वे तुम्हें बहुत प्यार करती हैं और अगर तुम मेरे साथ दिल्ली आओगे, तो तुम एक घुटन भरी झोंपड़ी में सारा दिन अकेले रहोगे, जब मैं काम पर होऊँगा। कभी-कभी तो मुझे दौरे पर भी जाना पड़ सकता है, फिर क्या होगा?"

"मुझे अकेले रहने में कोई आपत्ति नहीं है।" और यह बिल्कुल सच था। मुझे पहले ही अपने कमरे, अपने संदूक, अपनी किताबों की अलमारी की आदत हो गई थी और मुझे ऐसा लगा, जैसे मैं इन सब चीजों को खोनेवाला हूँ।

"क्या आया भी आएगी?" मैंने पूछा।

ऐसा प्रतीत हुआ, जैसे मेरे पिताजी सोच में पड़ गए थे। "क्या तुम ऐसा चाहोगे?"

"आया को जरूर आना चाहिए," मैंने जोर देकर कहा, "नहीं तो मैं भाग जाऊँगा।"

"मुझे उससे पूछना पड़ेगा," मेरे पिताजी ने कहा।

आया हमारे साथ चलने को पूरी तरह से तैयार थी, बल्कि इस बात से कि पिताजी ने उसे छोड़कर जाने के विषय में सोचा था, वह रुष्ट थी। मेरी माँ के चले जाने के बाद से उसने ही मुझे पाला था और वह मेरा दायित्व किसी घमंडी मौसी/चाची/बुआ अथवा गवर्नेस के हाथों में छोड़ने को तैयार नहीं थी। वह इस बदली के बारे में सोचकर बहुत खुश और उत्तेजित थी और इसी कारण मेरा जोश भी बढ़ गया।

"देहरा कैसा है?" मैंने अपने पिताजी से पूछा।

"वह एक हरियाली भरा स्थान है," उन्होंने कहा। "वह हिमालय के गिरिपीठों की एक खाड़ी में स्थित है और वह जंगलों से घिरा हुआ है। देहरा में बहुत सारे पेड़ हैं।"

"क्या दादी के घर में भी पेड़ हैं?"

"हाँ, वहाँ बागान में एक बड़ा कटहल का पेड़ है। तुम्हारी दादी ने उसे तब लगाया था, जब मैं एक छोटा लड़का था और एक बड़ा बरगद का पेड़ है, जो चढ़ने के लिए बहुत अच्छा है और वहाँ फल के पेड़ हैं—लीची, आम और पपीता।"

"क्या वहाँ किताबें हैं?"

"तुम्हें दादी माँ की किताबें पढ़ने में कोई दिलचस्पी नहीं होगी, परंतु जब भी मैं तुमसे मिलने आया करूँगा, मैं तुम्हारे लिए दिल्ली से किताबें लाया करूँगा।"

मैं बदली के लिए उत्सुकता से अपेक्षा करने लगा। घर बदलना बहुत मजेदार होता था। शहर बदलना भी मजेदार होना चाहिए।

जाने के कुछ दिन पहले मैं रानी से अलविदा कहने के लिए गया।

"मैं जा रहा हूँ," मैंने कहा।

"कितना अच्छा है!" रानी ने कहा, "मैं सोचती हूँ कि कितना अच्छा होता, अगर मैं भी जा सकती!"

"आप क्यों नहीं जातीं?"

"वे मुझे जाने नहीं देंगे। वे मुझे महल छोड़कर जाने देने से डरते हैं।"

"वे किस बात से डरते हैं, मल्लिका?"

"कि मैं भाग जाऊँगी, उस स्थान पर, जहाँ तेंदुए प्रार्थना करना सीख रहे हैं।"

मैंने सोचा, ये तो सचमुच काफी पागल हैं···परंतु फिर वे बिल्कुल चुप हो गईं और एक छोटे से हुक्के को गुड़गुड़ाने लगीं।

उन्होंने हुक्के का एक कश खींचा, मेरी तरफ देखा और पूछा, "तुम्हारी माँ कहाँ हैं?"

"मेरी कोई माँ नहीं है।"

"हरेक की माँ होती है। क्या तुम्हारी मर गईं?"

"नहीं, वे चली गईं।"

उन्होंने फिर हुक्के का कश भरा और फिर, बहुत मीठे स्वर में कहा, "मत जाओ···।"

"मुझे जाना होगा," मैंने कहा, "युद्ध के कारण।"

"कौन सा युद्ध, क्या कोई युद्ध चल रहा है? देखा; कोई मुझे कुछ भी नहीं बताता है।"

"यह युद्ध हमारे और हिटलर के बीच है," मैंने कहा।

"और कौन है हिटलर?"

"वह जर्मन है।"

"एक समय मैं एक जर्मन को जानती थी, डॉक्टर श्राइंहर, उनके बहुत सुंदर हाथ थे।"

"क्या वे चित्रकार थे?"

"वे दाँत के डॉक्टर थे।"

रानी अपनी कुरसी से उठीं और मेरे साथ बाहर बालकनी में आ गईं। जब हमने नीचे बागान में देखा, तो हमने दुखी को एक क्यारी से जंगली घास निकालते हुए पाया। हम दोनों उसकी ओर चुपचाप देखते रहे और सोचते रहे कि यदि मैं रानी से पूछूँ कि क्या वे कभी महल के माली से प्यार करती थीं, तो वे क्या कहेंगी। आया ने मुझसे कहा कि यह एक बहुत अपमानजनक प्रश्न होगा, इसलिए मैं शांत रहा, परंतु जब मैं उस घुमावदार सीढ़ी से नीचे उतर रहा था, तो पीछे से रानी की आवाज आई।

"उसे धन्यवाद कहना," उसने कहा, "उस सुंदर गुलाब के लिए उसे धन्यवाद कहना।"

□

11

ताँगे की अंतिम सवारी

देहरादून में वसंत का एक गरम दिन था और बँगले की दीवारें फूलते बोगनवेलिया से प्रज्वलित थीं। पपीते पक रहे थे। स्वीटपी की खुशबू पूरे बगीचे में फैली हुई थी। दादी, बरामदे के एक कोने की छाया में, एक आरामदेह कुरसी पर बैठी बुनाई कर रही थीं। बीच-बीच में उनका सिर बुनाई के काँटों की किट-किट के बीच हिल रहा था। वे मेरे पिताजी के लिए स्वेटर बुन रही थीं। "दिल्ली की सर्दियाँ ठंडी होती हैं," उन्होंने कहा था और हालाँकि सर्दियाँ अभी भी आठ महीने दूर थीं, उन्होंने हमारे ऊनी कपड़े तैयार करने के लिए काम शुरू कर दिया था।

काठियावाड़ राज्यों में, जो अरब की खाड़ी के गरम पानी के स्पर्श में थे, कभी भी ठंड नहीं होती थी; परंतु देहरा, हिमालय की पहली पर्वत श्रृंखला के नीचे पड़ता है।

दादी के बाल सफेद थे और उनकी आँखें बहुत तेज नहीं थीं, परंतु उनकी उँगलियाँ बुनाई के काँटों के साथ बहुत तेजी से चलती थीं और काँटे सारी सुबह किट-किट करते रहते थे।

जब दादी देख नहीं रही होती थीं, मैं जेरेनियम की पत्तियाँ उठाकर, उन्हें अपनी उँगलियों के बीच में मसलकर उनको नाक से लगा लेता था।

मैं अपनी दादी के साथ करीब एक महीने से देहरा में रह रहा था और इस बीच में मैंने अपने पिताजी को नहीं देखा था। इससे पहले हम कभी भी इतने दिनों के लिए अलग नहीं हुए थे। वे मुझे हर हफ्ते चिट्ठी लिखते थे और मुझे पुस्तकें और पिक्चर पोस्ट कार्ड भेजते थे और मैं सड़क के अंत तक, जल्दी-से-जल्दी, डाकिए से मिलने के लिए जाता था, यह देखने के लिए कि हमारे लिए कोई चिट्ठी है कि नहीं।

हमने गेट पर ताँगे की घंटी को सुना और एक जानी-पहचानी घोड़े की बग्घी रास्ते से घड़घड़ाती हुई आई।

"मैं देखता हूँ, कौन आया है," मैंने कहा और बरामदे की सीढ़ियों से नीचे और बगीचे के पार दौड़ता हुआ गया।

बंसी लाल, अपने ताँगे में आया था। देहरा में बहुत सारे ताँगे और ताँगेवाले थे, लेकिन बंसी मेरा सबसे मनपसंद चालक था। वह जवान और सुंदर था और वह हमेशा साफ, सफेद कमीज और पाजामा पहने रहता था। उसका टट्टू भी बाकी टट्टुओं से बड़ा और तेज था।

बंसी का कोई यात्री नहीं था, इसलिए मैंने उससे पूछा, "तुम किसलिए आए हो, बंसी?"

"तुम्हारी दादी ने मुझे बुलवाया है, दोस्त!" वह मुझे 'छोटे साहब' अथवा 'बाबा' नहीं बुलाता था। वह मुझे 'दोस्त' बुलाता था, जिस कारण मुझे अधिक महत्त्वपूर्ण महसूस होता था। हर छोटा लड़का इस बात की शेखी नहीं बघार सकता था कि कोई ताँगाचालक उसका दोस्त है!

"आप कहाँ जा रही हैं, दादी?" मैंने उनसे पूछा, जब मैं बरामदे तक दौड़कर वापस पहुँचा।

"मैं बैंक जा रही हूँ।"

"क्या मैं भी आ सकता हूँ?"

"किसलिए, तुम बैंक में क्या करोगे?"

"अरे, मैं अंदर नहीं आऊँगा, मैं ताँगे में बंसी के साथ बैठा रहूँगा।"

"चलो, तो फिर तुम चलो।"

हमने दादी माँ को ताँगे की पिछली सीट पर बैठने में मदद की और फिर, मैं बंसी के साथ, चालक की सीट पर बैठ गया। उसने अपने टट्टू से कुछ कहा और टट्टू तेज रफ्तार से गेट के बाहर निकल गया और सड़क की ओर दौड़ने लगा।

"अब इतनी तेज नहीं, बंसी," दादी ने कहा, जिन्हें कोई भी वह चीज अच्छी नहीं लगती थी, जो बहुत तेज चलती थी—ताँगा, मोटरगाड़ी, ट्रेन या बैलगाड़ी। "डरिए मत, मेमसाहब! यह टट्टू अपनी पूरी जिंदगी में कभी तेज नहीं गया है। अगर हमारे पीछे कोई बम भी फटता है, तो हम इससे तेज नहीं जा सकते। मेरे पास एक और टट्टू है, जिसे मैं दौड़ के लिए इस्तेमाल करता हूँ, जब सवारी जल्दी में होती है। यह टट्टू तो आपके लिए आरक्षित है, मेमसाहब!"

कोई और टट्टू था भी नहीं, पर यह बात दादी को पता नहीं थी और इस आश्वासन से शांत हो गई थीं कि वे देहरा के सबसे धीमे टट्टू की सवारी कर रही हैं।

दस मिनट की सवारी तय करके हम बाजार में पहुँच गए। दादी का बैंक, इलाहाबाद बैंक, क्लॉक टावर के पास था। वे करीब आधे घंटे के लिए गईं और इस बीच, बंसी और मैं दुकानों के सामने मटरगश्ती करते रहे। टट्टू को चबाने के लिए कोई हरी वस्तु दे दी गई थी।

"क्या तुम्हारे पास कुछ पैसा है ?" बंसी ने पूछा।

"चार आने," मैंने कहा।

"दो कप चाय के लिए काफी हैं," बंसी ने कहा, मेरे कंधों पर अपने हाथ रखते और मुझे चाय की दुकान की ओर रास्ता दिखाते हुए। मेरी हथेली से पैसा उसके हाथ में चला गया।

"अगर तुम चाहो तो तुम चाय पी सकते हो," मैंने कहा, "मैं तो नीबू पानी पिऊँगा।"

"चलो, ऐसा ही हो, दोस्त! एक चाय और एक नीबू पानी और जल्दी करना," बंसी ने दुकान के लड़के से कहा और जल्द ही पेय हमारे सामने था और बंसी अपने टट्टू की-सी आवाज करने लगा, जब वह पीता था और मैं, किसी हरी, गैसवाली चीज, जो नीबू पानी कम और साबुन के स्वादवाला ज्यादा लग रहा था, के बीच डकार रहा था।

जब दादी बैंक से निकलकर आईं, वे विचारमग्न प्रतीत हो रही थीं और घर वापस जाने के समय अधिक बातचीत नहीं की, सिवाय मुझे ठीक से व्यवहार करने के लिए कहने के, जब मैं सामने झुककर टट्टू के पीछे उसे थपथपाने के लिए झुका था। बंसी को पैसा देने के बाद वे सीधे घर के अंदर चली गईं।

"तुम अगली बार कब आओगे ?" मैंने बंसी से पूछा।

"जब मेरी सेवाओं की जरूरत होगी, दोस्त! तुम तो जानते हो, मुझे तो रोजगार करना है, लेकिन मैं तुम्हें बताता हूँ; क्योंकि हम दोस्त हैं, अगली बार जब मैं किसी सवारी को छोड़कर इस तरफ से गुजरूँगा, मैं तुम्हारे गेट पर आकर अपनी घंटियाँ बजा दूँगा और यदि तुम्हें कोई और काम नहीं हुआ और तुम सैर करना चाहो, तेज सैर! तुम मेरे साथ आ सकते हो। तुम्हें उसके लिए कोई पैसे नहीं देने पड़ेंगे। केवल एक कप चाय के लिए पैसे लेकर आना।"

"ठीक है, क्योंकि हम तो दोस्त हैं," मैंने कहा।

"क्योंकि हम दोस्त हैं।"

फिर अपने टट्टू को अपने चाबुक के हैंडल से धीमे से छुआ और ताँगा

खड़खड़ाता हुआ गेट के बाहर निकल गया, जैसे टट्टू रास्ते पर चलकर जा रहा था, मैं बंसी को गाना गाते हुए सुन सकता था।

आया हमारे लिए सोनेवाले कमरे में, अपने कूल्हों पर हाथ रखकर इंतजार कर रही थी। यह पक्का इशारा था कि तूफान आनेवाला है।

"तो तुम बिना मुझे बताए बाजार चले गए थे," उन्होंने कहा। (इतना काफी नहीं था कि मुझे दादी माँ की इजाजत मिली हुई थी!) और इस सारे समय मैं तुम्हें नहलाने के लिए इंतजार कर रही थी।"

"अब तो बहुत देर हो गई है, नहीं?" मैंने बहुत आशा से पूछा।

"नहीं, कोई देर नहीं हुई। अभी भी दोपहर के भोजन के लिए एक घंटा बाकी है। चलो, कपड़े उतारो!"

जब तक मैं कपड़े उतार रहा था, आया ने मुझे इस बात पर बहुत फटकारा कि मैं बंसी जैसे ताँगाचालकों की संगत रखता हूँ।

"बहुत दुष्ट है, वह आदमी। वह मदिरापान करता है, जुआ खेलता है और गाँजा लेता है। उसे टी.बी. और अन्य बुरी-बुरी बीमारियाँ हैं। इसलिए तुम उससे ज्यादा दोस्ती मत करना, समझ गए, बाबा?"

मैंने अपना सिर हिलाया, पर कुछ कहा नहीं। मैंने सोचा, आया उसके बारे में वैसे ही बढ़ा-चढ़ाकर बोल रही थी जैसा कि वह लोगों के बारे में हमेशा कहती थी। इसके अलावा मेरा भूत की घोड़े की सवारी को त्यागने का कोई इरादा नहीं था।

जैसा कि मेरे पिताजी ने बताया था, देहरा पेड़ों के लिए अच्छी जगह थी और दादी का घर कई प्रकार के पेड़ों से घिरा था—पीपल, नीम, आम, कटहल, पपीता और एक बहुत पुराना बरगद का पेड़। इनमें से कई पेड़ मेरे पिताजी और दादाजी द्वारा लगाए गए थे।

"कटहल का पेड़ कितना पुराना है?" मैंने दादी से पूछा।

"रुको, देखती हूँ," दादी ने कहा, ऐसा दिखाते हुए, जैसे वे बहुत दुविधा में थीं। "मुझे कटहल के पेड़ की याद तो होनी चाहिए। तुम्हारे दादाजी ने इसे 1927 में लगाया था। बरसात का मौसम था। मुझे इसलिए याद है, क्योंकि उस दिन तुम्हारे पिताजी का जन्मदिन था और हमने एक पेड़ लगाकर उसे मनाया था—14 जुलाई, 1927। तुम्हारे जन्म से बहुत दिन पहले!"

बरगद का पेड़ घर के पीछे था। उसकी फैली शाखाएँ, जो जमीन तक लटकती थीं और एक बार फिर जड़ ले ली थी, ने बहुत सारे घूम-घुमारेवाले रास्ते ढूँढ़ लिये

थे, जिनमें घूमना मुझे अच्छा लगता था। पेड़ तो घर से भी बड़ा था, उम्र में मेरे दादा-दादी से भी ज्यादा, शायद देहरा जितना पुराना। मैं अपने आप को उसकी घनी, हरी पत्तियों के पीछे की शाखाओं में छुपाकर नीचे की दुनिया को देख सकता था।

वह एक विशाल पेड़ था, ऊँचाई में करीब साठ फीट का और जब मैंने उसे पहली बार देखा था तो मैं उत्तेजना से काँप उठा था, क्योंकि इसके पहले मैंने इतना चमत्कारिक वृक्ष नहीं देखा था। मैं उस तक धीरे-धीरे गया, सावधानी से, क्योंकि मुझे पक्की तौर से पता नहीं था कि पेड़ मुझसे दोस्ती करेगा कि नहीं। उसको देखकर ऐसा प्रतीत होता था जैसे उसके अंदर बहुत सी गुप्त बातें हों। टहनियों में आवाजें और गतिविधियाँ थीं, परंतु मैं नहीं देख पाता था कि कौन अथवा क्या है, जो यह आवाज कर रहा है।

पहल पेड़ ने की, दोस्ती की ओर। उसने अपनी एक पत्ती गिरने दी।

गिरते समय, वह पत्ती मेरे चेहरे से टकराई, परंतु उसके नीचे गिरने के पहले ही मैंने उसे अपने हाथों में पकड़ लिया। मैंने उस पत्ती को पढ़ा, उसकी नरम, चमकदार संरचना पर उँगलियाँ चलाकर। फिर मैंने अपना हाथ बढ़ाया और पेड़ के खुरदरे तने को छुआ और मुझे एक अच्छा एहसास हुआ, तो मैंने अपने जूते और मोजे उतारे, जैसा कि लोग किसी धार्मिक स्थान के अंदर जाने के समय करते हैं और फिर, उस चौड़े तने पर हाथ और पैर रखने की जगह ढूँढ़कर, मैंने अपने आप को पेड़ की हवाई जड़ों की सहायता से ऊपर उठाया।

जैसे ही मैं ऊपर चढ़ने लगा तो ऐसा प्रतीत हुआ, जैसे कोई मेरी सहायता कर रहा है। अदृश्य हाथ, पेड़ की आत्मा के हाथों ने मुझे छुआ और चढ़ने में सहायता की।

हालाँकि पेड़ मुझे चाहता था, कई अन्य थे, जो मेरे आगमन से व्याकुल और चिंतित हो गए। पेड़ के एक छेद के अंदर से तोते का एक जोड़ा अचानक निकल आया और ऊँचे स्वर में चिल्लाता हुआ बगीचे में इधर-उधर उड़ने लगा—हरे, लाल और सुनहरे रंगों की झलकियाँ। एक टहनी के पीछे से एक गिलहरी ने झाँका, मुझे देखा और अपने मित्रों और रिश्तेदारों को सूचना देने के लिए भागती हुई चली गई।

मैं और ऊपर चढ़ गया और ऊपर देखा तो एक लाल चोंच मेरे सिर के ऊपर निकली। मैं दुबक गया, परंतु धनेश (हॉर्नबिल) ने मुझ पर आक्रमण करने की कोई कोशिश नहीं की। वह अपने घर में विश्राम कर रहा था, जो पेड़ के तने के एक विशाल छेद में था। केवल चिड़िया का सिर और बड़ी सी चोंच ही नजर आ रही थी। उसने मेरी ओर बहुत ऊबे तरीके से देखा, उनींदी आँखों को खोलते और बंद करते हुए।

"यहाँ कितने जीव रहते हैं," मैंने अपने आप से कहा। "उम्मीद करता हूँ, इनमें से कोई भी खतरनाक नहीं है!"

उसी समय, वह हॉर्नबिल उधर से गुजरते हुए एक झींगुर पर लपका। पेड़ के तने और चोंच के बीच में एक गूँजता हुआ टकराव हुआ, 'टोंक!'

मैं इतना अचंभित हो गया कि मैं पेड़ के ऊपर से गिरते-गिरते बचा, परंतु वह ऐसा पेड़ था कि उससे गिरना मुश्किल था! वह ऐसे-ऐसे स्थानों से भरा था, जहाँ कोई भी बैठ या सो सकता था। अतः मैं हॉर्नबिल से दूर हट गया, एक ऐसी टहनी के ऊपर से रेंगता हुआ गया, जो और मदद दे रही थी। इस कारण, मैं पेड़ के मुख्य हिस्से से काफी दूर हट गया। मैंने उसकी ठंडी, अँधेरी गहराइयों को एक ऐसे स्थान के लिए छोड़ दिया, जहाँ सूरज की किरणें मुझे भेद सकती थीं।

मुझे कोई भी देख नहीं सकता था। मैं एक ऐसी चौड़ी शाखा पर लेट गया, जो पत्तियों के परदे के पीछे थी। नीचे, सड़क पर लोग जा रहे थे। सूरज का हैलमेट पहने एक साहब, एक रंग-बिरंगा छाता घुमाती हुई उनकी मेमसाहब। जाहिर था, वह इतना अधिक भूरा नहीं होना चाहती थीं कि उन्हें एक इस देश में जनमा व्यक्ति समझा जाए। उनके पीछे एक परम, बच्चोंवाली गाड़ी थी, जिसे एक नैनी धकेल रही थी।

फिर कई भारतीय थे—कुछ सफेद धोती में, कुछ अंग्रेजी पोशाक में, कुछ लुंगी में, कुछ अपने सिर पर टोकरी रखे हुए। बाकी कुलियों के साथ, जो उनके लिए उनकी टोकरियों को उठाए हुए थे।

धूल का बादल, हॉर्न की तेज आवाज और सड़क के अंत में, एक खराब अवस्था के ड्रैगन, आधुनिकतम मौरिस यात्रा गाड़ी आई। फिर आए साइकिल सवार। फिर उसके बाद आया एक व्यक्ति, अपने सिर पर पपीतों की टोकरी का संतुलन बनाए हुए। उसके पीछे बंदर के करतब दिखानेवाला एक आदमी। वह व्यक्ति एक छोटा डमरू बजाता था और बच्चे उसके और बंदर के पीछे चल पड़ते थे। वे सड़क के दूसरी ओर आम के पेड़ की छाया में रुक गए। उस छोटे से लाल बंदर ने घेरवाली एक फ्रॉक और बच्चोंवाली कपड़े की टोपी पहनी हुई थी। जब बंदरवाला डमरू बजाकर गाना गा रहा था, वह बंदर बच्चों के लिए नाच रहा था।

एक टट्टूवाले ताँगे की टाप सुनाई दी और बंसी का ताँगा घड़घड़ाता हुआ सड़क पर आ गया। मैंने उसे पुकारा और उसने आश्चर्य में चिल्लाकर घोड़े की लगाम खींची और बरगद के पेड़ की टहनियों के बीच में देखने लगा।

"तुम वहाँ ऊपर क्या कर रहे हो?" वह चिल्लाया।

"दादी से छुप रहा हूँ," मैंने कहा।

"और तुम उस सवारी के लिए कब आ रहे हो?"

"मंगलवार की दोपहर को," मैंने कहा।

"आज क्यों नहीं?"

"आया मुझे नहीं जाने देगी, लेकिन मंगलवार को उसकी छुट्टी होती है।"

बंसी ने पान की लाल पीक को सड़क पर थूका। "तुम्हारी आया जलती है," उसने कहा।

"मैं जानता हूँ," मैंने कहा। "औरतें हमेशा जलती हैं, है कि नहीं? शायद इसलिए क्योंकि उसके पास ताँगा नहीं है।"

"इसलिए क्योंकि उसके पास ताँगेवाला नहीं है," बंसी ने कहा, मेरी ओर मुसकराते हुए। "चलो कोई बात नहीं। मैं मंगलवार को आ जाऊँगा—मतलब परसों, है न?"

मैंने उसकी ओर सिर हिलाया और फिर टहनी के ऊपर पीछे खिसकने लगा, क्योंकि दूर, मैं आया को मुझे बुलाते हुए सुन सकता था। बंसी थोड़ा सामने की ओर आया और फिर उसने टट्टू के पिछले हिस्से में मारा और ताँगा तेजी से आगे बढ़ गया।

"तुम वहाँ ऊपर क्या कर रहे थे?" थोड़ी देर बाद आया ने पूछा।

"मैं एक साँप को देख रहा था, जो सड़क पार कर रहा था," मैंने कहा। मैं जानता था कि वह साँपों के विषय में बात करना छोड़ नहीं सकती थी। देहरा में इतने साँप नहीं थे, जितने काठियावाड़ में थे और वह बहुत खुश थी कि मैंने एक देखा था।

"वह तुम्हारी ओर आ रहा था या तुमसे दूर जा रहा था?" उसने पूछा।

"वह जा रहा था।"

आया का मुँह उतर गया। "इसका अर्थ है, प्रेक्षक के लिए गरीबी," उसने दुःखी होकर कहा।

बाद में गुसलखाने में मुझे घिसकर नहलाते हुए, वह अपनी सब पूर्व धारणाओं को व्यक्त करने लगी; जिसमें शराबी ('वह जल्दी मरते ही हैं'), कंजूस ('उनका जल्दी या देर से कत्ल होता ही है') और ताँगेवाले ('उनमें हर प्रकार के अवगुण होते हैं')।

"तुम बहुत खुशकिस्मत हो," उसने अचानक कहा, मेरे पेट की ओर पास से देखते हुए।

"क्यों?" मैंने पूछा, "अभी तो तुमने कहा कि मैं गरीब हो जाऊँगा, क्योंकि मैंने एक साँप को दूसरे रास्ते जाते हुए देखा था।"

"खैर, तुम बहुत देर के लिए गरीब नहीं होंगे। तुम्हारे पेट पर एक तिल है और यह बहुत भाग्यशाली होता है और एक और आपकी बगल में है, जिसका अर्थ है, आप बहुत विख्यात होंगे। क्या आपकी गरदन में भी एक है ? शुक्र है, नहीं है ! गरदन पर तिल होना, निशानी है, एक कातिल की!"

"क्या तुम्हारे कोई तिल हैं ?" मैंने पूछा।

आया ने गंभीरता से सिर हिलाया और अपनी बाजू को कंधे तक उठाकर अपने हाथ के ऊपरी भाग में एक बड़ा सा तिल दिखाया।

"उसका क्या अर्थ है ?" मैंने पूछा।

"इसका अर्थ है, एक दुःख से भरा जीवन," आया ने दुःखी होकर कहा।

"क्या मैं इसे छू सकता हूँ ?" मैंने पूछा।

"हाँ, छू लो," उसने कहा और मेरा हाथ पकड़कर, उसने उसे तिल के ऊपर रख दिया।

"अच्छा तिल है," मैंने कहा, आया को खुश करने के लिए। "क्या मैं इसे चूम सकता हूँ ?"

"तुम इसे चूम सकते हो," आया ने कहा।

मैंने उसे तिल के ऊपर चूमा।

"यह अच्छा है," उसने कहा।

अंततः मंगलवार की दोपहर आई और जैसे ही दादी सो गईं और आया बाजार चली गई थी, मैं गेट पर था, बंसी और उसके ताँगे के लिए पूरी सड़क पर नजर दौड़ाते हुए। उसने आने में ज्यादा समय नहीं लिया। ताँगा सड़क पर घूमने से पहले ही मुझे उसकी आवाज सुनाई दी, ताँगे की घंटियों से ताल मिलाती हुई।

वह नीचे झुका, मेरा हाथ पकड़ा और उछलकर मुझे अपने पासवाली सीट पर बिठा लिया। फिर हम सड़क से अलग एक स्थिर तेज चाल में चल पड़े। जब हम शहर के बाहरी हिस्से में पहुँचे, तब ही बंसी ने अपने टट्टू को और अधिक जोर लगाने को उकसाया। वह अपनी सीट पर खड़ा हो गया, सामने झुका और टट्टू को पीछे के हिस्से में मारा। तेज रफ्तार से हम निश्चिंत रफ्तार पर आ गए। ताँगा एक तरफ से दूसरी तरफ झूम रहा था। मैं बंसी के हाथ से चिपका रहा, जबकि वह मेरी ओर हँसकर देखता रहा अपने पान की पीक से लाल मुँह लिये।

"हम कहाँ चलें, दोस्त ?" उसने पूछा।

"कहीं नहीं," मैंने कहा, "कहीं भी।"

"हम नदी पर जाएँगे," बंसी ने कहा।

"नदी," सही में एक तेज रफ्तारवाली पहाड़ी नहर थी, जो देहरा के बाहर के जंगलों के बीच में से होती हुई, करीब पंद्रह मील दूर गंगा से मिलती थी। सर्दी और शुरुआती गरमी के मौसम में वह प्रायः सूखी होती थी और मानसून के मौसम में बाढ़ आ जाती थी।

देहरा से बाहर जानेवाली सड़क धीरे-धीरे ढलान से नीचे होती जाती थी और जल्दी ही, हम तेजी से चाय के बागानों और यूकेलिप्टस के जंगलों के बीच से चले जा रहे थे; टट्टू की नाल सड़क से टकराकर चिनगारियाँ फेंक रही थीं, ताँगा इतनी जोर से आवाज कर रहा था, जैसे कराह रहा हो और मुझे डर लगने लगा कि कहीं कोई पहिया निकल आएगा और हम सब किसी नाले अथवा नहर में, जो सड़क के पास चलती है, में गिर जाएँगे। हम आम के, अमरूद के और लीची के पेड़ों के झुंड और साल के चौड़े पत्तोंवाले और शीशम के पेड़ों के बीच से तेजी से जा रहे थे। साल के जंगल में जाने के बाद, बंसी ने ताँगे को एक ऊबड़-खाबड़ बैलगाड़ी के रास्ते पर डाल दिया और हम करीब एक फर्लांग तक वैसे ही चलते रहे, जब तक कि सड़क नीचे, नदी की तह तक नहीं पहुँच गई।

"चलो, हम सीधे पानी के अंदर जाते हैं," बंसी ने कहा, "तुम, मैं और यह टट्टू!" और वह ताँगे को नदी के बीच में ले गया, जहाँ पानी टट्टू के घुटने तक आ रहा था।

"मैं नहाने का बहुत पक्षपाती नहीं हूँ," बंसी ने कहा, "लेकिन टट्टू को नहाने की जरूरत है और एक घोड़ा अपने मालिक से अधिक खुशबूदार कैसे हो सकता है?" जो कहते के साथ ही, उसने अपने कपड़े उतारकर फेंके और पानी में कूद गया।

"नलके के नीचे नहाने से तो बेहतर है!" वह चिल्लाया, अपने आप को छाती और जाँघों में थपथपाते हुए। "दोस्त, नीचे उतरो और मेरा साथ दो!"

कुछ हिचकिचाहट के बाद, मैं भी उससे मिल गया; लेकिन तेज बहाव में अपने पैरों को स्थिर रखने में मुझे थोड़ी मुश्किल हो रही थी। मैंने टट्टू की पूँछ को पकड़ा और लटका रहा, तब तक बंसी उस धैर्यवान जानवर की पीठ पर पानी फेंकता रहा।

इसके बाद, बंसी मुझे और टट्टू—दोनों को नदी के बाहर लाया और हम दोनों ने मिलकर ताँगे को अच्छी तरह से धोया। मुझे एक मुफ्त की सवारी मिल गई थी और बंसी को एक मुफ्त के मददगार की सेवाएँ मिल गई थीं। ताँगे की उस सफाई के लिए, जो बहुत पहले हो जानी चाहिए थी। अपना काम खत्म करने के

बाद, उसने मुझे आम-पापड़ का एक पैकेट दिया—एक चिपकनेवाली टॉफी, जो आम के गूदे से बनाई जाती है और कुछ समय के लिए मैं उस पर इस तरह हावी हो गया, जिस तरह एक कुत्ता पुराने चमड़े के टुकड़े के ऊपर टूटता है। उसके बाद मुझे नींद-सी आने लगी और मैं उस भूरी-धूप से गरम घास पर लेट गया। टिड्डे और झींगुर—एक-दूसरे से मानो पेड़ और झाड़ियों से बातें कर रहे थे और नीलकंठों के एक जोड़े ने लुढ़ककर गोता खाया और ऊपर कलाबाजी से झपटा।

बंसी के पास कोई घड़ी नहीं थी। उसने सूरज की ओर देखकर कहा, "तीन से ऊपर हो चुका है। तुम्हारी वह आया कब घर आएगी? वह तो तुम्हारी दादी से भी डरावनी है!"

"वह चार बजे आएगी।"

"तो फिर हमें जल्दी चलना चाहिए और उसे मत बताना कि हम कहाँ गए थे, नहीं तो मैं फिर कभी तुम्हारे घर नहीं आ सकूँगा। तुम्हारी दादी मेरे सबसे अच्छे ग्राहकों में से एक हैं!"

"इसका अर्थ है कि तुम दुःखी हो जाओगे अगर उनका देहांत हो गया तो।"

"यह तो बिल्कुल सही है, मेरे दोस्त!"

बंसी दौड़कर ताँगे को शहर के भीतर ले गया। उन दिनों में मोटर ट्रैफिक बहुत कम था और ताँगे और बैलगाड़ियाँ आज की तुलना में बहुत अधिक थीं।

हम आया के आने से पाँच मिनट पहले वापस आ गए थे। जाने के पहले बंसी ने अगले हफ्ते मुझे फिर सवारी पर ले जाने का वादा किया।

देहरा के घर को बेचना पड़ा। मेरे पिताजी कोई पैसा नहीं छोड़ गए थे; उन्हें कभी लगा ही नहीं कि उनकी तंदुरुस्ती बार-बार होते मलेरिया के ज्वर से इतनी जल्दी बिगड़ जाएगी। वे अभी भविष्य के विषय में योजना बना ही रहे थे, जब उनकी मृत्यु हो गई। अब क्योंकि पिताजी की मृत्यु हो गई थी, दादी को लगा कि भारत में रहने का कोई अर्थ नहीं है; बैंक में भी कुछ नहीं बचा था और उन्हें हमारे लंदन जाने के किराए के लिए पैसे की आवश्यकता थी; अतः घर को जाना था। डॉक्टर घोष, जिनका देहरा में फलता-फूलता व्यवसाय था, ने दादी के सामने एक अच्छा प्रस्ताव रखा और दादी ने उसे मान लिया।

फिर सबकुछ बहुत तेजी से होने लगा। हमारी अधिकांश चीजें दादी ने बेच दीं, क्योंकि जैसे वे कहती थीं, हम बहुत अधिक सामान सँभाल नहीं सकेंगे। झुंडों में कबाड़ीवाले आते और चीनी मिट्टी के बरतन, लकड़ी का सामान, गलीचे और

घड़ियाँ बहुत ही कम दाम पर ले गए। उनकी कुछ चीजें, जो उनको बहुत प्रिय थीं, जैसे कि उनका नक्काशीवाला सोने से जड़ी लकड़ी का आईना, उनकी अखरोट की लकड़ी की आरामकुरसी और उनकी गुलाब की लकड़ी की लिखनेवाली मेज—परंतु उन्हें अपने साथ ले जाना असंभव था। उन्हें बैलगाड़ियों में ले जाया गया।

आया शुरू में बहुत दुःखी थी, लेकिन जब दादी ने उसे आसाम के चाय के बागान वालों के यहाँ काम दिला दिया, तो वह खुश हो गई। यह समझौता हो गया था कि जब तक हम देहरा में हैं, वह हमारे साथ रह सकती है।

हम सितंबर के अंत में गए, जैसे ही मानसून के बादल फटे, बिखरे और हिमालय की ठंडी हवा में उड़ गए। द्वीप पर फिर से वापस जाने का समय नहीं था, जहाँ मेरे पिताजी और मैंने अपने पेड़ लगाए थे और अपने रवाना होने की जल्दी और उत्सुकता में मैं बरगद के पेड़ के छेद से अपना छोटा सा खजाना उठाना भूल गया। वह बंसी के ताँगे में ही था, स्टेशन जाने के रास्ते में, जब मुझे अपने लट्टू, गुलेल और लोहे के क्रॉस की याद आई। बहुत देर हो चुकी थी! उनके लिए वापस जाने का अर्थ था कि हम ट्रेन नहीं पकड़ सकते थे।

चिंतित होते हुए दादी ने कहा, "जल्दी करो! हमें ट्रेन पकड़नी है, बंसी; देर न हो जाए।"

बंसी ने लगाम खींची तो टट्टू चिल्लाया और पहली बार दादी ताँगे पर तेज चलने को राजी हो गईं।

" नौ बजने में पाँच मिनट हैं," उन्होंने कहा, "और ट्रेन नौ बजे चलती है।"

"चिंता मत करिए, मेमसाहब! मैं आपको पिछले पंद्रह सालों से स्टेशन ले जा रहा हूँ और आपकी ट्रेन कभी भी नहीं छुटी है!"

"नहीं," दादी ने कहा, "और मुझे नहीं लगता कि अब तुम मुझे कभी भी स्टेशन ले जाओगे, बंसी!"

"समय बदल रहा है, मेमसाहब। क्या आप जानती हैं कि अब एक टैक्सी, एक मोटर कार देहरा के ताँगे के साथ प्रतिस्पर्धा करेगी? आप खुशकिस्मत हैं कि आप जा रही हैं। अगर आप रुकेंगी तो आप मुझे भूखा मरते देखेंगी!"

"हम सब लोग भूखे मरेंगे अगर हम यह ट्रेन नहीं पकड़ सके," दादी ने कहा।

"आप ट्रेन की फिक्र मत कीजिए; वह कभी भी समय से नहीं चलती है और कोई भी ऐसी आशा नहीं करता। अगर वह नौ बजे चली जाए तो हरेक की ट्रेन छूट जाएगी।"

बंसी सही था। हम स्टेशन पर नौ बजकर पाँच मिनट पर पहुँचे और जल्दी-जल्दी प्लेटफॉर्म पर पहुँचे, तब हमें पता चला कि ट्रेन अभी तक आई ही नहीं थी।

प्लेटफॉर्म पर उसी ट्रेन को पकड़ने के लिए या उससे आनेवालों का स्वागत करने के लिए लोगों की भीड़ थी। आया पहले से ही वहाँ थीं, हमारे मिले-जुले सामान की निगरानी करते हुए। हम अपने संदूकों पर बैठ गए और एक भारतीय रेलवे स्टेशन के प्लेटफॉर्म का हिस्सा बन गए।

बिस्तरबंदों और सामान के ढेरों के बीच से गुजरते हुए, पसीने से तर-बतर, गाली देते कुली, मैगजीन, मिठाई, चाय और पान बेचनेवाले थे और थे कुत्ते और कुछ लोग और कभी-कभार कोई स्टेशन मास्टर। स्टेशन के आम शोरगुल के साथ विक्रेताओं की आवाजें और यार्ड में स्टीम इंजन की शंटिंग का शोर सुनाई पड़ रहा था—"चाय, गरम चाय!" मिठाइयाँ, पापड़, गरम चीजें, ठंडा पेय, दंत मंजन, अभिनेता-अभिनेत्रियों की तसवीरें, केले, बलून, लकड़ी के खिलौने और देवी-देवताओं की मिट्टी की मूर्तियाँ। प्लेटफॉर्म एक पूरा बाजार बन गया था।

आया मुझे हर प्रकार की चेतावनियाँ दे रही थी।

"याद रखना, बाबा, जब ट्रेन चल रही हो, तो खिड़की से बाहर कभी नहीं झाँकना। एक अमेरिकन लड़का था पिछले साल, जिसका सिर कट गया था और यहाँ और बंबई के बीच में हर स्टेशन पर फालतू चीजें मत खाते रहना और देखते रहना कि कोई अनजान व्यक्ति आपके डिब्बे में न घुस आए। पिछले साल ही मिस्टर विल्किंस का खून कर दिया गया था और उनका सामान चोरी हो गया था!"

स्टेशन की घंटी बजी और दूर, एक बड़ा सा, छुक-छुक करता, हरे, काले और सुनहरे रंग का स्टीम इंजन नजर आया। एक कुत्ता, जिसे शायद पूरी जिंदगी का ट्रेन का अनुभव था, रेलवे लाइंस के दूसरी ओर भाग गया। जैसे ही ट्रेन प्लेटफॉर्म पर आई, दरवाजे खुले, खिड़कियाँ गिरीं और खुले में शक्लें नजर आईं और ट्रेन रुकती, इसके पहले ही लोग अंदर जाने की और बाहर निकलने की कोशिश करने लगे।

कुछ समय के लिए कोलाहल था। भीड़ कभी आगे, कभी पीछे हो रही थी। न तो कोई अंदर जा पा रहा था; न कोई बाहर आ पा रहा था। अगर सौ लोग ट्रेन छोड़कर बाहर आ रहे थे, तो दो सौ उसके अंदर जा रहे थे। कोई भी रास्ता छोड़ने को तैयार नहीं था।

यह मुश्किल एक मनुष्य ने एक खिड़की से निकलकर हल कर दी। दूसरों ने उसकी नकल की और दरवाजों पर उसका जोर कम हो गया और लोग डिब्बों के अंदर अपने लिए जगह बनाने लगे।

दादी ने फर्स्ट क्लास में पहले से ही आरक्षण करा लिया था और बंसी और आधे दर्जन कुलियों के साथ, हम जल्द ही सामान के साथ अंदर थे। सीटी बजी और हम चल पड़े! बंसी को चलती गाड़ी से कूदना पड़ा।

जैसे-जैसे इंजन तेज चलने लगा, मैंने आया की सलाह को भूलकर अपना सिर खिड़की से बाहर निकाला, पीछे, ओझल होते हुए प्लेटफॉर्म को देखने के लिए। आया और बंसी स्टेशन पर खड़े हुए मुझे हाथ हिलाकर अलविदा कह रहे थे और मैं भी तब तक हाथ हिलाता रहा, जब तक ट्रेन अंधकार में नहीं चली गई। नई रोशनी दिखाई दी, जब हम छोटे-छोटे स्टेशन के सामने से गुजरते। तारे भी नजर आ रहे थे और मैंने एक पुच्छल तारा आकाश में देखा।

मुझे एक बात याद आ गई, जो मुझे आया ने एक बार बताई थी कि तारे अच्छे शगुन की आत्माएँ हैं। और मैंने सोचा कि क्या यह टूटता तारा मेरे पिताजी का इशारा था कि उन्हें हमारे जाने का पता था और वे हमारे साथ हमारी यात्रा में होंगे। और मुझे एक और बात जो आया ने कही थी, याद आ गई। उसने कहा था कि यदि कोई टूटते तारे को देखकर कुछ इच्छा करे तो वह जरूर पूरी होती है, बशर्ते वह अपनी पाँचों उँगलियाँ एक साथ अपने मुँह में रखकर बोले!

"यह तुम क्या कर रहे हो?" दादी ने पूछा, मेरी ओर घूरते हुए।

"मैं कुछ माँग रहा हूँ," मैंने कहा।

"अच्छा," दादी ने कहा।

वे किसी अन्य चिंता में व्यस्त थीं और मुझसे यह नहीं पूछा कि मैं क्या चाहता हूँ, न ही मैंने उन्हें बताया।

□

12

सुरंग में बाघ

तेंबू, एक लड़के ने अंधकार में अपनी आँखें खोलीं और सोचने लगा कि क्या उसके पिताजी अपने रात के कार्य के लिए जाने को तैयार थे कि नहीं। वह अमावस्या की रात थी और चारों तरफ के जंगल की चुप्पी केवल किसी रवैया की कर्कश चिल्लाहट से भंग हो जाती थी। कभी-कभार, दूर से किसी कठफोड़वा की खाली ठुक-ठुक, जो धीमी हवा के साथ बहकर आती थी, सुनाई देती थी, या फिर किसी जंगली सूअर की घुरघुराहट सुनाई देती थी, जब वह अपनी कोई मनपसंद जड़ खोदकर निकालता था, परंतु ये सब आवाजें दुर्लभ थीं और जंगल की चुप्पी, उन्हें निगलने के लिए, हमेशा वापस आ जाती थी।

चौकीदार बल्देवो जाग रहा था। उसने अँगड़ाई ली, धीरे-धीरे अपने भारी शॉल को खोला, जो कफन के समान उससे लिपटा हुआ था। आधी रात के करीब था और ठंडी हवा में वह ठिठुर रहा था। स्टेशन, एक छोटी सी कुटिया जैसा, जिसके पीछे घने जंगल थे, केवल नाम के वास्ते ही स्टेशन था; क्योंकि ट्रेनें वहाँ अगर रुकती थीं, तो केवल कुछ ही क्षणों के लिए, एक गहरी कटाई के अंदर जाने से पहले, जो सुरंग की ओर जाती थी। अधिकांश ट्रेनें थोड़ी धीमी हो जाती थीं, कटाई के पहले के तीक्ष्ण घुमाव को लेने से पहले।

बल्देबो का दायित्व था, इस बात का इशारा करने का कि सुरंग किसी प्रकार की भी बाधा से मुक्त है कि नहीं और उसका हाथ से चलाया जानेवाला सिग्नल उसके सामने, प्रवेश-द्वार से पहले रखा था। रात को उसका दायित्व था, यह देखने का कि लैंप जल रहा है और यह कि स्थलमार्गी मेल सुरक्षा से उधर से जा सके।

"पिताजी, क्या मैं भी आऊँ?" तेंबू ने निंदासे स्वर में पूछा। वह, अभी भी कुटिया के एक कोने में सिमटा-सा लेटा था।

"नहीं, आज रात को काफी सर्दी है। तुम मत उठो।"

तेंबू, जो बारह वर्ष का था, अपने पिताजी के साथ हमेशा स्टेशन पर नहीं सोता था, क्योंकि उसे घर में भी सहायता करनी होती थी, जहाँ उसकी माँ और छोटी बहनें ज्यादातर अकेली होती थीं। वे स्टेशन से करीब तीन मील दूर, जंगल के किनारे के एक छोटे से आदिवासी गाँव में रहते थे। उनके धान के छोटे-छोटे खेत उन्हें एक छोटी जीविका से अधिक प्रदान नहीं कर सकते थे और बल्देवो अपने आप को बहुत खुशकिस्मत समझता था, क्योंकि उसे इस छोटे रास्ते के किनारेवाले सिग्नल स्टॉप पर खलासी की नौकरी मिल गई थी।

अभी भी निद्रालु अवस्था में बल्देवो ने अंधकार में अपनी कुप्पी को टटोला, फिर इधर-उधर माचिस ढूँढ़ने लगा। जब किसी प्रकार उसे एक बत्ती मिल गई, तो उसने झोंपड़ी छोड़ी, अपने पीछे दरवाजा बंद किया और स्थायी रास्ते पर चल पड़ा। तेंबू एक बार फिर सो गया था।

बल्देवो सोच रहा था कि पता नहीं इस सिग्नल पर बत्ती अभी भी जल रही थी कि नहीं। अपने शॉल को अपने बदन से और पास खींचकर वह लुढ़कता हुआ जा रहा था, कभी रेलवे लाइन के किनारे, कभी रोड़ी के साथ-साथ। वह अपनी झोंपड़ी के उस गरम कोने में जाने के लिए तरसने लगा।

उस स्थान का भयानक माहौल, पड़ोस की पहाड़ियों से, जो मेन लाइन के ऊपर धमकाती हुई जाती थीं और अधिक बढ़ जाता था। अपने मुड़ते टीले की दीवारोंवाली कटिंग के अंदर घुसते हुए, जो रेलों से बहुत ऊपर जाती थीं, बल्देवो अपने आप को उन जंगली जानवरों के खयाल से दूर न रख पाया, जिनसे उसका सामना हो सकता था। उसने उस कुख्यात सुरंग के बाघ के विषय में कई कहानियाँ सुनी थीं, एक आदमखोर, जिसे ऐसा माना जाता था कि वह इस स्थान पर अकसर आता था; परंतु वह शायद इस बात को मानता था, क्योंकि वह इस स्थान पर एक महीने पहले आया था, उसने अभी तक, न तो किसी बाघ को सुना था, न ही देखा था।

यह सही है कि तेंदुए होते थे और कुछ दिन पहले ही गाँववालों ने अपने भालों और कुल्हाड़ियों से एक को मार डाला था। बल्देवो ने कई बार एक तेंदुए को अपने संगी के लिए चिराई करते हुए सुना था; परंतु वह सुरंग अथवा शेड के पास नहीं आए थे।

बल्देवो आत्मविश्वास से चला जा रहा था, क्योंकि वह स्वयं आदिवासी था और वह जंगल और उसके जीवन का आदी था। अपने पूर्वजों के समान, वह अपने

साथ एक छोटी कुल्हाड़ी रखता था, जो देखने में तो बहुत नाजुक थी, पर व्यवहार में घातक। इससे तीन या चार प्रहारों में वह एक पेड़ को इतनी सफाई से काट सकता था कि ऐसा प्रतीत हो, जैसे उसे आरी से काटा गया है और वह जंगली जानवरों के विरुद्ध उसे उठाने अथवा व्यवहार करने में अपनी निपुणता पर गर्व करता था। उससे उसने एक बार एक जंगली सूअर को मारा था और परिवार ने उसके मांस को तीन दिन तक खाया। कुल्हाड़ी का सिर स्टील का था, पतला, परंतु घंटी की आवाजवाला, जिसे उनके पिताजी ने तारकोल की आग पर बनाया था। यह कुल्हाड़ी उसका खुद का हिस्सा थी और जहाँ भी वह जाता था, चाहे वह सात मील दूर का स्थानीय बाजार हो अथवा कोई आदिवासी नृत्य, यह कुल्हाड़ी हमेशा उसके हाथ में रहती थी। कई बार, कोई सरकारी कर्मचारी, जो स्टेशन पर आता था, उसने उसे इस हथियार के लिए अच्छे पैसे देने का प्रस्ताव रखा था, परंतु बल्देवो का तो इससे अलग होने का कोई इरादा नहीं था।

कटाई ने तीखा मोड़ लिया और अंधकार में सुरंग का अँधेरा प्रवेश-द्वार धमकाता हुआ, धुँधला दिखाई दिया। सिग्नल की बत्ती बुझ गई थी। बल्देवो लैंप को उसकी चैन से नीचे उतारने में लग गया। अगर तेल खत्म हो गया होगा, तो उसे अपनी झोंपड़ी में और लाने के लिए वापस आना पड़ेगा। मेल ट्रेन आने में पाँच मिनट थे।

उसने एक बार फिर माचिस ढूँढ़ने की कोशिश की। फिर वह एकाएक स्थिर खड़ा हो गया और सुनने लगा। भौंकते हिरण की डरती आवाज, जिसके बाद नीचे के पौधों में एक कुछ टूटने की आवाज ने बल्देवो को जल्दी कराई। लैंप में अभी भी थोड़ा तेल था और एक क्षण की हिचकिचाहट के बाद, उसने लैंप को एक बार फिर जलाया और उसे मैंने अपने स्थान पर उठा दिया। ऐसा करने के बाद, वह तीव्रता से सुरंग में पैदल चला गया, अपने लैंप को लटकाए हुए, जिससे कि परछाइयाँ धुएँ के दागों से भरी दीवारों पर कभी ऊपर, कभी नीचे उभर आती थीं और यह पता करके कि लाइन सुरक्षित थी, वह प्रवेश-द्वार पर वापस गया और मेल ट्रेन के इंतजार में बैठ गया।

ट्रेन देर से आ रही थी। सिमटकर बैठे, अर्धनिद्रा में वह जल्दी ही अपने परिवेश को भूल गया और ऊँघने लगा।

उधर, झोंपड़ी में जमीन के काँपने से पता चला कि ट्रेन आ गई है और एक धीमी, दूर की गड़गड़ाहट से लड़का जाग गया और उठकर अपनी आँखों से नींद को मलता हुआ बैठ गया।

"पिताजी, लैंप जलाने का समय हो गया है," वह बुदबुदाया और फिर यह अनुभूति होने पर कि उसके पिताजी काफी देर पहले चले गए थे, वह फिर लेट गया; परंतु इस बार वह पूरा जगा हुआ था, ट्रेन के उधर से गुजरने के इंतजार में, अपने पिता के लौटते कदमों की आवाज के लिए।

कटाई के ऊपर से एक धीमी घुरघुराहट प्रतिध्वनित हुई। एक ही सेकंड में बल्देवो जाग गया और उसकी ज्ञानेंद्रियाँ चौकन्नी हो गईं। केवल एक बाघ ही इस तरह की आवाज निकाल सकता था।

बल्देवो के लिए कोई आश्रय नहीं था, परंतु उसने जोर से अपनी कुल्हाड़ी पकड़ी और अपने शरीर को ताना, यह पता करने की कोशिश में कि वह जानवर किस दिशा से आ रहा था। कुछ समय के लिए केवल सब तरफ चुप्पी थी, यहाँ तक कि जंगल का आम शोर भी पूरी तौर से रुक गया। फिर एक 'धप्प' से आवाज हुई और छोटे पत्थरों के लुढ़कने के शब्द ने यह घोषणा कर दी कि बाघ कटाई में कूद आया था।

बल्देवो ऐसे सुनने लगा, जैसे उसने पहले कभी नहीं सुना था, सोचने लगा कि वह किस सुरंग की ओर जा रहा था या फिर उलटी दिशा में, उस दिशा में जहाँ झोंपड़ी थी, जिसमें तेंबू असुरक्षित लेटा होगा। उसे बहुत देर तक सोचना नहीं पड़ा। एक मिनट खत्म होने के पहले ही उसने बाघ की विशाल काया को धीरे-धीरे अपनी ओर अग्रसर होते देखा। सिग्नल लैंप की रोशनी में उसकी हरी आँखें चमक रही थीं। भागना फिजूल होगा, क्योंकि अंधकार में बाघ बल्देवो से अधिक अचूक होगा और पीछे की ओर से जल्दी ही उसके ऊपर होगा। बल्देवो, सिग्नल पोस्ट की ओर अपनी पीठ करे, बिना हिले, उस विशाल पशु को, जो तेजी से उसकी ओर बढ़ रहा था, घूरता रहा। बाघ, जो मनुष्य की आदतों से वाकिफ था, क्योंकि वह कई वर्षों से उनका शिकार कर रहा था, निडर होकर आ रहा था और एक तेज दौड़ और एक गुर्राहट के साथ, उसने अपने दाहिने पंजे से थपेड़ मारा। उसे आशा थी कि वह इस दुबले-पतले मनुष्य को, जिसने उसके सामने खड़े रहने की हिम्मत की थी, को उलट देगा।

बहरहाल बल्देवो तैयार था। एक अति सुंदर फुरतीली कूद से उसने थपेड़े को टाल दिया और अपनी कुल्हाड़ी को उस पशु के कंधे पर दे मारा। बाघ गुर्राया और पास आने की कोशिश की। एक बार फिर, बल्देवो ने सही निशाने से अपनी कुल्हाड़ी फेंकी और उसकी बीभत्सता से जानवर झूमा और कुल्हाड़ी उसके कंधे

पर गिरी और उसका पैर करीब–करीब कट गया। इससे भी खराब बात यह थी कि कुल्हाड़ी वहीं, हड्डी में अटक कर रह गई। अब बल्देवो बिना किसी हथियार के था।

दर्द से गुर्राते हुए, बाघ बल्देवो के ऊपर लपका और उसे नीचे गिराकर उसके टूटे बदन के चिथड़े करने लगा। कुछ ही मिनट में सब खत्म हो गया। बल्देवो अपनी पीठ के भीषण दर्द के विषय में सचेतन था और फिर उसके बाद, अंधकार और वह चिरनिद्रा में सो गया।

बाघ हट गया और अपने जख्मी पैर को चाटते हुए, दर्द से गुर्राता रहा। उसने हलकी घड़घड़ाहता को नहीं समझा, जिसके कारण धरती हिली थी; जिसके पीछे धुआँ छोड़ता, दूर से आता हुआ इंजन चढ़ रहा था। मेल आ रही थी।

हालाँकि कटिंग के बादवाले पेड़ों के बीच से जैसे–जैसे ट्रेन आ रही थी, आग की रोशनी नजर आने लगी और चिनगारियों की बौछार, दीवाली के दीयों जैसी, जंगल में बिखरने लगी। जैसे ही ट्रेन कटाई के अंदर घुसी, इंजन ने एक सीटी मारी—ऊँचे स्वर में और कान चीरती हुई। बाघ ने अपना सिर उठाया, फिर धीरे–धीरे उठकर अपने पैरों पर खड़ा हुआ। उसने अपने आप को उस मनुष्य जैसे बँधा हुआ पाया। कटाई के पास से भागना असंभव था। वह सुरंग के अंदर घुस गया और जितनी तेजी से उसका जख्मी पैर उसे दौड़ने दे रहा था, वह दौड़ने लगा और फिर एक गुर्राहट और चिनगारियों की बौछार के साथ, ट्रेन ने जम्हाई लेती हुई सुरंग में प्रवेश किया। उस सीमित जगह में शोर बहरा कर देनेवाला था, परंतु जब ट्रेन बाहर खुले में आई, दूसरी ओर जंगल और सुरंग में एक बार फिर चुप्पी छा गई।

अगले स्टेशन पर ड्राइवर धीरे चला और फिर इंजन में पानी भरने के लिए, अपनी ट्रेन को रोक दिया। वह अपनी टाँगों को सीधा करने के लिए नीचे उतरा और उसने निश्चय किया कि वह हेडलाइट्स का निरीक्षण करेगा। उसे अपने जीवन का सबसे बड़ा आश्चर्य मिला; क्योंकि इंजन के बिल्कुल ऊपर, बाघ का अधिकांश हिस्सा पड़ा हुआ था, इंजन द्वारा दो भागों में विभाजित होकर।

स्टेशन पर बहुत अधिक आवेश और अटकलबाजी थी, परंतु पीछे कटाई में, कोई आवाज नहीं थी, सिवाय लड़के के रोने की, अपने पिता की मृत देह के पास बैठे हुए। वह वहाँ बहुत देर तक बैठा रहा, अंधकार से निर्भय, देह को सियार और लकड़बग्घों से बचाते हुए; जब तक कि भोर की पहली हलकी किरण अपने साथ गली के चौकीदार को नहीं ले आई।

तेंबू, उसकी बहन और उसकी माँ पूरे दो दिन तक दु:ख में डूब गए; परंतु जीवन

चलने का नाम है और जीविकोपार्जन भी करना था; इसलिए अब पूरी जिम्मेदारी तेंबू के कंधों पर आ पड़ी। तीन रातों के बाद, वह कटाई पर था, स्थलमार्ग मेल के लिए सिग्नल लैंप जलाता हुआ।

वह ट्रेन के लिए रुकता, अंधकार में बैठ गया और अपने मन में धीमे-धीमे गुनगुनाने लगा। डरने का कोई कारण नहीं था। उसके पिताजी ने बाघ को मारा था; जंगल के देवी-देवता खुश थे; इसके अलावा उसके पास कुल्हाड़ी थी, उसके पिताजी की कुल्हाड़ी और वह उसका व्यवहार करना जानता था।

□

13

उसने अर्सेनिकल तरीके से उसे कहा

क्या कोई जन्मजात खूनी होता है, जैसे जन्मजात लेखक और गायक, पैदाइशी विजेता और हानि उठानेवाले होते हैं? कोई निश्चित तौर पर नहीं कह सकता। ऐसे कष्टदायक लोगों को हटा देने की इच्छा अधिकांशतः लोगों में होती है, परंतु कुछ ही उसके सामने झुक पाते हैं।

यदि कभी भी कोई पैदाइशी खूनी था, तो वह निश्चित तौर पर विलियम जोंस ही रहा होगा। खून करना उसे स्वाभाविक तौर से ही आता था। न तो कोई बहुत ज्यादा हिंसा, न गंदी गोली चलाना या काटना, न उपरोधी। बिल्कुल सही मात्रा में विष, जिसे निपुणता और सावधानी से दिया जाता था।

एक कोमल, सभ्य किस्म के व्यक्ति थे मिस्टर जोंस। वे तितलियाँ एकत्र करते थे और फिर उन्हें गिलास के डिब्बों में सुव्यवस्थित ढंग से सँजोकर रख देते थे। उनकी ईथर की बोतल जल्दी और बिना तकलीफ के काम करती थी। वे कभी भी सुंदर जीवों में सुइयाँ नहीं चुभोते थे।

क्या आपने कभी भी अगर के दोहरे खून के बारे में सुना है? कई वर्षों पहले वह हुआ तो जरूर था, जब अगर अंग्रेजी सल्तनत की दूरंदाज चौकी थी। उन दिनों में विलियम जोंस शहर के एक अस्पताल में पुरुष उपचारक (नर्स) थे। रोगी, खासतौर से सात्विक रोटी, उसकी देखभाल और ध्यान की बहुत तारीफ करते थे। जहाँ अधिकांश नर्सें—दोनों पुरुष और महिला, ऐसे रोगियों की देखभाल करना बेहतर समझते थे, जिनको कोई उम्मीद थी, नर्स विलियम मरणासन्न रोगी की सेवा करने को सदैव तत्पर रहते थे।

वे मरणासन्न लोगों के साथ तदनुभूति महसूस करते थे। यह केवल उनका अच्छा स्वभाव ही था।

मेरठ जाने के रास्ते में वह मिसेज ब्राउनिंग, जो स्थानीय स्टेशन मास्टर की पत्नी थीं, से मिले और उनसे प्रेम करने लगे। आवेगपूर्ण प्रेम-पत्रों ने आगरा-मेरठ डाक सेवा में शीघ्र ही तनाव पैदा कर दिया। लिफाफे और भारी होते गए, इसलिए नहीं कि चिट्ठियाँ लंबी होती जा रही थीं, बल्कि इसलिए, क्योंकि उनमें सफेद पाउडर के समान किसी चीज के पैकेट होते थे; साथ ही विस्तारित ढंग से उसके सही व्यवहार की विधि भी होती थी।

मिस्टर ब्राउनिंग, जो कि एक विनीत और सत्यवादी मनुष्य थे, दुनिया के पैदाइशी हारनेवाले—उस प्रकार के व्यक्ति नहीं थे, जो अपनी पत्नी की चिट्ठियाँ पढ़ते। जब बार-बार उन्हें उदरशूल व्यथा (कालिक पैन) के आक्रमण होते थे, वे गंदे पानी की आपूर्ति को ही इसका कारण मानते थे। वे उलटी और दस्त के एक दौर से स्वस्थ होकर उठते, लेकिन जल्दी ही दूसरा आक्रमण हो जाता।

उन्हें गस्त्रोएन्तेराइटीस के निदान के लिए अस्पताल में भरती किया गया। इस प्रकार अपनी पत्नी के उपचार से मुक्त होकर वे जल्दी ही बेहतर हो गए, परंतु घर आकर, नीबू-पानी, जो व्याकुल मिसेज ब्राउनिंग उनके लिए लाई थीं, पीने के बाद, वे एक बार फिर बीमार हो गए और फिर कभी स्वस्थ नहीं हुए।

यह उन दिनों की बात है, जब कोलेरा और उससे संबंधित बीमारियों से मृत्यु, भारत में आम बात थी और मृत्यु प्रमाण पाना कुत्ते के लाइसेंस पाने से ज्यादा आसान था।

एक छोटे से विलाप के अंतराल के बाद (गरमी का मौसम था और आप बहुत देर तक काला नहीं पहन सकते थे), मिसेज ब्राउनिंग आगरा चली गईं, जहाँ उन्होंने एक घर किराए पर लिया, जो विलियम जोंस के पड़ोस में था।

मैं यह तो बताना भूल ही गया कि मिस्टर जोंस भी शादीशुदा थे। उनकी पत्नी एक उपेक्षणीय जीव थीं, जो विलियम जैसे प्रतिभाशाली व्यक्ति के लिए सही जोड़ीदार नहीं थीं। गरमी का मौसम खत्म होने के पहले उस भयानक कोलेरा ने उन्हें भी ले लिया। अब उन प्रेमियों के लिए, शादी के बंधन में बँधने का रास्ता साफ था।

परंतु डेम गोसिप भी आगरा में रहती थीं और कुछ ही समय में लोगों की जबानें चलने लगीं और पुलिस सुपरिंडेंडेंट को गुमनाम चिट्ठियाँ आने लगीं। पूछताछ प्रारंभ हुई। अधिकांश मोहित प्रेमियों के समान, मिसेज ब्राउनिंग ने भी अपने आशिक की चिट्ठियों और प्रणय-पत्र को सँजोकर रखा हुआ था और जल्दी ही ये सब सामने आ गए। उस बेवकूफ औरत ने उन्हें एक डिब्बे के अंदर, अपने पलंग के नीचे रखा हुआ था।

आगरा और मेरठ—दोनों में उत्खनन का हुक्म दिया गया। संखिया हमेशा ठीक रहता है, बहुत अधिक गरमी में भी और दोनों पीड़ितों के अवशेष में इनकी कोई कमी नहीं थी।

मिस्टर जोंस और मिसेज ब्राउनिंग को पकड़ लिया गया और उन पर कत्ल करने का आरोप लगा।

"क्या अंकल बिल सच में खूनी हैं?" मैंने देहरा के अपनी दादी माँ के ड्राइंग रूम सोफे से पूछा (अब समय आ गया है कि मैं आपको बता दूँ कि विलियम जोंस मेरे मामा थे, मेरी माँ के सौतेले भाई)।

उस समय मैं आठ या नौ वर्ष का था। अंकल बिल ने पिछली गरमी हमारे साथ देहरा में बिताई थी और मेरा पेट बाजार की मिठाइयों और पेस्ट्रीज से भर दिया था, जो सब मैंने खा भी ली थी, बिना किसी खराब असर के।

"तुम्हें अंकल बिल के बारे में यह किसने बताया?" दादी ने पूछा।

"मैंने स्कूल में सुना। सारे लड़के मुझसे यही सवाल कर रहे हैं। 'क्या तुम्हारे मामा कातिल हैं?' वे कहते हैं कि उन्होंने अपनी दोनों पत्नियों को जहर दे दिया था।"

"~~उनके एक ही पत्नी थी~~," आंट मेबल ने चिढ़कर कहा।

"क्या उन्होंने उन्हें जहर दिया था?"

"नहीं, बिल्कुल नहीं। तुम ऐसी बात कैसे कह सकते हो!"

"तो फिर अंकल बिल जेल में क्यों हैं?"

"कौन कहता है कि वे जेल में हैं?"

"स्कूल के लड़के। उन्होंने अपने माता-पिता से सुना है। अंकल बिल पर आगरा कोर्ट में मुकदमा चलेगा।"

ड्राइंग रूम में एक अर्थपूर्ण चुप्पी छा गई···फिर आंट मेबल चिल्लाईं, "यह सब उस बेवकूफ औरत की गलती थी।"

"क्या तुम्हारा इशारा मिसेज ब्राउनिंग की ओर है?" दादी ने पूछा।

"हाँ, बिल्कुल। उसने ही उसे ऐसा करने को उकसाया होगा। बिल कभी भी इतनी क्रूर चीज सोच ही नहीं सकता था!"

"परंतु उसने ही उसे वह पाउडर भेजे थे और यह मत भूलो; तब से मिसेज ब्राउनिंग ने···।" वाक्य के बीच में ही दादी रुक गईं और दोनों—दादी और आंट मेबल ने मेरी ओर चोरी-चोरी देखते हुए कहा।

"आत्महत्या कर ली," मैंने वाक्य को पूरा करते हुए कहा, "उस समय भी उनके पास कुछ और पाउडर थे।"

आंट मेबल की आँखें स्वर्ग की ओर उठीं। "इस लड़के का तो कोई इलाज नहीं है। मुझे नहीं पता, बड़ा होकर यह कैसा बनेगा।"

"कम-से-कम मैं अंकल बिल जैसा तो नहीं हूँगा," मैंने कहा, "सोचो, लोगों को जहर दे देना! अगर मैं किसी को मारूँगा तो वह एक न्यायसंगत लड़ाई होगी। मुझे लगता है, वह अंकल बिल को फाँसी दे देंगे?"

"अरे बाप रे, मैं उम्मीद करती हूँ, ऐसा नहीं होगा!"

दादी चुप थीं। अंकल बिल उनके सौतेले पुत्र थे, परंतु फिर भी उनके मन में उनके लिए कोई नरम स्थान नहीं था। उनकी बहनें, आंट मेबल सोचती थीं कि वे एक बहुत अच्छे व्यक्ति हैं। मैंने उन्हें हमेशा एक नरम दिल व्यक्ति समझा था, परंतु मानना पड़ा था कि उनका दिल बहुत बड़ा है। मैंने उन्हें एक हेंगमेन की रस्सी के एक ओर लटकते हुए कल्पना करने की कोशिश की, परंतु किसी भी प्रकार से वे इस छवि में ठीक नहीं उतरते थे।

अंततः, ऐसा हुआ कि उन्हें फाँसी नहीं हुई। भारत में होरे लोगों को कभी-कभार ही फाँसी लगती थी, हालाँकि फाँसी देनेवाला, चोर-डाकुओं और राजनीतिक आतंकवादियों को फाँसी देने में बहुत व्यस्त रहता था। अंकल बिल को आजीवन कारावास की सजा सुनाई गई और वे इलाहाबाद के पास नैनी की जेल में जेल की लाइब्रेरी को सँभालने का काम करते रहे। एक नर नर्स की हैसियत से दिए गए उनके उपहार व्यर्थ गए।

सात या आठ साल बाद उन्हें रिहा किया गया, देश के गणतंत्र बनने के कुछ समय बाद ही। जेल से बाहर आकर उन्हें पता चला कि अंग्रेज जा रहे थे—या तो इंग्लैंड के लिए अन्यथा दूसरे उपनिवेशों के लिए। दादी की मृत्यु हो गई थी। आंट मेबल और उनके पति दक्षिण अफ्रीका में बस गए थे। अंकल बिल को यह अनुभूति हुई कि उनका भारत में कोई भविष्य नहीं है तो वे अपनी बहन के पीछे-पीछे जोहांसबर्ग चले गए। मैं अपने बोर्डिंग स्कूल के अंतिम वर्ष में था। मेरे पिता की मृत्यु के बाद, मेरी माँ ने एक भारतीय से शादी कर ली थी और अब मेरा भविष्य भारत में ही था।

जेल से उनकी रिहाई के बाद मैं अंकल बिल से नहीं मिला और किसी ने सपने में भी यह नहीं सोचा था कि वे वापस भारत आएँगे।

यहाँ तक कि पंद्रह साल बीत गए थे, जब वे वापस आए और तब तक मैं अपने शुरुआती तीस में था; एक पुस्तक का लेखक था, जो कुछ हद तक बहुत पसंद की गई थी। पिछले पंद्रह साल संघर्षमय थे, ऐसा संघर्ष, जो हर जवान स्वच्छंद लेखक अनुभव करता है, लेकिन अंततः कड़ी मेहनत रंग ला रही थी और रॉयल्टीज ने आना शुरू कर दिया था।

मैं फोस्तेगंज पहाड़ी के बाहरी हिस्से में एक छोटे घर में रह रहा था और दूसरी पुस्तक पर काम कर रहा था, जब एक अप्रत्याशित दर्शनार्थी मुझसे मिलने आया।

वह एक दुबला-पतला, झुका हुआ, खिचड़ी बालों (सफेद और काले) वाला, पचास के परवर्ती वर्षों की उम्र का व्यक्ति, जिसकी मूँछ बिखरी हुई थी और दाँत विवर्ण थे। उसकी आँखों को, जो फीके नीले रंग की थीं, छोड़कर, वह कमजोर और अहानिकर प्रतीत होता था। कुछ तो था उसमें, जो जाना-पहचाना लग रहा था।

"क्या तुम्हें मेरी याद नहीं है?" उसने पूछा, "ऐसा नहीं है कि मुझे उम्मीद है कि तुम्हें इतने साल बाद भी याद होगी।"

"एक मिनट रुको। क्या तुम मुझे स्कूल में पढ़ाते थे?"

"नहीं, लेकिन तुम गरम हो रहे हो।" उन्होंने अपना सूटकेस नीचे रखा और मैंने एयरलाइन के लेबल पर उनका नाम देखा। मैंने आश्चर्यचकित होकर देखा, "आप नहीं हैं, आप हो नहीं सकते…।"

"तुम्हारे अंकल बिल," उन्होंने हँसते हुए कहा और हाथ आगे बढ़ाया।

"और कोई नहीं!" और वे मटरगश्ती करते हुए घर के भीतर आ गए।

मुझे स्वीकार करना पड़ेगा कि उनके आने की मेरे अंदर मिश्रित भावनाएँ थीं। चाहे मुझे कभी भी उनके लिखे पर नफरत की भावना नहीं थी, मुझे, जो उन्होंने किया था, उसके प्रति सहमति भी नहीं थी। मेरा ऐसा मानना था कि जहर देकर असुविधाजनक व्यक्ति से मुक्ति पाना, एक निंदनीय काम है। ऐसा नहीं है कि मैं कोई प्रशंसनीय तरीका जानता था, उनसे मुक्ति पाने का! फिर भी, वह बहुत साल पहले हुआ था, उन्हें उसकी सजा भी मिल चुकी थी और उम्मीद करता हूँ कि उनका व्यक्तित्व अब सुधर गया था।

"और इतने सालों से तुम क्या कर रहे थे?" उन्होंने मुझसे पूछा, अपने आप को, कमरे की, उस एकमात्र आरामकुरसी में आराम देते हुए।

"ओह, कुछ ज्यादा नहीं; केवल लिख रहा था," मैंने कहा।

"हाँ, मैंने तुम्हारी पिछली किताब के बारे में सुना था। काफी सफल पुस्तक है, है न?"

"काफी अच्छा कर रही है। क्या आपने पढ़ी है?"

"मैं ज्यादा नहीं पढ़ता।"

"और आप इतने दिनों से क्या कर रहे थे, अंकल बिल?"

"ओह, यहाँ-वहाँ भटक रहा था। कुछ समय के लिए मैंने एक सॉफ्ट ड्रिंक कंपनी के लिए काम किया। फिर एक ड्रग कंपनी के लिए। मेरा रसायन का ज्ञान लाभदायक सिद्ध हुआ।"

"आप दक्षिण अफ्रीका में आंट मेबल के साथ नहीं थे?"

"मैं उनसे काफी मिलता था, जब तक, कुछ वर्ष पहले उनका देहांत नहीं हो गया। क्या तुम्हें पता नहीं था?"

"नहीं, मेरा रिश्तेदारों से संपर्क नहीं रहा है।" मैं उम्मीद करता था कि वह मेरा इशारा समझ जाएँगे।

"और उनके पति?"

"उनका भी देहांत हो गया, कुछ ही दिनों में। अब हममें से बहुत लोग नहीं बचे हैं, मेरे बच्चे। इसीलिए, जब मैंने तुम्हारे विषय में अखबार में कुछ देखा, तो मैंने सोचा; क्यों न मैं अपने एकमात्र भानजे से एक बार फिर जाकर मिलूँ?"

"आप कुछ दिनों के लिए यहाँ रह सकते हैं," मैंने जल्दी से कहा। "फिर मुझे बंबई जाना है।" (यह झूठ था, परंतु अंकल बिल के रहे-सहे जीवन के दिनों में, मेरी उनकी देखभाल करने की कोई सद् इच्छा नहीं थी।)

"ओह, मैं बहुत दिन नहीं रहूँगा," उन्होंने कहा। "मेरे पास थोड़ा-बहुत पैसा रखा है, जोहांसबर्ग में। सिर्फ यह है, जहाँ तक मैं जानता हूँ, तुम मेरे एकमात्र जीवित रिश्तेदार हो और मैंने सोचा कि तुमसे फिर मिलना अच्छा होगा।"

शांति पाकर, मैं अंकल बिल को, जितना संभव था, आराम देने की कोशिश में लग गया। मैंने उनको अपना सोने का कमरा दे दिया और खिड़की की सीट को अपने लिए एक पलंग बना लिया। मैं बिल्कुल खराब खाना बनाता था, लेकिन अपनी संपूर्ण क्षमता लगाते हुए, मैंने उनके लिए कुछ अंडों की भुर्जी बनाई। उन्होंने मेरी क्षमा-प्रार्थना को हँसी में उड़ा दिया। वे हमेशा से ही बहुत कम खाते थे, उन्होंने कहा। जेल में आठ सालों ने उन्हें लोहे का पेट दे दिया था।

वे कभी मेरे काम के रास्ते में नहीं आते थे। वे मुझे लिखने और सैर पर जाने

के लिए छोड़ देते थे। वसंत की धूप में बैठकर अपना पाइप पीने पर वे संतुष्ट प्रतीत होते थे।

तीसरी शाम को, जब हम एक साथ थे, उन्होंने कहा, "अरे, मैं तो भूल ही गया था। मेरे सूटकेस में शैरी की एक बोतल है। मैं उसे खासतौर पर तुम्हारे लिए लेकर आया हूँ।"

"आप तो बहुत सोच-विचार के सब करते हैं, अंकल बिल! आपको कैसे पता कि मुझे शैरी अच्छी लगती है?"

"केवल मेरा अंतर्ज्ञान। तुम्हें अच्छी लगती है, है न?"

"एक अच्छी शैरी जैसी कोई और चीज है ही नहीं।"

वे अपने सोनेवाले कमरे में चले गए और फिर एक बिना खुली हुई दक्षिण अफ्रीका की शैरी लेकर वापस आ गए।

"अब तुम आग के पास बैठकर विश्राम करो," उन्होंने सुखद तरीके से कहा, "मैं बोतल खोलता हूँ और गिलास लेकर आता हूँ।"

वे रसोई में गए और मैं बिजली की आग के पास बैठा, कुछ जर्नलों के पन्नों को पलटता रहा। मुझे ऐसा प्रतीत हुआ जैसे अंकल बिल कुछ अधिक समय ले रहे हैं। अंतर्ज्ञान, अवश्य ही परिवार की खासियत होगी; क्योंकि यह बात मेरे दिमाग में अचानक ही आई, यह विचार कि हो सकता है, अंकल बिल मुझे जहर देने की सोच रहे हों!

आखिर मैंने सोचा, वे यहाँ करीब पंद्रह साल बाद आए हैं, देखने को केवल भाव प्रवण कारणों से, परंतु मैंने अभी ही एक बेस्ट सेलर छपवाई थी और मैं उनका सबसे सगा रिश्तेदार था। अगर मैं मर जाता हूँ, तो अंकल बिल मेरी जमीन-जायदाद के लिए दावा कर सकते हैं और अगले पाँच-छह सालों तक शायद मेरी रॉयल्टीज पर आराम से रह सकते हैं!

आंट मेबल और उनके पति को असल में क्या हुआ था, मैंने सोचा और अंकल बिल को वायुयान से भारत आने के टिकट के पैसे कहाँ से मिले?

इससे पहले कि मैं अपने आप से और अधिक प्रश्न पूछ सकता, वे ट्रे में गिलास लिये फिर से सामने आए। उन्होंने ट्रे एक छोटी टेबल पर रखी, जो हम दोनों के बीच में थी। गिलास भर दिए गए थे। शैरी चमक रही थी।

मैंने उस गिलास को, जो मेरे सबसे पास था, घूरकर देखा, यह जानने के लिए

कि क्या उसमें रखा तरल पदार्थ दूसरे गिलास के तरल पदार्थ से अधिक धुँधला था, परंतु मुझे कोई अंतर नजर नहीं आया।

मैंने निश्चय किया कि मैं किसी संभावना के लिए नहीं रुकूँगा। ट्रे गोलाकार थी, जो चिकनी कश्मीरी अखरोट की लकड़ी से बनी थी। मैंने उसे अपनी तर्जनी उँगली से घुमा दिया, जिसके कारण गिलासों की जगह बदल गई।

"तुमने ऐसा क्यों किया?" अंकल बिल ने पूछा।

"यह इन हिस्सों का रिवाज है। आप ट्रे को सूरज के साथ-साथ घुमाते हैं, एक पूरी परिक्रमा। इससे सौभाग्य आपके साथ चलता है।"

कुछ क्षणों के लिए अंकल बिल सोच में पड़ गए। फिर उन्होंने कहा, "चलो, हम और अच्छी किस्मत लाते हैं," और ट्रे को एक बार फिर घुमा दिया।

"अब आपने सब खराब कर दिया," मैंने कहा, "इसे बार-बार नहीं घुमाते हैं! वह बदकिस्मती है। मुझे इसे एक बार फिर घुमाना पड़ेगा, जिससे कि दुर्भाग्य कट जाए।"

ट्रे एक बार फिर घूम गई और उसके साथ ही अंकल बिल और वह गिलास भी, जो मेरे लिए था।

"चियर्स!" मैंने कहा और अपने गिलास से पी लिया।

शैरी सचमुच में बहुत अच्छी थी।

अंकल बिल हिचकिचाए। फिर उन्होंने 'चियर्स' कहा और जल्दी से दूसरे गिलास को खाली कर दिया।

परंतु उन्होंने फिर गिलास भरने का प्रस्ताव नहीं रखा।

अगले दिन सवेरे वे बहुत बुरी तरह से बीमार पड़ गए। मैंने उन्हें कमरे में उल्टी करते सुना और मैं उठकर यह देखने गया कि क्या मैं कुछ कर सकता हूँ। वे कराह रहे थे, उनका सिर पलंग के दूसरी तरफ लटक रहा था। मैं उनके लिए एक चिलमची और एक जग भर पानी ले गया।

"क्या आप चाहते हैं कि मैं डॉक्टर को बुलाऊँ?" मैंने पूछा।

उन्होंने अपना सिर हिलाया, "नहीं, मैं ठीक हो जाऊँगा। शायद मैंने कुछ गलत खा लिया।"

"शायद पानी रहा होगा। साल के इस समय पानी बहुत अच्छा नहीं होता। फोस्तेगंज के अपने पहले कुछ दिनों में कई लोग गैस्ट्रिक की तकलीफ के शिकार हो जाते हैं।"

"अच्छा तो यही होगा," उन्होंने कहा और एक बार फिर दोहरे हो गए, क्योंकि उन्हें फिर नया दर्द और उबकाई आने लगी।

शाम तक वे बेहतर थे, जो भी गिलास के अंदर गया था, शायद प्राथमिक डोज थी और एक दिन बाद वे इतने स्वस्थ थे कि अपना सूटकेस पैक करके अपने जाने की घोषणा की। उन्होंने मुझे बताया कि फोस्तेगंज का मौसम उनको रास नहीं आया था।

उनके जाने के पहले ही मैंने उनसे कहा, "मुझे एक बात बताइए अंकल; आपने उसे क्यों पिया?"

"क्या क्यों पिया, पानी?"

"नहीं, शैरी का वह गिलास, जिसमें आपने अपना विख्यात पाउडर डाला था।"

उन्होंने भौचक्का होकर मेरी ओर देखा फिर, डरी हुई हँसी हँसकर कहा, "तुम अपना हलका-फुल्का मजाक करोगे ही, है न?"

"नहीं, मैं सच में जानना चाहता हूँ," मैंने कहा, "आपने उस पदार्थ को क्यों पिया? मैं जानता हूँ, वह मेरे लिए बना था।"

वे नीचे, अपने जूतों की ओर देखते रहे, फिर कंधे हिलाकर चलने लगे।

"ऐसे हालात में," उन्होंने कहा, "यही सबसे सही तरीका लगा।"

मैं अंकल बिल के विषय में यह कहूँगा—वे हमेशा आदर्श सज्जन थे।

□

14

इंस्पेक्टर लाल के लिए एक केस

मैं इंस्पेक्टर कीमत लाल से करीब दो साल पहले मिला, जिस समय मैं उत्तरी भारत के मैदानी क्षेत्र शाहपुर के धूल-मिट्टी भरे गरम शहर में था।

कीमत लाल के पास लोकल पुलिस स्टेशन का प्रभार था। वे धीमे और विशेषकर वजनदार, एक बहुत अधिक विकसित और एक आलसी प्रवृत्ति के व्यक्ति थे, लेकिन अधिकतर आलसी लोगों के समान वे बुद्धिमान भी थे। वे एक असफल व्यक्ति भी थे। वे काफी सालों से एक इंस्पेक्टर ही बने हुए थे और अपनी पदोन्नति की सभी उम्मीदों का त्याग कर चुके थे। उनका भाग्य उनसे कुछ नाराज चल रहा था, ऐसा उन्होंने मुझसे कहा था। उन्हें कभी भी एक पुलिसवाला नहीं बनना चाहिए था। वह मकर राशि में जनमे हैं। उन्हें रेस्तराँ के व्यवसाय में जाना चाहिए था, लेकिन अब इस बारे में कुछ भी करने के लिए बहुत देर हो चुकी थी।

इंस्पेक्टर और मेरे अंदर थोड़ी-बहुत ही समानताएँ थीं। वे चालीस के करीब थे और मैं पच्चीस का था। लेकिन हम दोनों अंग्रेजी बोलते थे और शाहपुर में कुछ ही लोग थे, जो अंग्रेजी बोलते थे। इसके अतिरिक्त हम दोनों बीयर के शौकीन थे। शाहपुर में मनोरंजन करने की कोई जगह नहीं थी। बहुत तेज गरमी, धूल, जो कि पूर्व से घुमड़-घुमड़कर आती थी, मच्छर (जो मक्खियों की तरह ही अनगिनत संख्या में थे), और सामान्य जगह की नीरसता एक व्यक्ति के लिए नीबू पानी से मिटने वाली प्यास से शांत नहीं होती थी।

मेरा मकान शहर के अंतिम छोर पर था, जहाँ प्रायः हमें कोई परेशान नहीं करता था। हफ्ते की दो या तीन शाम को जैसे ही सूरज डूबने लगता था और लोगों के लिए यह संभव हो जाता कि वे अँधेरे में डूबी खस की ठंडी व ऊँची चादरों से ढके अपने बेडरूम से बाहर निकल सकें, इंस्पेक्टर कीमत लाल बरामदे की सीढ़ियों

पर अपने छोटे तौलिए, जिसका इस्तेमाल वे रूमाल की जगह पर करते थे, से अपने मुख के पसीने को पोंछते हुए प्रकट हो जाते। मेरा इकलौता नौकर यह जानकर गर्वान्वित महसूस करता कि उसे एक पुलिस इंस्पेक्टर की सेवा का मौका मिलेगा, वह जल्दी से शीशे के गिलासों, एक बर्फ के पात्र और कुछ बेहतरीन भारतीय बीयरों की बोतलें ले आता।

एक शाम, जब हम अपनी चौथी बोतल का सेवन कर चुके थे, मैंने कहा—"इंस्पेक्टर! आपके कॅरियर में जरूर कुछ रोचक किस्से घटे होंगे।"

"उनमें से अधिकतर नीरस ही रहे, खासतौर पर वे जो सुलझ गए।" उन्होंने कहा, "और जो रोचक थे, वे बिना सुलझे ही रहे—अगर ऐसा नहीं होता तो मैं अभी तक सुपरिंटेंडेंट बन गया होता। मुझे लगता है, तुम मर्डर के मामलों के बारे में बात कर रहे हो। क्या तुम्हें इंटीरियर मिनिस्टर के मर्डर के बारे में पता है? मैं उस पर काम कर रहा था, लेकिन वह एक राजनैतिक हत्या थी और हम कभी उसे नहीं सुलझा पाए।"

"मुझे उस मामले के बारे में बताओ, जो तुमने सुलझाए," मैंने कहा, "एक रोचक मामला।" जब मैंने उसे असहज होते हुए देखा तो अपनी बात को आगे बढ़ाते हुए कहा, "तुम्हें चिंता करने की जरूरत नहीं है इंस्पेक्टर, मैं एक होशियार आदमी हूँ, इतनी बीयर की बोतलों को पी जाने के बावजूद।"

"लेकिन तुम होशियार कैसे हो सकते हो? तुम एक लेखक हो।"

मैंने विरोध प्रकट किया—"लेखक आमतौर पर बहुत होशियार होते हैं। वे हमेशा लोगों और जगहों के नाम बदल देते हैं।"

वह मेरी ओर देखकर अजीब हँसी हँसा। "और यदि तुम्हें मुझे किसी कहानी में डालना हो तो मुझे कैसे परिभाषित करोगे?"

"ओह! तुम जैसे हो, मैं तुम्हें छोड़ दूँगा। फिर तो तुम पर कोई विश्वास नहीं करेगा।"

वह पक्षपाती हँसी हँसने लगा और बीयर उड़ेलता गया। "मुझे लगता है, मैं नामों को भी बदल सकता हूँ…मैं तुम्हें एक बहुत रोचक मामले के बारे में बताता हूँ। इसमें पीड़ित व्यक्ति एक बहुत अलग था और साथ ही हत्यारा भी। लेकिन तुम्हें वायदा करना होगा कि यह कहानी नहीं लिखोगे।"

"मैं वायदा करता हूँ।" मैंने झूठ बोला।

"क्या तुम पनोली के बारे में जानते हो?"

"पहाड़ियों में, हाँ, मैं एक-दो बार वहाँ जा चुका हूँ।"

"अच्छा है, फिर मुझे तुम्हें जगह के बारे में नहीं बताना होगा, बस मेरी बात सुनो। यह करीब तीन साल पहले की घटना है, मेरे पनोली में कार्यभार सँभालने के कुछ समय बाद की। वहाँ ज्यादा बड़ी घटनाएँ नहीं होती थीं। बस धोखेबाजी और चोरी के कुछ ही मामले थे तथा ग्रीष्मकाल के दौरान हुई एक आपसी लड़ाई की घटना। हत्या जैसी बड़ी घटना करीब दस साल में एक बार होती थी। इसलिए जब वहाँ पर एक रानी अपने बैठक/कक्ष में मृत पाई गई, जिसका सिर कुल्हाड़ियों से बुरी तरह जख्मी किया गया था। मुझे पता था कि यदि मैं पनोली में रहना चाहता हूँ तो मुझे यह मामला सुलझाना ही होगा।

परेशानी यह थी कि रानी को कोई भी मार सकता था, और वहाँ पर कुछ ऐसे भी थे, जिन्होंने आमतौर पर संतोष जाहिर किया कि रानी मर गई। वह एक बदनाम औरत थी। उसका पति मर चुका था, उसके बच्चे उससे अलग हो चुके थे और सारा धन, हालाँकि वह कभी भी बहुत धनवान नहीं हुआ करती थी, समाप्ति के कगार पर पहुँच चुका था। वह शहर के बाहरी छोर पर एक पुराने घर में अकेली रहती थी, जहाँ पर उसे स्थानीय तौर पर कुलमाता के रूप में राज करने का अधिकार था। उसका एक नौकर था और वही वह आदमी था, जिसने मृत शरीर को पहली बार देखा और अपनी घबराहट भरी व लड़खड़ाती जबान से पुलिस के पास आया। बेशक मैंने उसे उसी वक्त गिरफ्तार कर लिया, मुझे पता था कि हो सकता है कि वह निर्दोष हो, लेकिन कानून यही कहता है कि अपराध स्थल पर सबसे पहले जो शक के दायरे में आए, उस आदमी को पकड़ो, विशेषकर यदि वह नौकर हो। लेकिन हमने उसे थोड़ा मारने-पीटने के बाद छोड़ दिया। उसके पास ज्यादा कुछ नहीं था, जो हमें बता सके, और वह यह भी बोल रहा था कि कत्ल के समय वह कहीं और था।

जिस कुल्हाड़ी से रानी को मारा गया था, वह लकड़ी काटने वाली एक छोटी कुल्हाड़ी होगी—हमने जख्म देखकर यह अंदाजा लगाया। हमें कत्ल का हथियार नहीं मिल सका। जिस कुल्हाड़ी के बारे में हम बात कर रहे थे, उसका इस्तेमाल स्त्री व पुरुष दोनों द्वारा किया जा सकता था, और वहाँ दोनों तरह के (स्त्री व पुरुष) लोग थे, जिनकी रानी के साथ शत्रुता थी। वहाँ पर यह अफवाह फैली हुई थी कि वह जवान औरतों का अवैध व्यापार करके अपनी आय में वृद्धि कर रही थी, इस धंधे से जुड़े कई लोगों से उसके संपर्क थे। अफवाह यह भी थी कि उसके पास अथाह धन था और जिसे उसने गोदाम में इकट्ठा कर रखा था। अलबत्ता, हमें कोई खजाना नहीं मिला। उसके बारे में इतनी सारी अफवाहें फैली हुई थीं कि अगर कोई इनसान सभी

को सच माने तो उन्हीं में उलझकर रह जाए, इसलिए उनके पीछे भाग कर अपना समय बरबाद करना छोड़ दिया। इसके बजाय मैंने अपनी जाँच को उन लोगों तक ही सीमित रखा, जो कि रानी के नजदीक थे—उनका या तो उससे व्यक्तिगत संबंध था या फिर उससे शारीरिक तौर पर नजदीकियाँ थीं।

अपनी जाँच को आगे बढ़ाते हुए सबसे पहला सामना मिस्टर कपूर, जो कि बंबई के एक रईस उद्योगपति थे और उनका पनोली में एक घर था, से हुआ। वह रानी के सबसे पुराने चाहने वाले हुआ करते थे। मैंने पाया कि वह कभी-कभी उसे पैसे उधार दिया करते थे। और वे उनके साथ अपनी वर्षों पुरानी मित्रता के बावजूद उससे उधार पर ऊँची दर से ब्याज भी लगाते थे।

इसके बाद उसके पड़ोसी भी थे—एक अमेरिकन मिशनरी और उसकी पत्नी, जो कि रानी का धर्म-परिवर्तन कर उसे ईसाई बनाने का प्रयास कर रहे थे। एक सत्तर साल की अंग्रेज अविवाहिता, जिसने इस बात को बिल्कुल भी नहीं छिपाया कि वह और रानी बहुत शिद्दत से एक-दूसरे से नफरत करते थे। एक स्थानीय पार्षद और उसका परिवार, जिनकी अपने वैभवशाली पड़ोसी से नहीं बनती थी, और दर्जी, जो अपनी दुकान उसके कारण बंद रखता था। इन लोगों में से किसी के पास भी रानी को मारने की कोई ठोस वजह नहीं थी—या फिर मैं खोज नहीं सकता था। लेकिन उस दर्जी की बेटी मुझे कुछ संदेहास्पद लगी।

उसका नाम कुसुम था। वह बारह या तेरह साल की थी—एक पतली, साँवली-सी बहुत ही प्यारी काली आँखों वाली व गिरगिट की तरह बदल जानेवाली, शांत मुसकराहट वाली लड़की। जब भी मैं रानी के घर के आस-पास अपनी रोजाना की जाँच कर रहा होता, तब मैंने ध्यान दिया कि लड़की मुझसे हमेशा नजरें बचाने की कोशिश करती। मैंने जब उससे रानी के बारे में और अपराध वाले दिन उसके स्वयं के कहाँ होने के बारे में सवाल पूछा तो उसने अनजान होने का दावा किया और बहुत मूर्खतापूर्ण जवाब दिया।

लेकिन मैं देख सकता था कि वह मूर्ख नहीं थी और मुझे पूर्ण विश्वास हो गया कि वह रानी के बारे में कुछ ऐसा जानती है, जो मेरे लिए जानना जरूरी है। शायद वह हत्या के बारे में भी कुछ जानती होगी। शायद वह किसी को बचा रही है, और वह जो जानती थी, मुझे बताने से डर रही थी। अकसर जब भी मैंने उससे रानी की मृत्यु की हिंसक घटना के बारे में कुछ जानने के लिए बात की तो मैंने उसकी आँखों में डर देखा। मैंने सोचना शुरू किया कि लड़की का जीवन संकट में आ सकता है

और मैं उस पर पैनी नजर रखने लगा। वह मुझे पसंद थी। मुझे उसकी किशोरावस्था और ताजगी तथा उसकी आँखों में जो अज्ञानता एवं मासूमियत थी, पसंद थी। जब भी हो सकता, मैं उससे बहुत सहजता और पिता की तरह बात करता। हालाँकि मैं जानता था कि वह भी मुझे व मेरे साथ को पसंद करती थी—पनोली में घटनाओं के उतार-चढ़ाव मुझे हमेशा तड़पने के लिए छोड़ देते—हालाँकि मैं जानता था कि वह मुझे कुछ बताना चाहती है, लेकिन वह हमेशा ही अंतिम क्षण में रुक जाती।

फिर एक दोपहर, जब मैं रानी के घर में था और वहाँ का मुआयना कर रहा था, तब मैंने दरवाजे की सीढ़ियों पर हल्की दरारों के बीच कुछ चमकदार चीज देखी। मैंने उस पर ध्यान नहीं दिया होता, अगर खिड़की से सूरज का प्रकाश उस चीज पर पड़कर उसे चमका नहीं रहा होता, वहाँ पर पड़ी एक छोटी वस्तु चमक रही थी। मैं वहाँ ठहर गया और उस काँच के टुकड़े को उठा लिया। यह एक टूटी हुई चूड़ी का टुकड़ा था।

मैंने टुकड़े को अपने हाथ पर रखा। उस टुकड़े का रंग और बनावट देखकर ऐसा लग रहा था, जैसे मैंने उसे कहीं देखा है। क्या कुसुम ने भी इसी तरह की चूड़ियाँ नहीं पहनी थीं? मैं लड़की की तलाश में निकल पड़ा, लेकिन वह अपने पिता की दुकान पर नहीं थी। मुझे बताया गया कि वह पहाड़ी पर लकड़ी लेने गई है।

मैंने पहाड़ी के नीचे वाले सँकरे रास्ते पर आगे बढ़ने का निश्चय किया। यह रास्ता पत्थरों और चट्टानों से घिरा था और आगे जाकर जंगलों के भीतर शाहबलूत के वृक्षों में गायब हो जाता था। मैंने कुसुम को जंगल की सीमा पर बैठा हुआ पाया। लकड़ियों की एक गठरी उसके पास थी।

"तुम हमेशा अकेले घूमती रहती हो, तुम्हें डर नहीं लगता।" मैंने कहा।

"मैं जब अकेली होती हूँ तो सुरक्षित होती हूँ," उसने जवाब दिया, "यहाँ कोई नहीं आता।"

मेरी दृष्टि अचानक उसकी कलाई की चूड़ियों पर पड़ी और मैंने ध्यान दिया कि उस टुकड़े के रंग से उसकी चूड़ियों का रंग मिलता है। मैंने टूटे हुए काँच के टुकड़े को अपनी हथेली पर रखा और बोला, "मुझे यह रानी के घर में मिला है। जरूर वहाँ गिर गया होगा…"

उसने मैं जो कह रहा था, उस वाक्य के पूरा होने का इंतजार भी नहीं किया और फटाफट वहाँ से उठकर जंगल में फरार हो गई।

मैं अचंभित था। मैंने इस तरह की प्रतिक्रिया की अपेक्षा नहीं की थी। इस टूटी

चूड़ी का क्या अभिप्राय था। मैं लड़की के पीछे भागा, कुछ चीड़ के समतल काँटों पर फिसल गया, जिनसे पहाड़ों की ढलान ढकी हुई थी। मैं पेड़ों के बीच में उसे ढूँढ़ रहा था कि तभी मैंने महसूस किया कि कोई मेरे पीछे सुबक-सुबककर रो रहा है। जब मैं पलटा तो मैंने देखा कि एक शिलाखंड पर लड़की खड़ी हुई है, उसके हाथों में कुल्हाड़ी है, जिसे उसने मुझ पर ताना हुआ है।

जब कुसुम ने मुझे अपनी ओर घूरते हुए देखा तो उसने कुल्हाड़ी उठाई और कुल्हाड़ी से मुझ पर आक्रमण कर दिया।

जब वह कुल्हाड़ी के साथ मेरी तरफ भागी तो मैं इतना घबराया हुआ था कि मैं खुली आँखों से बस उसकी ओर देखता रहा। उसके मेरी तरफ भागने के वेग व कुल्हाड़ी की धार को देखकर लग रहा था कि वह मेरी खाल को चीरती हुई मेरे अंदर समा जाएगी, लेकिन जब वह मुझसे छह फीट दूर थी, तभी कुल्हाड़ी उसके हाथ से निकल गई। वह हवा में उड़ती हुई मेरी तरफ इस तरह बढ़ रही थी, जैसे उसमें खुद ही प्राण आ गए हों और वह मेरी तरफ बढ़ी चली आ रही हो।

मेरे भारी वजन के बावजूद मैं तेजी से पीछे हट गया। कुल्हाड़ी मेरे कंधे को छूकर आगे निकल गई और ठीक मेरे पीछे मौजूद पेड़ की नरम छाल में घुस गई। और कुसुम जोर-जोर से रोती हुई मेरे पैरों पर गिर पड़ी।

इंस्पेक्टर कीमत लाल अपने चश्मे के काँच को साफ करने के लिए थोड़ी देर रुक गए। बियर का एक बड़ा सा घूँट पिया, बियर का झाग अब भी उनकी मूँछों पर चमक रहा था।

"और फिर क्या हुआ?" मैंने उन पर आगे की बात बताने के लिए जोर दिया।

"शायद यह केवल भारत में ही—और मेरे जैसे व्यक्ति के साथ ही हो सकता है," उन्होंने कहा, "आप अचानक से उस व्यक्ति पर कृपालु हो जाते हैं। जो क्षण भर पहले आपको समाप्त करना चाहता था। उग्र व क्रोधित होने के बजाय, लड़की को गिरफ्तार करने और उसे पुलिस स्टेशन ले जाने के बजाय, मैंने उसके सिर पर हाथ फेरा और उसे सांत्वना देने वाली बातें कहीं, जो किसी को मूर्खतापूर्ण लग सकती हैं।"

"और उसने तुम्हें बता दिया कि उसने रानी को मारा है?"

उसने मुझे बताया, किस तरह रानी ने उसे अपने घर बुलाया और उसे चाय तथा मिठाई दी। मिस्टर कपूर वहाँ पर थे। कुछ समय के बाद वह कुसुम की बाँहों पर हाथ फेरने और उसके घुटनों को दबोचने लगे। वह उसकी पकड़ से छूटने की लगातार कोशिश करती रही, लेकिन कपूर उसके साथ जबरदस्ती करता रहा। रानी कुसुम से

कह रही थी कि वह डरे नहीं, उसको कोई नुकसान नहीं होगा। कुसुम उस आदमी की पकड़ से छूट गई और दरवाजे की ओर भागी। रानी ने उसे कंधे से पकड़ लिया और उसे वापस कमरे में धकेल दिया। रानी को गुस्सा आ रहा था। कुसुम ने कमरे के कोने में रखी हुई कुल्हाड़ी देखी। उसने उसे उठा लिया, उसे अपने सिर के ऊपर उठाया और उससे कपूर को धमकाया। उस इनसान को समझ आया कि वह बहुत दूर तक जा चुका है और अपनी गरदन बचाता हुआ भाग खड़ा हुआ। लेकिन रानी गुस्से में आग बबूला हो रही थी, वह लड़की पर झपट पड़ी। और कुसुम ने मायूसी तथा डर के कारण कुल्हाड़ी से रानी के सिर पर जोरदार वार कर दिया।

रानी जमीन पर गिर पड़ी। यह इंतजार किए बिना कपूर क्या करेगा, कुसुम घर से भाग गई। उसकी चूड़ियाँ उसी समय टूटकर वहाँ गिरी होंगी, जब वह दरवाजे से टकराई थी। उसके बाद वह जंगल की तरफ भाग गई और कुल्हाड़ी को एक लंबे घने पेड़ में छुपाने के बाद वहीं घास पर बैठकर अँधेरा होने तक रोती रही। क्योंकि यह उसकी प्रकृति थी और कुछ युवावस्था, लचीलापन भी कि उसने अपने आपको सँभाला और सामान्य होने के बाद घर लौट आई। उसके बाद के दिनों में भी उसने सारे मामले पर चुप्पी बनाए रखी।

"तुमने इन सबके बारे में क्या किया?" मैंने पूछा।

कीमत लाल ने मेरी बियर के नशे में चूर आँखों में सीधा देखा।

"कुछ नहीं," उसने कहा, "मैंने कुछ नहीं किया। मैं लड़की को रिमांड होम नहीं भेज सका। इससे उसके व्यक्तित्व पर बहुत ही बुरा असर पड़ता, उसकी सारी मासूमियत समाप्त हो जाती।"

"और कपूर का क्या हुआ?"

"आह, उसके पास चुप रहने का अपना कारण था। जैसा कि तुम अनुमान लगा सकते हो। केस बंद हो गया था या शायद मुझे यह कहना चाहिए कि मेरे जीवन के अनसुलझे मामलों में इसको भी डाल दिया गया। मेरी पदोन्नति को भी लंबित कर दिया गया।"

"यह आपके साथ अच्छा नहीं हुआ।" मैंने कहा।

"नहीं, मैं यहाँ शाहपुर में हूँ और अभी भी एक इंस्पेक्टर हूँ। लेकिन मुझे बताओ, अगर तुम मेरी जगह होते तो क्या करते?"

एक या दो पल के लिए मैंने उनके इस सवाल पर ध्यानपूर्वक सोचा, फिर कहा, "मुझे लगता है कि यह इस बात पर निर्भर करता है कि लड़की के लिए मेरे

मन में कितनी सहानुभूति है। उसने भोलेपन में हत्या जैसा अपराध किया था…"

"फिर तुमने अपनी व्यक्तिगत भावनाओं को कानून के प्रति अपने कर्तव्य से ऊपर रखा।"

"हाँ, लेकिन मैं एक बहुत अच्छा पुलिस वाला न बन सका।"

"बेशक!"

"अभी भी, यहाँ पर कपूर जैसा इनसान इतनी आसानी से छूट गया।"

"मेरे पास दूसरा कोई विकल्प नहीं था, अगर मुझे लड़की को छोड़ना था तो। लेकिन आगे चलकर फँस गया। इस घटना के कुछ समय पश्चात् कुछ मैन्युफैक्चरिंग व्यवसाय से जुड़े मामले में फँसा और दो वर्षों के लिए जेल गया।"

"और लड़की, क्या तुमने उसे दोबारा देखा?"

"वहाँ, मेरे पनोली से स्थानांतरण होने से पहले मैंने उसे कभी-कभी सड़क पर देखा। आमतौर पर अपने स्कूल जा रही होती थी। वह मुझे देखते ही हाथ जोड़कर मुझे नमस्ते करती और अंकल कहकर संबोधित किया करती।"

बियर की सारी बोतलें खाली हो चुकी थीं और इंस्पेक्टर कीमत लाल जाने के लिए उठ खड़े हुए। मेरे लिए उनके आखिरी शब्द थे—"मुझे कभी पुलिस वाला नहीं होना चाहिए था।"

□

15

चेरी का वृक्ष

एक दिन, जब राकेश छह वर्ष का था तो वह मसूरी बाजार से चेरी खाता हुआ घर वापस आया। वे थोड़ी मीठी, थोड़ी खट्टी सुर्ख लाल रंग की चेरी थीं, जिन्हें कश्मीर की घाटियों से लाया गया था।

यहाँ पर हिमालय की तलहटी में राकेश का घर था। वहाँ पर फलों के पेड़-पौधे नहीं थे। यहाँ की मिट्टी पथरीली थी, खुश्क हवा के ठंडे-ठंडे झोंके अधिकतर पौधों के विकास को कमजोर कर देते थे। लेकिन सुरक्षित ढलान क्षेत्र पर शाहबलूत और देवदार के वृक्षों से भरा जंगल अवश्य था।

राकेश अपने दादा के साथ मसूरी के एक उपनगर, जिसके बाद जंगल की शुरुआत होती थी, में रहता था। उसके माता-पिता वहाँ से 50 मील दूर एक छोटे से गाँव में रहते थे, पहाड़ों की निचली ढलान पर वे बहुत ही छोटे से जमीन के सीढ़ीनुमा खेत पर मक्का व चावल की खेती करते थे। लेकिन गाँव में कोई भी स्कूल नहीं था, जबकि राकेश के माता-पिता की इच्छा थी कि वह स्कूल जाए। जैसे ही वह स्कूल जाने की उम्र तक पहुँचा, उन्होंने उसे मसूरी में उसके दादाजी के पास रहने के लिए भेज दिया।

उसके दादाजी सेवानिवृत्त वनपाल थे। उनकी शहर के बाहर एक छोटी सी कुटिया थी।

राकेश स्कूल से घर आते हुए अपने साथ चेरी लेकर आया था। उसने एक मुट्ठी चेरी के लिए पचास पैसा दाम चुकाया था। उसे स्कूल से घर आने में आधा घंटा लगता था, जब तक वह घर तक पहुँचा, उसके पास केवल तीन चेरी ही शेष बची थीं।

जैसे ही उसने अपने दादाजी को बगीचे में देखा तो उनसे कहा, "दादाजी, एक चेरी लीजिए!"

दादाजी ने एक चेरी ली और राकेश ने बाकी बची दोनों चेरी जल्दी से खा लीं। वह आखिरी वाली चेरी के बीज को कुछ समय तक अपने मुँह में रखकर तब तक घुमाता रहा, जब तक वह बेस्वाद नहीं हो गई। फिर उसने बीज को अपनी हथेली पर रखा और उसे ध्यान से देखने लगा।

"क्या चेरी के बीज मेरे लिए भाग्यशाली हैं?" राकेश ने कहा।

"बेशक।"

"फिर मैं इन्हें अपने पास सँभालकर रखूँगा।"

"अपने पास रख लेने से कुछ भी तुम्हारे लिए भाग्यशाली नहीं बनेगा, यदि तुम भाग्यशाली बनना चाहते हो तो तुम्हें इसका कुछ इस्तेमाल करना चाहिए।"

"मैं इसका क्या कर सकता हूँ?"

"इसे रोप दो।"

तो राकेश ने एक छोटा सा कुदाल लिया और फूलों की क्यारियों के बीच खोदने लगा।

"अरे, वहाँ नहीं।" दादाजी ने कहा, मैंने वहाँ पर सरसों रोपा है। इसे वहाँ पर छायादार कोने में रोपो, वहाँ पर इसे किसी तरह की परेशानी नहीं होगी।"

राकेश बगीचे के उस कोने में गया, जहाँ पर जमीन नरम व उपजाऊ थी। वहाँ पर उसे खोदने की आवश्यकता नहीं पड़ी। उसने बीज को मिट्टी में अपने अँगूठे से दबा दिया और वह सीधा उसमें घुस गया।

फिर उसने खाना खाया और अपने दोस्तों के साथ क्रिकेट खेलने के लिए दौड़ पड़ा। उसके बाद वह चेरी के बीज के बारे में भूल गया।

पहाड़ी इलाकों में जब ठंड का मौसम होता है तो बर्फीले स्थानों से हड्डियों को जमा देने वाली हवा और देवदार के पेड़ों से हूँ-हूँ-हूँ की आवाज आती है, उस समय पूरा बगीचा सूखा और खाली हो जाता है। शाम के समय दादाजी राकेश को कहानियाँ सुनाया करते थे—ऐसे लोगों के बारे में कहानियाँ, जो इनसान से ऐसे जानवर बन गए, ऐसे भूतों की जो पेड़ पर रहते हैं, फलियाँ जो उछल पड़ती थीं और ऐसे पत्थरों की कहानियाँ जो रोते थे—और इसके बदले में राकेश उन्हें अखबार पढ़कर सुनाया करता था, दादाजी की आँखों की रोशनी कम हो चुकी थी—राकेश के लिए अखबार पढ़ना एक बोरिंग काम होता था—विशेष तौर पर तब तो और भी अधिक, जब वह उनसे कहानी सुन लेता था; लेकिन दादाजी को अखबार की सभी खबरें जाननी होती थीं।

वे जान चुके थे कि अब वसंत का मौसम आ चुका है, क्योंकि जंगली बत्तक फिर से उत्तर में साइबेरिया से उड़ चले थे। सुबह-सुबह जब वे लकड़ी काटने व आग जलाने के लिए उठे तो राकेश ने उत्तर में वी आकार के विन्यास को देखा, पहाड़ों से आनेवाली मध्यम हवा में पक्षियों की चहचहाहट साफ सुनाई दे रही थी।

एक सुबह बगीचे में राकेश, जिसे एक छड़ी समझकर उठाने के लिए झुका तो यह देखकर हैरान रह गया कि उसकी जड़ें काफी अंदर तक हैं। एक पल के लिए वह उसे घूरता रहा, फिर वह भागता हुआ दादाजी को बताने के लिए दौड़ा, "दादाजी, यहाँ आओ और देखो, चेरी का पेड़ निकल आया है!"

"क्या चेरी का पेड़?" दादाजी ने कहा। जो उसके बारे में बिल्कुल ही भूल गए थे।

"वह बीज, जिसे हमने पिछले साल रोपा था—देखो, यह आ गया है!"

राकेश अपने कूल्हों पर झुक गया, जबकि दादाजी उससे दोगुना झुककर उस छोटे से पेड़ को देखने लगे। वह लगभग चार इंच लंबा था।

"हाँ, यह चेरी का पेड़ है।" दादाजी ने कहा, "तुम्हें इसे आगे चलकर पानी भी देना होगा।"

राकेश भागता हुआ अंदर गया और एक बाल्टी पानी के साथ वापस आया।

"इसे उड़ेल मत देना।" दादाजी ने कहा।

राकेश ने पेड़ पर पानी का छिड़काव किया और कंकड़ों से मेंड़ बना दी।

"यह मेंड़ किसलिए?" दादाजी ने कहा।

"इसकी सुरक्षा के लिए।" राकेश ने कहा।

राकेश रोज सुबह उसके पास जाता, लेकिन उसे यही देखने को मिलता कि पेड़ का विकास उस तेजी के साथ नहीं हो रहा, जैसी कि उसको अपेक्षा थी। इसलिए उसने उसे देखना लगभग छोड़ दिया—हाँ, इतना अवश्य था कि वह एक नजर जरूर डाल देता था। एक या दो सप्ताह के बाद उसने ठीक तरह से पेड़ पर नजर डाली और पाया कि वह बढ़ गया है—कम-से-कम एक इंच!

उस साल बरसात का मौसम जल्दी आ गया और राकेश रेनकोट और पैरों में रबर के जूते पहनकर स्कूल से पानी में छप-छप करता हुआ आया। पेड़ों की शाखों से फर्न विकसित होने लगे थे, लंबी-लंबी घास में अजीब सी दिखनेवाली लिली निकल आई थी, अपितु जब बारिश नहीं हो रही होती तो भी पेड़ों से पानी टपकता रहता और धुंध घाटी पर छाई रहती। इस मौसम में चेरी का पेड़ बड़ी तेजी से विकसित हुआ।

चेरी का पेड़ लगभग दो फीट का था, जब एक बकरी बगीचे में दाखिल हो गई और उसकी सारी पत्तियों को खा गई। चेरी के वृक्ष पर केवल उसका तना और दो पतली शाखाएँ शेष बची थीं।

यह देखकर राकेश उदास हो गया, उसे उदास देखकर दादाजी ने कहा, "कोई बात नहीं, यह फिर से बड़ा हो जाएगा, चेरी का पेड़ बहुत मजबूत होता है।"

बरसात के मौसम के चले जाने के बाद चेरी के पेड़ पर फिर से नई पत्तियाँ दिखाई देने लगीं। फिर एक औरत, जो भारी बारिश के कारण उगी घास पत्तियों की अपनी हँसिया से छँटाई कर रही थी, ने घास के साथ-साथ पेड़ पर भी अपनी हँसिया चला दी और चेरी के पेड़ का लगभग आधा भाग काट दिया।

दादाजी ने जब यह देखा तो वे उस औरत के पास गए और उसे डाँट लगाई, लेकिन अब नुकसान की भरपाई नहीं की जा सकती थी।

"शायद अब पेड़ मर जाए।" राकेश ने कहा।

"शायद!" दादाजी ने उत्तर में कहा।

लेकिन चेरी के पेड़ का मरने का कोई इरादा नहीं था। अपितु गरमी के मौसम के आस-पास, पेड़ में बहुत सारी नई छोटी-छोटी मुलायम हरी पत्तियाँ निकल आईं। राकेश की भी ऊँचाई अब बढ़ चुकी थी। अब वह आठ साल का हो चुका था, हट्टा-कट्टा घुँघराले बालों व गहरी काली आँखों वाला लड़का। दादाजी उसकी आँखों को काली अंची कहा करते थे।

उस बरसात के मौसम में राकेश अपने माता-पिता की रोपाई, जुताई और बुआई में मदद करने के लिए गाँव गया था। जब बरसात का मौसम समाप्त होने के बाद वह वहाँ से वापस दादाजी के पास आया तो वह पतला, लेकिन पहले से मजबूत हो गया था। वापस आकर उसने पाया कि चेरी का पेड़ एक फीट और बड़ा हो गया है। अब वह उसकी छाती तक आ गया था।

अब जब बरसात का मौसम होता तो भी राकेश कभी-कभी पेड़ को पानी देता। वह उसे बताना चाहता था कि उसकी देखभाल के लिए वह वहाँ पर है।

एक दिन उसने देखा कि पेड़ की एक शाखा पर एक चमकीला सा हरे रंग का बद्धहस्त कीट बैठा हुआ है, जो अपनी उभरी हुई आँखों से अपने और भी साथियों को न्योता दे रहा है। राकेश ने उसे वहीं पर रहने दिया। यह चेरी के पेड़ पर आनेवाला पहला आगंतुक था।

इसके बाद पेड़ पर आनेवाला अगला आगंतुक बालों वाला झींगा था, जिसने

पेड़ की पत्तियों को खाना शुरू कर दिया। राकेश ने जल्दी से उसे वहाँ से हटाया और उसे सूखी पत्तियों के ढेर पर फेंक दिया।

"ये कितनी सुंदर पत्तियाँ हैं, जैसे ही मंद-मंद हवा चलती है, यह मस्त होकर नाचने लगती हैं।" राकेश ने कहा।

जब दादाजी घर के अंदर आ गए तो राकेश बगीचे में गया और पेड़ के नीचे घास पर लेट गया। वह पेड़ की पत्तियों की ओट से नीले आकाश की ओर देखने लगा, करवट लेने के बाद वह साफ-साफ देख पा रहा था कि पर्वत बादलों की ओर बढ़े चले जा रहे थे। वह अब भी पेड़ के नीचे लेटा हुआ था, जब शाम का साया बगीचे में गहराने लगा। दादाजी आए और राकेश के पास आकर बैठ गए, वे वहाँ पर शांति से तब तक बैठे रहे, जब तक आसमान पर तारे नहीं छा गए और नैटजा ने अपना गायन शुरू नहीं कर दिया। नीचे जंगल में, टिड्डे व झींगुरों ने अपना स्वर तेज कर दिया था। अचानक ही, कीड़े-मकोड़ों की आवाज से बगीचा भर गया।

"वहाँ पर जंगल में बहुत सारे पेड़ हैं, इस पेड़ में ऐसी क्या खास बात है? हमें यही पेड़ इतना क्यों पसंद है?" राकेश ने कहा।

"इसे हमने खुद उगाया है, इसलिए यह इतना खास है।" दादाजी ने उत्तर दिया।

"सिर्फ एक छोटे से बीज ने बड़े से पेड़ का रूप ले लिया।" राकेश ने कहा। उसने अपने हाथ से पेड़ के तने को सहलाकर उसकी पत्तियों को अपनी अंगुलियों के पोरों से स्पर्श करते हुए कहा, "मुझे हैरानी है, क्या यही ईश्वर होने का एहसास है।" उसने बुदबुदाते हुए कहा।

□

16

खोए यौवन की तलाश

वह रास्ते के किनारे घास की पट्टी पर खड़ा था और पुराने घर के बगीचे की दीवार को देख रहा था। यहाँ ज्यादा बदलाव नहीं आया था। अगर कोई काफी साल पहले बनाए गए घर में थोड़ा सा बदलाव कर सकता था तो वह यह कि नदी के तले से लाई गई ग्रेनाइट के साथ मजबूत घेराबंदी कर दे। लेकिन वहाँ पर एक नया आउटहाउस था और कुछ पेड़ भी वहाँ पर थे। उसे यह देखकर खुशी हुई कि अब भी भवन के किनारे पर कटहल का वृक्ष खड़ा हुआ था, जिसकी शाखाएँ दीवार से सटी हुई थीं। उसे अपनी दादी की कही हुई बातें याद आ रही थीं, जिस घर पर पेड़ की छाया पड़ती है, उस पर पेड़ का आशीर्वाद रहता है। इस तरह तो इस समय जो भी इस घर का मालिक होगा, उसको भी पेड़ का आशीर्वाद मिलता होगा।

जिस जगह पर वह आज खड़ा था, कभी वहाँ पर घूमने वाला दरवाजा था, और जब वह बच्चा था तो उस पर झूला झूलता था, वह तब तक उस पर चक्कर काटता रहता, जब तक उसे चक्कर नहीं आने लगते थे। लेकिन अब वह घूमने वाला दरवाजा गायब हो चुका है और जो रास्ता खुला था, अब बंद हो चुका है। दीवार की दूसरी ओर होल्लीहॉक उग गए हैं।

"तुम क्या देख रहे हो?"

पहले-पहल तो इस आवाज ने मेरा ध्यान भंग कर दिया। कुछ क्षण बाद देखा तो एक लड़की गहरे लाल रंग के बड़े-बड़े फूलों के बीच खड़ी एक व्यक्ति को घूर रही थी।

उसकी उम्र का अनुमान लगाना कठिन था। हो सकता है कि वह बारह वर्ष की हो या तो वह सोलह साल की होगी, पतली व साँवली सी, जिसकी बहुत प्यारी आँखें और लंबे काले बाल थे।

"मैं घर को देख रहा हूँ।" मैंने कहा।

"क्यों? तुम इसे खरीदना चाहते हो?"

"क्या यह तुम्हारा घर है?"

"यह मेरे पिता का है।"

"तुम्हारे पिता क्या करते हैं?"

"वे कर्नल हैं।"

"सिर्फ कर्नल।"

"हाँ, उन्हें अब तक ब्रिगेडियर बन जाना चाहिए था।"

व्यक्ति जोर-जोर से हँसने लगा।

"यह मजाक नहीं है।" उसने कहा, "यहाँ तक कि मेरी मम्मी भी कहती हैं कि उन्हें ब्रिगेडियर होना चाहिए था।"

किसी की खुश करनेवाली बातें हमेशा उनकी जबान पर रहती थीं (शायद इसीलिए वे अब तक एक कर्नल हैं), लेकिन वे इसका दोष किसी को नहीं देना चाहते। वे दीवार की किसी भी ओर खड़े होकर दोनों पक्षों की तारीफ कर सके थे।

उसने अतंतः कहा, "अगर तुम घर खरीदना नहीं चाहते हो, तो फिर इस ओर क्या देख रहे हो?"

"मैं कभी यहाँ पर रहा करता था।"

"ओह!"

"पच्चीस साल पहले, जब मैं एक छोटा लड़का था। एक बार फिर जब मैं एक नवयुवक था···जब तक मेरी दादी का देहांत नहीं हुआ, फिर हमने घर को बेच दिया और यहाँ से चले गए।"

जब तक मैं उसे यह जानकारी दे रहा था, उस दौरान वह कुछ क्षणों के लिए चुप हो गई। फिर उसने कहा, "और तुम अब फिर इसे खरीदना चाहते हो, लेकिन तुम्हारे पास पैसा नहीं है।" ऐसा नहीं लग रहा था कि वह बहुत ज्यादा भाग्यशाली है।

"नहीं, मैं इसे वापस खरीदने के बारे में नहीं सोच रहा हूँ। मैं इसे फिर से देखना चाहता था, बस इतना ही। तुम कितने समय से यहाँ पर रह रही हो?"

"बस तीन साल से," उसने मुसकराते हुए कहा। शायद वह तरबूज खा रही थी, जिसका रस अब भी उसके मुँह के कोने पर लगा हुआ। "क्या तुम अंदर आना चाहोगे—और एक बार फिर देखना चाहोगे?"

"तुम्हारे माता-पिता को बुरा तो नहीं लगेगा?"

"वे क्लब गए हैं। उन्हें बुरा नहीं लगेगा। मुझे अपने दोस्तों को घर बुलाने की इजाजत है।"

"बड़े दोस्तों को भी?"

"आप कितने साल के हो?"

"बस, मध्य आयु का, लेकिन आज फिर से जवान महसूस कर रहा हूँ।" और इसे साबित करने के लिए उसने तय किया कि वह दरवाजे से अंदर जाने के बजाय दीवार फाँदकर अंदर जाएगा। वह दीवार पर ठीक-ठाक ढंग से चढ़ गया। लेकिन कुछ देर आराम करने के लिए उसे वहाँ पर रुकना पड़ा, उसकी साँस बुरी तरह से चढ़ गई थी। एक अधेड़ उम्र का इनसान उड़ता हुआ कलाबाज बन गया, उसने खुद से बुदबुदाते हुए कहा।

"मैं आपकी मदद करती हूँ।" उसने कहा और अपना हाथ उसकी ओर बढ़ा दिया।

वह फिसलता हुआ फूलों के पौधों पर आ गया। होल्लीहॉक के फूलों का तना जोर से हिलने लगा।

जैसे ही वे घास पर होते हुए आगे बढ़ रहे थे तो उसने ध्यान दिया कि आम के पेड़ के नीचे पत्थर का एक बेंच पड़ा था। यह वही बेंच था, जिस पर उसकी दादी गुलाब की झाड़ियों व बोगनवेलिया की छँटाई करते-करते थक जाने के बाद बैठा करती थीं।

"आओ यहाँ बैठते हैं।" उसने कहा।

"मैं अंदर नहीं जाना चाहता।"

वह बेंच पर उसके बगल में बैठ गई। वह मार्च का महीना था और आम का पेड़ पूरे शबाब पर था। एक मीठी सी तीव्र सुगंध पूरे बगीचे में फैली हुई थी।

कुछ समय तक वे दोनों शांत बैठे रहे। उस व्यक्ति ने अपनी आँखें बंद कर लीं और बीती बातों को याद करने लगा—एक पियानो पर बजता संगीत, अपनी दादाजी की घड़ी की घंटी का मधुर स्वर, बरामदे पर लगातार चहचहाते पंछियों की आवाज, उसके दादा का पुरानी कार को घुमा-घुमाकर चलाना···

"मैं कटहल के पेड़ पर चढ़ा करता था," उसने अपनी आँखें खोलते हुए कहा, "तुम्हें पता है, हालाँकि मुझे कटहल पसंद नहीं था?"

"हाँ, उसका अचार मैं खा सकती हूँ।"

"मुझे लगा कि इस पेड़ पर चढ़ना भी आसान होगा। मैंने बहुत सारा समय यहाँ गुजारा है।"

"क्या तुम इस पर फिर से चढ़ना चाहते हो? मेरे माता-पिता को बुरा नहीं लगेगा।"

"नहीं, मुझे नहीं लगता। दीवार पर चढ़ने के बाद तो बिल्कुल नहीं। आओ, बस कुछ समय के लिए यहाँ बैठते हैं और बातें करते हैं।" मैंने कटहल के पेड़ का जिक्र किया, क्योंकि यह मेरा सबसे पसंदीदा स्थान था। "तुम छत पर जाते हुए उस मोटे तने को देख रही हो? उसकी आधी लंबाई में वहाँ पर एक छोटा सा खोल है, वहाँ पर अपना कुछ खजाना रखा करता था।"

"किस तरह का खजाना?"

"ओह, कोई कीमती सामान नहीं था। वे कंचे, जो मैं खेल में जीतता था। एक किताब, जिसे पढ़ने की मुझे इजाजत नहीं थी। कुछ पुराने सिक्के, जो मैंने जमा किए थे। चीजें आती थीं और जाती थीं। वहाँ पर मेरे दादाजी के मेडल थे, जो वास्तव में उनके नहीं थे, क्योंकि वह ब्रिटिश थे और उस लोहे के मेडल पर जर्मन कारीगरी की गई थी, जिसे युद्ध—प्रथम विश्वयुद्ध में बहादुरी से लड़ने के लिए दिया गया था, जबकि दादाजी ने फ्रांस में लड़ाई की थी। वह मेडल उन्हें एक जर्मन सैनिक से मिला था।"

"जिंदा या मुर्दा?"

"माफ करना? ओह, तुम्हारा मतलब है, वह जर्मन सिपाही। मैंने कभी उनसे पूछा नहीं। यह अजीब नहीं था?"

"और वह लोहे का मेडल? क्या वह अब भी तुम्हारे पास है?"

"नहीं" व्यक्ति ने लड़की की आँखों में देखते हुए कहा, "मैंने उसे कटहल के पेड़ में छोड़ दिया था।"

"तुमने उसे पेड़ के अंदर छोड़ दिया!"

"हाँ, उन दिनों मैं अपना सामान बाँधने और दोस्तों को अलविदा कहने तथा उस जहाज के बारे में सोचने में व्यस्त था, जिसमें मैं यात्रा करनेवाला था, इसलिए मैं इन सबके बारे में भूल गया।"

वह शांत थी, कुछ सोचते हुए, उसकी अंगुलियाँ उसके होंठों पर थीं, उसकी नजर कटहल के पेड़ पर टिकी हुई थी।

फिर उसने धीरे से कहा, "शायद वह अब भी वहाँ पर हो। पेड़ की शाखा के खोल में।"

"हाँ," उसने कहा, "पच्चीस साल के बाद, हो सकता है कि वह अब भी वहाँ पर हो, अगर किसी ने उसे वहाँ ढूँढ़ न लिया हो।"

"क्या तुम देखना चाहते हो?"

"अब और नहीं चढ़ सकता पेड़ पर!"

"मैं चढ़ सकती हूँ। मैं वहाँ जाऊँगी और देखूँगी। आप बस यहाँ बैठो और मेरा इंतजार करो।"

वह उछल पड़ी और घास पर दौड़ती हुई गई, उसके पैर फुरती से आगे बढ़ रहे थे। जल्दी ही वह कटहल के पेड़ के पास, उसकी शाखाओं को पकड़कर तेजी से उस पर चढ़ रही थी। गरम हवा के झोंके रास्ते की धूल को अपने साथ उड़ा रहे थे। मौसम बहुत गरम था। काश, वह फिर से पेड़ पर चढ़ना सीख पाता!

"मुझे कुछ मिला है!" वह चिल्लाई।

और फिर वह नंगे पैर हाँफती हुई उसकी तरफ दौड़ पड़ी, उसके हाथ में पुराना सा धूल में सना मेडल था।

उसने वह मेडल उससे लेकर अपनी हथेली पर रखा।

"क्या यही वह मेडल है?" उसने उत्सुकता से पूछा।

"हाँ, यही है।"

"अब मुझे पता चल गया कि आप यहाँ क्यों आए। आप देखना चाहते थे कि क्या यह अब भी पेड़ पर है या नहीं।"

"मुझे नहीं पता। मुझे पक्का नहीं पता कि मैं यहाँ क्यों आया। लेकिन अब तुम इस मेडल को रख सकती हो। आखिर तुमने इसे ढूँढ़ा है।"

"नहीं, इसे आप रखो। यह आपका है।"

"लेकिन अगर तुम इसे ढूँढ़ने के लिए पेड़ पर नहीं गई होतीं तो शायद अगले सौ वर्षों तक यह वहीं पर पड़ा रहता।"

"हाँ, बस इसलिए मैं इसे ढूँढ़ने लाई; क्योंकि आप यहाँ पर वापस आए।"

सही दिन पर, सही समय पर, और सही इनसान के साथ।

जैसे किसी निंद्रा से जागते हुए उसने ठोस मिट्टी में सने मेडल को झाड़ कर उसकी नाजुक हथेली पर रख दिया।

मैं इस मेडल के लिए नहीं आया था। मैं तो अपने बीते यौवन की तलाश में आया था।

वह छोटी सी बालिका, जिसका यौवन अभी परवान चढ़ना बाकी था, उस अधेड़ उम्र के व्यक्ति की बात समझ चुकी थी। वह अच्छी तरह से समझ चुकी थी, एक वयस्क की भाँति नहीं, अपितु एक ऐसे बच्चे के दृष्टिकोण से, जिसका बचपन अब भी उसके पास था। वह दरवाजे तक उसके साथ आई और जब तक व्यक्ति उसकी आँखों से ओझल नहीं हो गया, रास्ते पर जाते हुए उसे देखती रही। जहाँ पर रास्ते का मोड़ आया, उस व्यक्ति ने पलटकर एक नजर देखा और लड़की की ओर हाथ हिलाया। फिर वह अपने कदमों को तेजी से आगे बढ़ाता हुआ तेजी से बस स्टॉप की ओर बढ़ चला। उसके कदमों में एक अजीब सी फुरती आ चुकी थी। उसके दिल में कुछ था, जो बहुत तेज आवाज में अपनी बात कहने को आतुर था। □

17

बीते दिनों का प्यार

पिछले सप्ताह टैक्सी जैसे ही मुझे दिल्ली ले गई तो एक बार फिर मैं तलहटी के छोटे से शहर में गया, जहाँ पर मैं अपने जवानी के दिनों में रहता था। हाँ, दिल्ली जाने के लिए यह एकमात्र रास्ता था और जिसका भी उस ओर जाना होता, उसे इस राह से गुजरना ही होता, लेकिन मैं कभी-कभार ही सड़कों पर से गुजरता था। जैसे-जैसे साल गुजरते गए, इस शहर में—किसी भी शहर में मेरा आना-जाना कम हो गया या यह कहें, बिरले ही मैं उन रास्तों से गुजरता हूँ। लेकिन मैं जब भी सड़क मार्ग पर होता हूँ, तो मैं बस या टैक्सी की खिड़की से बाहर का नजारा लेते हुए अपना सारा सफर गुजारता हूँ। खिड़की से झाँकते हुए मुझे एक पुरानी व जीर्ण-शीर्ण हालत में पहुँच चुकी बिल्डिंग के एक घर जो कि पहले तल पर था, की बालकनी में पंक्तिबद्ध रखे गमलों में रंग-बिरंगे पौधों की झलक मिली। जहाँ पर, फर्न, ताड़, कुछ खिले हुए गेंदे के पौधे, जिन्नास और जलकुंभी के पौधे दिखे। सभी पौधे उस बालकनी को अन्य घरों की बालकनी से अलग बना रहे थे। ऐसा संभव ही नहीं था, वहाँ से गुजरने वाले की नजर उन पर न जाए।

लेकिन पिछले हफ्ते जब मैंने टैक्सी की खिड़की से बाहर झाँका तो उस बालकनी का बगीचा गायब था। केवल कुछ टूटे हुए गमले वहाँ पर पड़े थे, फर्न के पौधे कचरे में बदल चुके थे, ताड़ के पौधे का रंग भूरा व पीला हो चुका था, यहाँ तक कि कोई भी फूल वहाँ पर शेष नहीं था।

बीते सालों में मैंने ध्यान दिया था कि उस बालकनी के बगीचे पर ध्यान नहीं दिया गया था और अब वह पूरी तरह से समाप्त हो चुका था। इस नजारे ने मुझे झकझोर दिया था। मैंने बिल्डिंग पर यह सोचकर नजर दौड़ाई कि कहीं कोई नजर आ जाए, लेकिन मुझे मायूसी ही हाथ लगी। मेरी टैक्सी ने रफ्तार पकड़ ली थी।

वापसी के समय मैंने तय किया कि मैं एक बार फिर इस घर की ओर ध्यान दूँगा। लेकिन जैसा कि मेरे जीवन में अकसर होता है, कुछ अप्रत्याशित घट गया। युवा और मध्यम आयु के बीच का बंधन, वह पुल, जो इन दोनों के बीच की खाई को पाटता है, अचानक से कहीं खो चुका था।

कमला के साथ क्या हुआ, मुझे उत्सुकता थी। कमला जिसने सालों से इन पौधों को रोपा था, वह यह जानती थी, हालाँकि मैं उससे मिलने नहीं आता, लेकिन फिर भी मेरी नजर उन (पौधों) पर बनी रहती है। यह भी सच है कि उसने शायद ही मुझे कभी देखा हो।

मौका मिलता है, फिर खो जाता है और फिर मिलता है। लेकिन मुझे अपने प्यार, मेरा जवानी का प्यार, वह लड़की जो बस सुख देने वाले कुछ हफ्तों के लिए ही आई थी और फिर अपनी यादों से मेरे जीवन को भरकर लौट गई, उसकी यादों को ताजा करने के लिए अब कहीं और देखना होगा।

क्या सचमुच इस वाकए को हुए अब तीस बरस बीत चुके हैं? उस समय मेरी क्या उम्र होगी? ज्यादा-से-ज्यादा बाईस बरस। कमला की उम्र सत्रह बरस से अधिक नहीं होगी।

उसका हँसी बिखेरता हुआ चेहरा था, एक अजीब सी शरारत, जो कभी भी मुसकान या हँसी के ठहाके में बदल जाती थी। चमकती हुई भूरी आँखें। मैं कभी भी उन आँखों को कैसे भूल सकता हूँ? आँखें जो खिड़की के परदे से मुझ पर टिकी रहती थीं, जैसे ही मैं अपने कमरे—कमरा, जिसे उसके क्वार्टर से अलग केवल एक पतला सा लकड़ी का अवतरण करता था, जिसे अगर मैं चुपचाप उसके पार जाने की कोशिश करता तो वह जोर से तड़क जाता, जबकि अपने तितली की तरह अत्यंत कोमल पैरों से सफाई के साथ पार कर लेती, में जाने के लिए सीढ़ियों पर चढ़ता वे आँखें मेरा पीछा करती रहतीं। उस लकड़ी के अवतरण को पार करने के लिए कमला जिस युक्ति का उपयोग करती, वह और कुछ नहीं, उसके तितली से भी नाजुक व कोमल पैरों की फुरती थी।

वह हमेशा ही सक्रिय बनी रहती—अपने बरामदे में घूमती रहती, बिना कारण ही दौड़ती रहती, नाचती रहती, उस समय भी छत पर गाना गाती रहती, जब वह अपने घर के लोगों के कपड़े धो रही होती। बस एक बार उसकी चंचलता स्थिरता में बदली थी, जब हम अँधेरे में सीढ़ियों पर मिले थे और मैंने उसे चूम लिया था, एक प्यारा सा काल्पनिक चुंबन। उस समय वह बिल्कुल शांत थी, मेरे बहुत पास,

एक तितली जो फूलों के रस का पान कर रही थी, फिर वह मुझसे दूर हट गई और हँसती हुई भाग गई।

"आप क्या काम करते हैं?" एक दिन उसने मुझसे पूछा था।

"मैं कहानियाँ लिखता हूँ।"

"क्या आप मेरे बारे में भी एक कहानी लिखेंगे?"

"किसी रोज।"

मैं सिनेमा हॉल के पास मोटी बीवी ग्रोसरी शॉप के ऊपर एक कमरे में रहता था। रात को मैं फिल्मों के साउंडट्रैक की आवाज सुन सकता था। गानों ने न तो मेरी लेखनी और न ही कमला के साथ मेरे अफेयर में कुछ खास मदद की, क्योंकि कमला रात के समय आ नहीं सकती थी। हम दोपहर के समय मिलते थे, जब पूरा शहर दोपहर की झपकी लेने में व्यस्त होता था और हमसे भी यही अपेक्षा करता था। कमला का एक छोटा भाई भी था, जो मोटी बीवी (एक विधवा, जो मेरी मकान मालकिन भी थी) के लिए काम करता था और मैं उस लड़के के जरिए ही सबसे पहले कमला से मिला था।

मोटी बीवी हमेशा मेरे लिए एक गिलास कांजी या गन्ने का जूस या नीबू-पानी (मौसम के हिसाब से) दोपहर के समय भेजा करती थी। आमतौर पर वह लड़का ही मेरे लिए पेय पदार्थ लाया करता था, लेकिन एक दिन मैंने अपने टाइपराइटर से यह देखने के लिए सिर उठाया कि क्या है तो पहले लगा कि कोई छाया मुझ पर मँडरा रही है। वह खुले दरवाजे से आ रही सीधी गरम धूप में मेरे सामने झिलमिला रही थी। मैंने तुम्हारे चेहरे को देखा और गिलास के किनारे से हमारी नजरें मिलीं। गिलास, जिसे मैं तुमसे लेना भूल गया था।

मुझे उसकी मुसकान सबसे अच्छी लगी। जो उसके चेहरे पर धीरे से फैल गई, जैसे सूरज की किरणें भूरी पहाड़ियों पर फैली हों। ऐसा प्रतीत हो रहा था, जैसे वह अपने चेहरे की चमक को सूरज की रोशनी में मिला रही है। मुझे ऐसा लगा, जैसे वह मुझ पर बौछार कर रही हो। यह अनोखा एहसास मुझसे तब भी अलग नहीं हुआ, जब तुम मेरे कमरे से चली गई। इस तरह मुझे पता चला कि तुम मेरे लिए कितनी खास होनेवाली हो।

वे लोग गरीब थे, लेकिन जैसे-जैसे समय बीतता गया, मुझे एहसास हुआ कि मैं तुम लोगों से भी ज्यादा गरीब हूँ। जब मुझे पता चला कि उसकी शादी चालीस साल के विधुर इनसान के साथ करने की बात चल रही है, तब मैंने हिम्मत जुटाकर

यह ऐलान किया कि मैं उससे शादी करूँगा। लेकिन मैं उन दिनों एक नवयुवक ही था। उस विधुर के पास बहुत सी जमीन थी और कमला के माता-पिता को देने के लिए पर्याप्त धन था। यह प्रस्ताव न केवल आकर्षक था, अपितु रीति के अनुकूल भी था, मेरे पास देने के लिए क्या था ? एक छोटा सा किराए का कमरा, एक टाइपराइटर और फ्रीलांस काम करके हर महीने दो से तीन सौ रुपए की अनिश्चित कमाई। मैंने उसके भाई को बताया था कि एक दिन मैं बहुत नाम कमाऊँगा कि मैं बहुत अमीर बनूँगा, किसी दिन मैं बेस्ट सेलर किताबों का लेखक कहलाऊँगा! उसने मुझ पर विश्वास नहीं किया था। इसमें उसका क्या दोष था ? न तो मैंने कभी बेस्ट सेलर किताबें लिखीं और न ही कभी प्रसिद्ध हो पाया। न ही मेरे माता-पिता या कोई अन्य रिश्तेदार था, जो मेरी ओर से उनसे रीति-रिवाजों का अनुसरण करते हुए बात करता।

मैंने यह भी सोचा था कि मैं कमला को साथ लेकर भाग जाऊँ। जब मैंने इस बारे में कमला को बताया तो उसकी आँखें चमक उठीं। उसे लगा कि यह बहुत ही मजेदार होगा। पुरुष के मुकाबले स्त्रियाँ प्यार में अधिक बेसुध हो जाती हैं। लेकिन मैंने भाग कर की गई शादियों के बारे में बहुत सी कहानियाँ पढ़ी थीं, जो भयानक मोड़ पर आकर खत्म हुईं और मेरे पास ऐसे किसी जोखिम भरे अनुभव से गुजरने का साहस नहीं था। शायद मुझे अपने सहज ज्ञान से यह पता था कि आगे चलकर इसका परिणाम ठीक नहीं होगा। शादी करके हम कहाँ जाएँगे और किस तरह रहेंगे। हम दोनों में से किसी के लिए भी ऐसा कोई घर नहीं था, जहाँ पर कोई स्थान न मिलने पर लौटकर आ सकें।

क्या मुझे कमला को और भी अधिक भाव प्रवणता और उत्साह के साथ प्यार करना चाहिए था। शायद मैं कमला के साथ बिना परिणाम की चिंता किए भागकर शादी करने के लिए मजबूर हो जाता, लेकिन उसके साथ मेरा रिश्ता कभी उतना गहरा नहीं बना। हम दोनों के कुछ अच्छे पल—सीढ़ियों पर, छत पर, दुकान के पीछे, कूड़ा-करकट वाले स्थान पर साथ में गुजरे। ऐसा लगता था कि कमला इस चोरी-छुपकर किए गए अफेयर के हर एक पल का भरपूर आनंद लेती थी। मैं इससे भी कुछ अधिक स्थायी और तीव्र इच्छित संबंध के लिए बना था। मेरी तरफ कमला का व्यवहार बहुत ही मीठा व दरियादिल था। लेकिन उसका मेरे लिए प्यार मात्र उन क्षणों तक ही सीमित था, जिस समय तक वह मेरे साथ होती और मैं उस पर प्रेम वर्षा करता।

इसलिए उसकी शादी हो गई और उसे देखकर नहीं लगा कि वह अपनी शादी

के बाद की जिंदगी को लेकर बहुत ज्यादा निराश है। लेकिन अपने पति के घर जाने से पहले उसने मुझसे उनमें से कुछ पौधों को उसे देने के लिए कहा, जो मेरे पास थे, जिन्हें मैंने उन्हें अपनी बालकनी में उगाया हुआ था।

"तुम सारे ले जाओ, वैसे भी मैं जा रहा हूँ।"

"तुम कहाँ जा रहे हो?"

"दिल्ली, काम की तलाश में। लेकिन मैं कभी-कभी आता रहूँगा।"

"मेरे पति का घर दिल्लीवाले रास्ते पर है। तुम उस रास्ते से जरूर गुजरोगे। मैं इन पौधों को ऐसी जगह पर रखूँगी, जहाँ से तुम इन्हें देख सको।"

एक-दूसरे से अलग होते हुए हम दोनों ने एक-दूसरे को स्पर्श तक नहीं किया। उसका भाई आया और पौधों को उठाकर ले गया। बस कैक्टस का पौधा बाकी रह गया। इस पौधे का प्रेम से कुछ लेना-देना नहीं। मैंने कैक्टस का पौधा अपनी मकान मालकिन को दे दिया और दिल्ली में रहने चला गया।

और जब भी मैं उस पुरानी जगह से गरमी या सर्दी के मौसम में गुजरता, मैं अपनी बस या टैक्सी की खिड़की से झाँककर कमला की बालकनी के बगीचे पर नजर डालता। पत्ते व फर्न बहुतायत व फूल सुनहरी धूप में तेजी से बढ़ रहे होते थे।

एक बार मैंने उसे बालकनी की रेलिंग से झाँकते हुए देखा भी था। मैंने टैक्सी रोक दी और उसे देखकर हाथ हिलाया। उसने भी मुझे देखकर हाथ हिलाया, उस समय भी उसकी मुसकान ऐसी लग रही थी, जैसे बादलों की ओट से सूरज निकल आया हो। उसने मुझे ऊपर अपने घर आने का निमंत्रण दिया, लेकिन मैंने मना करते हुए किसी और दिन आने को कहा। मैं उसके घर कभी नहीं गया और उसके पति को भी कभी नहीं देखा। उसके माता-पिता वापस अपने गाँव चले गए। उसका भाई देश के किसी कोने में गायब हो गया।

हाल के वर्षों में, दिल्ली छोड़ने के बाद और पहाड़ी इलाके में अपना घर बनाने के बाद मेरा शहर की ओर जाना बहुत कम हो गया, लेकिन वे फूल हमेशा वहाँ पर रहे, जो अपने आस-पास के जीर्ण-शीर्ण वातावरण में लगातार बढ़ते हुए अपनी चमक व सुंदरता फैलाते रहे। बस उस ओर मेरी अंतिम यात्रा के समय वैसा बिल्कुल नहीं था।

वापस आते समय, कल ही मैंने फिर से उस बालकनी की ओर देखा, लेकिन घर पूरी तरह से खाली और उजड़ा हुआ था। मैं कार से नीचे उतरा, बालकनी की ओर देखा और कमला को उसके नाम से पुकारा—मैं उसका नाम काफी सालों के

बाद पुकार रहा था, लेकिन कोई जवाब नहीं मिला।

मैंने वहाँ के स्थानीय लोगों से भी पूछताछ की। पता चला, बूढ़ा आदमी मर गया, उसकी पत्नी चली गई, वह शायद अपने गाँव लौट गई। उनकी कोई संतान नहीं थी। वह वापस लौटेगी? इसका जवाब किसी के पास नहीं था। घर बिक चुका था। इसे फ्लैट्स का ब्लॉक बनाने के लिए उजाड़ा जाएगा।

मैंने एक बार फिर उस उजड़ी हुई बालकनी पर नजर डाली। मुरझाए, लटके हुए पौधे नजर आए। एक तितली रेलिंग के पास मँडराती हुई अस्त-व्यस्त फूलों में जीवंतता तलाश कर रही थी, जिस पर वह अपनी दमक बिखेर सके। वह अपने पंखों को फैलाने व नीले आकाश में दूर तक उड़ जाने से पहले कुछ क्षणों के लिए मेरे हाथ पर आकर बैठी थी।

□

18

घर वापसी

ट्रेन काँपती हुई जंगल से निकली और समतल भूरी जमीन पर सरपट दौड़ने लगी। इंजन ने कई बार हॉर्न बजाए और कुछ गाय, जो ट्रैक पर थीं, वे दूर चली गईं। हिलते हुए तृतीय श्रेणी की बोगी में दो पुरुष पत्ते खेल रहे थे और एक महिला अपने छोटे से बच्चे को स्तनपान करा रही थीं, एक सिख मजदूर, जो हाफ पैंट पहने हुए था, वह ऊपरी सीट पर खर्राटे मार-मार के सो रहा था। एक दाढ़ी रखे हुए उम्रदराज व्यक्ति पान चबा रहा था और उसकी पीक को खिड़की से बाहर थूक देता था। एक बच्चा, जिसकी रग-रग में शैतानी भरी पड़ी थी, वह सिक्कों से भरा एक बैग किसान के सामने हिला-हिलाकर खेल रहा था।

एक किसान, जिसका नाम दयाराम था, वह अपनी पत्नी के साथ घर जा रहा था। घर से अपने चावल के खेतों में और भैंस के पास जाना था। उसका भाई, जिसका हाल ही में स्वर्गवास हो गया था। दयाराम उसकी अस्थियों को हरिद्वार में पवित्र गंगा नदी में प्रवाह करने के लिए ले गया था और अब वह देहरादून वापस लौट रहा था। कुछ ही देर में वह घर पहुँच जाएगा। वह इसलिए चिंतित दिख रहा था, क्योंकि उसकी पत्नी ने धन के मामले में सचेत रहने की हिदायत दी थी। उसके पास मात्र दस रुपए बचे थे, जो उस बैग में थे, जिससे वह बच्चा खेल रहा था।

"यह मुझे दे दो," दयाराम ने कहा, "वरना यह गिर जाएगा।" उसने वह बैग, जिसमें कुछ नोट, सिक्के और ट्रेन टिकट था, खींचने की कोशिश की, परंतु वह बच्चा चीखने लगा और उसकी पहुँच से दूर चला गया।

दयाराम ने अपनी लंबी मूँछों पर ताव दिया, ऐसा करना उसके दयालु और बेवकूफ चेहरे पर दुःखी होने का प्रतीक था। उसे ऐसा आभास हो रहा था कि यह उसकी गलती है, जो उसने खेल-खेल में उस बच्चे को वह बैग पकड़ा दिया।

बच्चा सुर्ख और घबरा रहा था, जिस वजह से उसे हँसाने के लिए दयाराम पैसों से भरे बैग को हिलाने की कोशिश करने लगा। अब वह बच्चा ही उस बैग में पैसों की खनक का आनंद ले रहा था, ठीक खिड़की के बगल में।

"अब हो चुका, अब तो दे दो।" दयाराम ने वकालत की, "या अब तुम्हारी मम्मी से बताऊँ!"

उस बच्चे की माँ उनकी तरफ पीठ किए हुए बैठी थी। बच्चा उसके पीछे खेल का आनंद ले रहा था और उस बैग को देने की कतई फिराक में नहीं था। वह दयाराम का शांत प्रकृति का पूरा लाभ उठा रहा था और उस सीट पर कूद-कूदकर तथा उस बैग को उस गरीब व्यक्ति के चेहरे के सामने हिला-हिलाकर मौज ले रहा था।

अचानक से उस बच्चे की माँ, जो दूसरी महिला के साथ बातचीत में तल्लीन थी, पीछे मुड़ी और उसे ऐसे खेलते हुए देखा। उसने उस बच्चे के सिर पर एक तमाचा जड़ दिया। एकदम से मिले इस आघात (एक तमाचे से ज्यादा यह एक प्रहार था) का परिणाम यह हुआ कि वह खिड़की की तरफ जा गिरा और उसके हाथ से वह कपड़े का बैग खिड़की के बाहर जा गिरा।

अब दयाराम का सबसे पहला इरादा उस चलती ट्रेन से छलाँग लगाने का था, परंतु जब किसी ने यह चिल्लाया, "अलार्म रस्सी खींच लो" तो उसने रस्सी खींचने का इरादा किया। वह अलार्म रस्सी के पास पहुँचा ही था कि कोई चिल्लाया, "रस्सी मत खींचो।" और दयाराम, जो लोगों को सुनकर काम करता था, वह खड़ा हो गया भौचक्का सा, ऐसा कि कोई दूसरा उसे निर्देशित करे तो आगे का कार्य करे।

"आजकल बहुत लोग प्रतिदिन पूरे देश में ट्रेन रोक रहे हैं।" पत्ते खेलनेवाले एक व्यक्ति, जिसने मोटे फ्रेम का चश्मा लगा रखा था, ने कहा। वह पोस्ट ऑफिस काउंटर क्लर्क लग रहा था, "तुम लोग रेलवे के लिए खतरा बन गए हो।"

"सही कह रहे हो," दूसरे ताश के खिलाड़ी ने समर्थन किया, "तुम लोग बहुत छोटी-छोटी चीजों के लिए ट्रेन रोक देते हो। तुम्हारी समस्या क्या है?"

"मेरा धन गिर गया है।" दयाराम ने जवाब दिया।

"तुमने ऐसा पहले क्यों नहीं बताया," उस क्लर्क ने अचंभित होते हुए कहा, "ट्रेन रोको!"

"अब बैठ जाओ," उसके साथी ने जवाब दिया, "अब बहुत देर हो चुकी है।

जितनी देर में एक मील तुम पैदल जाओगे और पैसे लेकर आओगे, ट्रेन उतनी देर इंतजार नहीं करेगी।"

"कितना पैसा था?" उसने दयाराम से प्रश्न किया।

"दस रुपए।"

"अब तुम्हारे पास कुछ भी नहीं बचा?"

दयाराम ने 'न' में सिर हिला दिया।

"तब तो यही बेहतर रहेगा, अगले स्टेशन पर ट्रेन से उतरकर फिर वापस जाओ और पैसे ले आओ।"

अगला स्टेशन हर्रावाला उस जगह से दस मील दूर था, जहाँ पर पैसा गिरा था। दयाराम उस स्टेशन पर ट्रेन से उतरा और वापस रेलवे ट्रैक के बगल-बगल चलने लगा। वह मजबूत कद-काठी का था। उसके पैर बहुत मजबूत और काले थे। उसने एक बनियान पहनी हुई थी और नीचे धोती तथा लाल रंग का सर पर साफा बाँध रखा था। वह लंबे आसान कदमों के साथ चलने लगा, परंतु जमीन सूखी थी और सूर्य की रोशनी में तप रही थी। ज्यादा वक्त नहीं गुजरा था कि उसके पैरों में दर्द होने लगा था। उसकी आँखें भी इस तरह की धरती की चमक देखने की आदी नहीं थीं। सूर्य बहुत तेज चमक रहा था और उसकी खुली बाँहों और टाँगों पर प्रहार कर रहा था। कुछ ही देर में उसका शरीर पसीने से तर-बतर हो गया, उसकी बनियान भीग गई और उसकी त्वचा से चिपक गई।

ट्रेन लाइन के आस-पास कोई पेड़ भी नहीं था। दूर-दूर तक खेत थे, जिनमें गाएँ छोटी घास चर रही थीं, परंतु आस-पास कोई व्यक्ति दिखाई नहीं पड़ रहा था। एक घंटे चलने के बाद दयाराम को प्यास लगने लगी। उसकी जीभ सूख गई थी और मसूड़े भी सूख गए थे, होंठ चिपकने लगे थे। उसने देखा कि एक भैंस उस तालाब की तरफ जा रही है। उसने अपने पैर तेजी से बढ़ाए, ताकि वह उस स्थिर पानी को पी सके।

अब भी उसकी गति में कोई रुकावट नहीं आई थी। उसे बस एक ही दिशा में आगे बढ़ना था और उसी गति में आगे बढ़ा जा रहा था। एक और घंटा बीतने के पश्चात् उसे ऐसा महसूस हुआ कि वह उस जगह से आगे बढ़ आया है, जहाँ पर वह बैग गिरा था। उसने सब जगह देख डाला था, पर उसे निराशा ही मिली थी। हताश मन से वह आगे बढ़ा जा रहा था। उसे सबसे अधिक अपनी पत्नी की चिंता था, न कि धन के खो जाने की या फिर भोजन न मिलने की।

पीछे मुड़ने के बजाय वह अगले स्टेशन की तरफ चलता रहा। वह रेलवे लाइन के साथ आगे बढ़ा जा रहा था। लगभग आधा घंटे के पश्चात् उसके कदम रायवाला प्लेटफॉर्म पर पड़ चुके थे। उसके आश्चर्य और आनंद का तब ठिकाना नहीं रहा, जब उसने बोर्ड पर हिंदी में यह नोटिस देखा, 'एक बैग प्राप्त हुआ है, जिसमें कुछ ओते और सिक्के हैं। जिस किसी का भी बैग खो गया हो, वह स्टेशन मास्टर से प्राप्त कर सकता है।' किसी ईमानदार पुरुष या महिला या फिर बच्चे ने वह बैग पाया होगा और उसे स्टेशन मास्टर को दे दिया। दयाराम को ऐसा लगा कि ईश्वर पर उसके विश्वास के कारण ही मानवीय प्रकृति ने उसकी मदद की।

वह ऑफिस में बिना देर किए दौड़कर गया और क्लर्क को हटाकर वह बोला, "वह बैग मेरा है। उसमें मेरा पैसा है।"

"क्या पैसा-पैसा?" वह अफसर तेज आवाज में चिल्लाया, "ध्यान रखो, इतनी तेज मत बोलो, कोई खालासी का घर नहीं है।"

"मैंने ट्रेन में अपना पैसा खो दिया था," दयाराम ने धीरे से कहा, "दस रुपए।"

"नोट थे या सिक्के?" उस स्टेशन मास्टर ने पूछा, जो परिस्थिति को भाँपने में तेज था।

"छह एक रुपए के नोट।" दयाराम ने जवाब दिया, "बाकी सिक्के हैं।"

"हम्म···बैग का रंग क्या था?"

"सफेद कपड़े का," दयाराम का जवाब था, "मटमैला हो गया था।" उसने आगे जोड़ दिया

अफसर ने अपना हाथ ड्रायवर में डाला और बैग निकालकर उसे मेज पर रख दिया। बिना किसी बातचीत को आगे बढ़ाए दयाराम ने झट से अपना बैग उठा लिया और उस दरवाजे से चुपचाप निकल आया। वह इस पैदल यात्रा से थकने के बाद अब राहत महसूस कर रहा था।

अब उसके पास सिर्फ एक ही विचार था कि इस वापस मिले धन का थोड़ा-बहुत जश्न मनाया जाए। इसलिए स्टेशन से बाहर निकलकर नजदीक के ही बाजार में चाय की दुकान पर पहुँच गया। उसने वहाँ पर बैठने के पश्चात् चाय और हुक्का का ऑर्डर दिया। दुकानदार ने ग्रामोफोन में एक रिकॉर्डिंग गाना चला दिया और दोपहर की शांति में यह तेज संगीत पूरे बाजार में फैल रहा था।

एक नौजवान, जो चुपचाप दूसरी मेज पर बैठा हुआ था, उसने दयाराम की

तरफ देखकर मुसकान बिखेर दी, "यार! आज तुम बहुत खुश लग रहे हो!"

दयाराम ने अपनी बात प्रसारित कर दी, "मैंने अपना धन खो दिया था, अब वापस मिल गया है।" उसने साफ तौर पर बता दिया।

"तब तो तुम्हें चाय से बढ़कर किसी अन्य चीज से जश्न मनाना चाहिए," उस अनजाने मित्र ने आँख मारते हुए कहा, "दूसरे कमरे में आओ।" वह दयाराम को उसके कंधे पर हाथ रख के दूसरे कमरे में लेकर गया। उस व्यक्ति का व्यवहार इतना दोस्ताना था कि उस किसान को खुश करने के लिए काफी था। वह सामने से पीछे की तरफ चले गए। दुकानदार उनके लिए दो गिलास लेकर आया और एक देशी रम की बोतल।

इसके पहले दयाराम ने अपने साथी को अपने जीवन की कहानी सुना दी थी। उसने पहले से ही रम का भुगतान कर दिया था तथा अधिक जरूरत पर और रम मँगाने के लिए तैयार था। तभी दो नौजवान मित्र आ गए। उन्होंने ताश खेलने का सुझाव दिया और दयाराम, जिसे याद आ रहा था कि उसने अपनी जवानी के दिनों में इस खेल को एक बार खेला था, उसने भी इस खेल के लिए उत्साह दिखाया। वह खेल-खेल में पाँच रुपए हार चुका था। रम में इतना उदार प्रभाव था कि वह जब तक सबकुछ हार नहीं जाता, तब तक आगे यह खेल खेलने के लिए पूरी तरह से तैयार था। तभी दुकानदार जल्दबाजी में आया और उसने यह सूचना दी कि पुलिसवाले बाहर खड़े हैं। दयाराम के साथी सब तुरंत रफूचक्कर हो गए।

दयाराम अब भी प्रसन्न था। उसने चाय और हुक्का, जो उसने पिया ही नहीं था, उसका बिल दिया और पास की सुनसान गली में चल दिया। उसका वापस स्टेशन आकर ट्रेन पकड़ने का शायद कोई इरादा नहीं था। उसे किसी रास्ते का कोई पता नहीं चल पा रहा था। वह चलते-चलते ऐसी गली में आ गया कि उसे पता ही नहीं चला कि वह किस भूलभुलैया में पहुँच गया। जैसे ही उसने सोचा तो उसे सामने एक पेड़ दिखा और उसके नीचे कराहते हुए एक व्यक्ति ने उसका ध्यान खींचा। वह व्यक्ति लत्ता पहने हुए था, उसके बाल बिखरे हुए थे और चेहरा जख्मी लग रहा था।

दयाराम ने उसकी तड़प सुनी और उसकी तरफ जा पहुँचा।

"क्या हुआ ?" उसने चिंतित मुद्रा में पूछा, "क्या दिक्कत है ?"

"मुझे लूट लिया गया," उस व्यक्ति ने बड़ी दिक्कत के साथ कहा, "दो ठगों ने मुझे मारा और मेरा सारा धन ले लिया। आगे मत जाना।"

"मैं आपकी क्या मदद कर सकता हूँ?" दयाराम ने पूछा, "आप कहाँ रहते हो?"

"अरे, मैं ठीक हो जाऊँगा!" उस व्यक्ति ने दयाराम की तरफ घिसटते हुए कहा, "बस मुझे सड़क के उस किनारे तक छोड़ दो, बाकी मैं अपना रास्ता ढूँढ़ लूँगा।"

"तुम्हें किसी चीज की जरूरत है?" दयाराम ने कहा, "तुम्हें पैसों की जरूरत है क्या?"

"नहीं, बस मुझे उस किनारे तक छोड़ दो।"

दयाराम ने बाँह पकड़कर उस व्यक्ति को सड़क के उस किनारे तक ले जाने में मदद की।

"क्या आप पक्के तौर पर यह कह सकते हैं कि आपको किसी चीज की जरूरत नहीं है?" दयाराम ने जोर दिया। उस व्यक्ति ने अपना सिर हिला दिया, आँखें बंद कर लीं और दीवार की तरफ झुकने लगा। दयाराम थोड़ा झिझक गया और फिर उसे छोड़कर चल दिया। जैसे ही दयाराम उस किनारे से मुड़ा, उस व्यक्ति ने आँखें खोलीं। उसने उसके पैसों के बैग को चुपके से शर्ट के किनारे से खींच लिया। देखते-ही-देखते वह ठीक हो गया था और उठकर भाग निकला।

दयाराम को अब तक पता लग गया था कि उसने अपना धन गँवा दिया है और अब बहुत देर हो चुकी है। वह थका हुआ था, परंतु दुःखी नहीं था। काफी कुछ तो उसके साथ आज घटित हुआ था और वह परिस्थिति को समझने में नाकाम भी था। अब भी उसके पास ट्रेन का टिकट था और वही सबसे अधिक जरूरी था।

ट्रेन स्टेशन पर ही थी और दयाराम आधी भरी बोगी में चढ़ गया। जब ट्रेन चलनेवाली थी, तब वह होश में आया था और महसूस हुआ कि उसके साथ क्या-क्या घटित हुआ। जैसे ही इंजन ने गति पकड़ी, उसके विचारों ने भी गति पकड़ ली थी। वह चिंतित नहीं था (सिवाय अपनी बीवी के) और वह दुःखी भी नहीं था, परंतु वह थका हुआ था। वह नाराज भी नहीं था, परंतु ठेस जरूर पहुँची थी। उसे पता चल गया था कि उसे छला गया है, परंतु उसे यह नहीं समझ आ रहा था, आखिर क्यों रायवाला चाय की दुकान पर मिले लोग उसे पसंद आए थे और वह इस बात का विश्वास नहीं कर पा रहा था कि व्यक्ति, जो फटीचर पहने हुए था, वह असल में नाटक कर रहा था।

"क्या तुम्हारे पास बीड़ी है ?" उसके बगल में बैठे व्यक्ति ने किसान से माँग की।

दयाराम के पास एक बीड़ी थी। उसने उसे दे दी और उसके लिए जला भी दी। कुछ ही देर में वे लोग फसल के बारे में, बारिश और अपने परिवार के बारे में बात करने लगे तथा दयाराम धीरे-धीरे करके आज घटित हुए दुर्भाग्य के बारे में भूल गया। उसके पास देहरादून के लिए टिकट था, वहाँ से वह तीन मील पैदल चलेगा, तब उसका घर मिलेगा और वहाँ पर उसे गरम दूध तथा पकी सब्जियाँ मिलेंगी।

□

19

सुसन्ना के सात पति

स्थानीय तौर पर उस कब्र को ऐसे इनसान की कब्र के रूप में जाना जाता, जिसने एक ही इनसान से सात बार शादी की।

आपको यह सोचने के लिए माफ किया जाता है कि यह ब्लूबियर्ड की कब्र है, उसने अपनी बहुत सारी पत्नियों को केवल इसलिए मौत के घाट उतार दिया कि उन सभी ने एक बंद कमरे का रहस्य जानने की उत्सुकता दिखाई। लेकिन यह सुसन्ना अन्ना मारिया येत्तेस की कब्र थी और उस कब्र पर जो लिखा गया है (अधिकतर लैटिन लिपि में है), उसका अर्थ यह है कि इसकी मौत पर उन सभी को अफसोस है, जिनका उसकी उदारता के कारण उद्धार हुआ है, उसकी उदारता का पात्र बनने वालों में उस रास्ते पर पड़ने वाले कई स्कूल, अनाथालय और चर्च शामिल थे। उसके आस-पास के इलाके में और कोई कब्र नहीं थी और ऐसा माना जाता है कि उनके पतियों को पुराने राजपुर के कब्रगाह, जो दिल्ली टीले के नीचे है, में दफनाया गया था।

मैं उस समय एक किशोर था, जब मैंने कभी आलीशान व सुंदरता की मिसाल रही, लेकिन अब बरबाद हो चुकी, के अवशेषों को देखा था। उजड़ा और शांत, पूरी एहतियात के साथ बनाए गए उसके रास्ते शोक संतप्त थे और फूलों से सजाए गए उसके बिस्तर जंगली काँटेदार झाड़ियों के नीचे खो चुके थे। वह दो मंजिला मकान ग्रैंड ट्रंक रोड के पार दिखाई देता था। जो अब परित्यक्त, डरावना और पूरी तरह से त्यागा हुआ था, इसके जुड़े बहुत से रहस्य थे, लोगों का कहना था कि वहाँ पर किसी बुरी आत्मा का साया है।

गेट के बाहर, ग्रैंड ट्रंक रोड पर बहुत सारे वाहन—कार, ट्रक्स, बसें, टैक्टर, बैल गाड़ी आदि गुजरते रहते थे, लेकिन बहुत ही कम लोगों की नजर उस पुरानी

हवेली या उस मकबरे पर जाती थी; क्योंकि मुख्य मार्ग के पीछे आम, नीम और पीपल के पेड़ के पीछे छिपा हुआ था। उस खँडहर में एक बहुत पुराना बड़ा सा पेड़ था, इस पेड़ ने खँडहर को अपने आगोश में इस तरह से दबोचा हुआ था, जैसे कोई त्यागा हुआ प्रेमी अपनी प्रेमिका से जुड़ा रहता है।

जैसा कि अधिकतर शादी-शुदा औरतों की अजीब आदत होती है कि जब वे अपने पतियों से ऊब जाती हैं तो उनका निपटारा करना चाहती हैं। सुसन्ना की घातक आत्मा को भी उस उजड़े हुए बगीचे को डरावना बनाने के लिए कहा गया था। मैंने उस कब्र की जाँच की थी, मैं उन झाड़ियों के झुरमुट और आवश्यकता से अधिक बढ़ चुकी गुलाब के फूलों की काँटेदार झाड़ियों से गुजरा था, लेकिन मेरा सामना उस रहस्यमयी औरत की आत्मा से नहीं हुआ था। शायद उस समय मैं एक मासूम सा पवित्र आत्मा वाला बालक था, जिसे बुरी आत्मा अपना निशाना न बनाना चाहती हो। अगर उसके बारे में जो कहानियाँ प्रचलित थीं, वह सही थीं तो वह बुरी आत्मा जरूर बनी होगी।

उस खँडहर हवेली के बारे में एक अफवाह यह थी कि उसके तहखाने में खजाना दफन किया गया, जो सुसन्ना नामक महिला की अथाह संपत्ति थी। लेकिन कोई भी वहाँ जाने की हिम्मत नहीं करता था, क्योंकि यह भी कहा जाता था कि उस तहखाने में एक कोबरा साँप का परिवार भी वास करता है, जो परंपरागत तौर पर उस दफन खजाने की हिफाजत करता है। क्या सचमुच वह महिला बहुत अधिक सपंत्ति की मालकिन थी और क्या अब भी वहाँ पर खजाना दफन हो सकता है? मैंने ये सभी प्रश्न नौशाद से किए, जो एक फर्नीचर बनाने वाला था और उसका सारा जीवन उसी इलाके के पास बीता था। उसके पिताजी ने इसके लिए फर्नीचर व फिटिंग्स का निर्माण करने के साथ-साथ पुरानी दिल्ली के कई अन्य बड़े घरों के लिए भी काम किया था।

लेडी सुसन्ना, उसे इसी नाम से जाना जाता था, अपनी दौलत के लिए काफी प्रसिद्ध थी, नौशाद ने याद करते हुए बताया। वह कंजूस भी नहीं थी। वह अपनी दौलत को खुले हाथ से लुटाती थी, वह अपने शासन काल में अपने शानदार महल में रहती, जहाँ उसके बहुत सारे घोड़े व वाहन थे, जो उसकी सेवा में तैयार रहते थे। हर शाम वह रोशनआरा मार्ग से गुजरती थी, उस समय सभी के लिए वह आकर्षण का केंद्र होती थी, क्योंकि वह सुंदर होने के साथ-साथ बहुत धनी भी थी। हाँ, सभी उसका साथ पाने की चाहत लिये आते और वह उन लोगों में से सबसे बेहतर को

चुनकर उसकी चाहत पूरी करती। कुछ तो भाग्यशाली शिकारी होते, वह उन्हें भी हतोत्साहित नहीं करती। कुछ लोगों को केवल कुछ समय के लिए उसका प्यार मिलता, लेकिन जल्दी ही वह उनसे ऊब जाती। उसका कोई भी पति लंबे समय तक उसकी दौलत का आनंद नहीं ले सका।

आज इन खँडहरों में कोई भी दाखिल नहीं होता, किसी जमाने में इस जगह पर खुशी व हँसी गूँजा करती थी। वह एक जमींदार महिला थी, जो बहुत सी जमीन की मालकिन थी और वह बहुत ही मजबूती के साथ अपनी सारी जमींदारी सँभालती थी। वह अपनी दयालुता दिखाती, जब उसका बकाया किराया समय पर चुकाया जाता, लेकिन जब कोई किराया देने में सफल नहीं होता तो उसे उसके भयानक रूप का सामना करना पड़ता।

खैर, उसको कब्र में लेटे हुए अब पचास वर्ष से अधिक हो चुके हैं, लेकिन आज भी लोग उसके बारे में आदर से बात करते हैं। उसकी आत्मा भटक रही है, ऐसा कहा जाता है कि वह अकसर उन स्थानों पर आती है, जहाँ कभी उसके समय में धूमधाम रहती थी। वह इस गेट से चलती हुई आती है या बगीचे में टहलती है या फिर अपने राजपुर मार्ग के नीचे अपनी खुली हुई चौपहिया गाड़ी में घूमती है।

"और उसके सारे पतियों के साथ क्या हुआ?" मैंने पूछा।

"उसके अधिकतर पतियों की मौत रहस्यमय ढंग से हो गई। यहाँ तक कि डॉक्टर भी चकित थे। टोमकिंस साहब बहुत शराब पीते थे। वह महिला बहुत जल्दी उनसे ऊब गई। एक शराबी पति बोझ की तरह होता है, उसको ऐसा कहते सुना गया था। आखिरकार, बहुत शराब पीने के कारण ही उनकी मौत हो गई, लेकिन वह एक बेसब्र महिला थी और उनके स्थान पर नए पति को पाने के लिए आतुर थी। तुम वे धतूरे की झाड़ियों को जो जंगली तौर पर बढ़ी हुई हैं, को देख रहे हो? वे यहाँ पर हमेशा बहुत जल्दी विकसित होती थीं।"

"बेल्लादोन्ना?" मैंने कहा।

"ठीक कहा, हजूर। इसे व्हिस्की सोडा के साथ दिया गया, जिससे वह हमेशा के लिए सो गया।"

"वह अपने तरीके से काफी दयालु स्त्री थी?"

"हाँ, बहुत दयालु थी, साहब। उसे किसी को भी दुःखी देखना बिल्कुल पसंद नहीं था। एक साहब, मुझे उनका नाम नहीं पता है, घर के पीछे वाली टंकी में, जहाँ पर पानी की लिली उगी हुई, डूब गए। लेकिन उसने इसका पूरा खयाल रखा कि डूबने

से पहले वे अधमरे हों। उसके हाथ बहुत ताकतवर और बड़े थे, ऐसा कहते हैं।"

"वह उन लोगों से शादी क्यों करती थी? क्या वह सिर्फ पुरुषों से मित्रता कर काम नहीं चला सकती थी।"

"नहीं हुजूर, उस जमाने में सभ्य समाज में इसे बरदाश्त नहीं किया जाता था। न तो भारत में और न ही पश्चिम में इसकी इजाजत हुआ करती थी।"

"वह अपने समय से आगे के समय के अनुसार पैदा हुई थी।" मैंने टिप्पणी की।

"सही कहा, साहब। और याद रखें कि उनमें से अधिक भाग्यशाली शिकारी थे। इसलिए हमें उन पर ज्यादा दया दिखाने की आवश्यकता नहीं है।"

"उसने किसी को भी बरबाद नहीं किया।"

"वह दयाहीन हो जाती थी। विशेष तौर पर जब उसने देखा कि शादी के बाद वास्तव में वे क्या निकले थे। उनके मुकाबले साँप के जीवित बचने की ज्यादा संभावना रहती थी।"

"उसके दूसरे पतियों की मौत किस तरह से हुई?"

"हाँ, कर्नल साहब ने खुद को उस समय गोली मार ली, जब वे अपनी राइफल साफ कर रहे थे, वह सिर्फ एक दुर्घटना मात्र थी, साहब। हालाँकि कुछ लोग कहते हैं कि उसने अपने पति को बिना बताए राइफल में गोलियाँ भर दी थीं। उस समय तक लोगों के बीच में उसकी छवि ही ऐसी बन गई थी कि लोग उस पर तब भी संदेह करते थे, जब वह निर्दोष होती थी। लेकिन उसने अपने बचने का रास्ता भी निकाल लिया था। बच निकलने का रास्ता तब बहुत आसान हो जाता है, जब हमारे पास बहुत धन-दौलत होती है।"

"और चौथे पति के साथ क्या हुआ?"

"हाँ, उसकी मौत प्राकृतिक तौर पर हुई थी। उस साल हैजा नामक महामारी फैली हुई थी और उसकी मौत हैजे के कारण हो गई। हालाँकि कुछ लोगों ने उस समय भी कहा कि अगर पर्याप्त मात्रा में आर्सेनिक भी खिला दिया जाए तो मौत के वही लक्षण दिखाई देते हैं, जो हैजा के मरीज के होते हैं। खैर, मृत्यु प्रमाण-पत्र पर मौत का कारण हैजा लिखा गया था। जिस डॉक्टर ने उस मृत्यु प्रमाण-पत्र पर हस्ताक्षर किए थे, सुसन्ना का अगला पति वही बना।"

"एक डॉक्टर होने के नाते वह अपने खाने-पीने पर बहुत अधिक ध्यान देता था। वह एक वर्ष तक जीवित रहा।"

"उसके साथ क्या हुआ?"

"उसे कोबरा साँप ने डस लिया।"

"वह उसकी बदनसीबी थी बस, आपको नहीं लगता? आप इसके लिए सुसन्ना को दोष नहीं दे सकते।"

"नहीं, हुजूर, लेकिन कोबरा उसके सोने के कमरे में पहुँच गया था। वह पलंग के पाये से लिपटा हुआ था। जब उसने रात को सोने के लिए अपने कपड़े उतारे, कोबरा ने उसे डँस लिया। एक घंटे के बाद जब सुसन्ना कमरे में आई तो वह मर चुका था। सुसन्ना को साँपों से बहुत लगाव था। वह कभी उनको नुकसान नहीं पहुँचाती थी और वे भी कभी उस पर आक्रमण नहीं करते थे।"

"उस समय साँपों के काटे जाने के बाद दी जानेवाली दवाएँ भी नहीं हुआ करती थीं। डॉक्टर के जाने के बाद छठवें नंबर का पति कौन था?"

"वह एक खूबसूरत इनसान था। नील के बागों का मालिक। वह उस समय कंगाली के कगार पर पहुँच गया, जब नील की खेती के व्यापार का अंत होने लगा। वह चाहता था कि उस अच्छी औरत की मदद से उसकी किस्मत बदल जाए। लेकिन हमारी सुसन्ना मैडम, अपने भाग्य को किसी के साथ भी बाँटने के लिए तैयार नहीं थी।"

"उसने नील के खेतों के मालिक को रास्ते से कैसे हटाया?"

"ऐसा कहा जाता है, उसने उसे बहुत अधिक मात्रा में शराब पिलाई थी और जब वह पूरी तरह नशे में धुत्त होकर लेट गया तो उसने उसे उठाकर रास्ते पर डाल दिया और हम सभी ने उसके कानों में पिघली हुई धातु डालकर उसकी सुनने की क्षमता को समाप्त करने में पूरा योगदान दिया।"

"बिना दर्द की मौत।" मैंने कहा।

"लेकिन उसके लिए कितनी भयानक कीमत चुकाना पड़ी, हुजूर, केवल इसलिए कि उसकी अब किसी को आवश्यकता नहीं है।"

हम धूल उड़ाते हुए हाईवे पर साथ-साथ चलते हुए शाम की मध्यम-मध्यम हवा का आनंद ले रहे थे और कुछ समय के बाद हमने रोशनआरा बगीचे में प्रवेश किया, जो उन दिनों दिल्ली के लोगों के लिए आपस में मिलने-जुलने के लिए सबसे ज्यादा प्रसिद्ध व फैशनपरस्त जगह थी।

"नौशाद, तुमने मुझे बताया कि उसके छह पतियों की मौत कैसे हुई। मुझे याद है कि उसके सात पति थे।"

"हाँ, उसका सातवाँ पति साहसी युवा न्यायाधीश था, जो ठीक यहाँ पर समाप्त

हो गया, हुजूर। वे एक के बाद दूसरे पार्कों में घूम रहे थे, जब उस महिला की चौपहिया गाड़ी पर डाकुओं ने हमला कर दिया। उस स्त्री को बचाने की कोशिश में उस युवा न्यायाधीश को तलवार का घाव झेलना पड़ा।"

"इसमें उस महिला का कोई दोष नहीं था, नौशाद।"

"नहीं, हुजूर। लेकिन वह एक न्यायाधीश था, याद रखें, धावा बोलने वालों में एक इनसान वह भी था, जिसके किसी रिश्तेदार को न्यायाधीश द्वारा सजा सुनाई गई थी, उसने बदला लेने के लिए उन पर हमला किया। लेकिन यह अजीब बात है कि जिन्होंने हमला किया, उसमें से दो लोगों को अगले ही दिन सुसन्ना द्वारा काम दे दिया गया। अब आप खुद ही नतीजा निकाल लें।"

"इनके अलावा वहाँ और भी थे?"

"वे उसके पति नहीं थे। लेकिन एक सुस्साहसी था, एक सिपाही, जो अपने भाग्य से यहाँ आया। उसे उसका खजाना मिल गया, ऐसा लोग कहते हैं। वह उस खजाने के साथ ही इस उजड़ चुके घर के तहखाने में दफन हो गया। उसकी हड्डियाँ वहाँ पर सोने, चाँदी व बहुमूल्य आभूषणों के बीच बिखरी पड़ी हैं। कोबरा साँप अब भी उस जगह की रखवाली करते हैं। लेकिन वह खुद कैसे तबाह हुआ, यह आज तक रहस्य बना हुआ है।"

"और सुसन्ना? उसके साथ क्या हुआ?"

"वह काफी बूढ़ी होने तक जिंदा रही। उसे उसके गुनाहों की सजा इस जीवन में नहीं मिल सकती थी। उसके कोई बच्चा नहीं था, लेकिन उसने एक अनाथालय की शुरुआत की थी और दिल खोलकर गरीब व विभिन्न स्कूलों व संस्थानों, जिनमें विधावाओं के लिए एक घर भी शामिल था, को दान दिया करती थी। उसकी मौत बहुत शांति से हुई।"

"एक जिंदादिल विधवा, "मैंने टिप्पणी की, "द ब्लैक विडो स्पाइडर!"

"सुसन्ना की कब्र की तलाश में आप मत जाओ। यह कुछ साल पहले उसकी हवेली के खँडहरों के साथ उजड़ चुकी है। उस स्थान पर अब एक नया आवास स्थल बनाने का काम शुरू हुआ था, लेकिन काम पूरा होने से पहले कई मजदूरों व एक कॉण्ट्रैक्टर साँप के काटने के कारण मर गए! कभी-कभी वहाँ रहनेवाले अपने बीच किसी बुरी आत्मा के होने की शिकायत करते रहते हैं, वह आत्मा रास्ते पर चलने वाली कारों को परेशान करती है, विशेष तौर पर उन कारों को, जिन्हें कोई अकेला इनसान चला रहा होता है। वहाँ पर एक दो लोग रहस्यमय ढंग से गायब भी हुए हैं।

रात को अँधेरा होने के बाद, एक पुराने जमाने के घोड़ा व घोड़ागाड़ी को रोशनआरा बगीचे के मार्ग पर दौड़ते हुए देखा गया है। यदि कभी तुम्हें ऐसा कुछ दिखाई दे तो उस पर बिल्कुल ध्यान मत देना, मेरे दोस्त। उस गोरी सी सुंदर महिला के किसी भी सवाल का जवाब देने के लिए मत रुकना, जो गोटेदार परदे से झाँके और तुम्हें देखकर मुसकराए। वह अब भी अपने अंतिम शिकार की तलाश में है।"

□

20

अँधेरे में आई सीटी की आवाज

चाँद लगभग अपने पूरे शबाब पर था। चाँद की दूधिया रोशनी ने रास्तों को गुलजार किया हुआ था। लेकिन पेड़ की परछाइयों द्वारा मेरा पीछा किया जा रहा था। शाहबलूत की मुड़ी हुई शाखाएँ मेरी ओर कुछ तो डराती हुई तो कुछ को शायद मेरा साथ चाहिए था, इसलिए आ रही थीं।

एक बार मैंने सपना देखा था कि पेड़ भी चल सकते हैं। चाँदनी से भरी रात में कुछ देर के लिए पेड़ अपनी जड़ों से थोड़ा ऊपर उठकर एक-दूसरे के पास जाते हैं। आपस में पुराने दिनों की बात करते हैं। क्योंकि वे वर्षों से बहुत से लोगों व घटनाओं, विशेष तौर पर पुराने समय की, के साक्षी रहे हैं। फिर सुबह होने से पहले वे वापस उसी स्थान पर आ जाते हैं, जहाँ पर उन्हें विकसित होना है। रात में रखवाली करनेवाले अकेले चेतन। उनके टहलने के लिए यह रात बहुत अच्छी थी। वे बहुत उत्साह के साथ ऐसा करने हेतु प्रकट हुए थे, पत्तों की बेचैनी वाली सरसराहट, शाखाओं की कड़कड़ाहट—ये वे आवाजें थीं, जो रात के शांत वातावरण में उनके भीतर से आ रही थीं।

कभी-कभी अन्य राहगीर अँधेरे में मेरे पास से गुजर जाते थे, अभी ज्यादा रात नहीं हुई थी, केवल रात के आठ ही बज रहे थे और कुछ लोग उस रास्ते से अपने घर की ओर जा रहे थे। कुछ अन्य लोग शहर की ओर रात की रोशनी, दुकानों व रेस्तराँ का जायका लेने के लिए जा रहे थे। रास्ते पर पर्याप्त रोशनी न होने के कारण मैं उनको पहचानने में असमर्थ था। उन्होंने भी मुझ पर ध्यान नहीं दिया। मुझे बचपन का एक गीत याद आने लगा। धीमी आवाज में मैं उस गीत की धुन गुनगुनाने लगा और जल्दी ही उसके बोल भी मुझे याद आ गए—

हम तीन,
भीड़ नहीं हैं हम,
न ही हम कोई जनसमूह—
मेरी प्रतिध्वनि,
मेरी परछाईं,
और मैं···

मैंने नीचे अपनी परछाईं की ओर देखा, जो चुपचाप धीरे-धीरे मेरे साथ बढ़ रही थी। हम अपनी परछाईं को अकसर नजरअंदाज कर देते हैं, क्या हम ऐसा नहीं करते? लेकिन वे हमेशा हमारे साथ रहती हैं, जीवन भर बिना किसी शिकायत के साथ निभाने वाली साथी, हमारे हर काम या गलती की शांति व बेचारगी के साथ साक्षी बनने वाली साथी। इस बिखरी चाँदनी रात में मैं तुम्हें तुम्हारी पहचान दिलाने में कोई सहायता नहीं कर सकता, मेरी परछाईं और मैं, इसलिए भी तुमसे माफी माँगता हूँ कि तुम्हें बहुत सी ऐसी बातों का भी गवाह बनना पड़ा, जिनकी वजह से मैं शर्मिंदा हूँ, लेकिन मुझे इस बात की खुशी भी है कि तुम तब भी मेरे आस-पास रही, जब मैंने कोई छोटी-बड़ी जीत हासिल की। मेरी अंतरात्मा की आवाज का क्या? कई बार मैंने साचा कि खुद को ही आवाज देकर देखूँ कि क्या मुझे अपनी आवाज का जवाब मिलता है; लेकिन मैंने कभी ऐसा नहीं किया, क्योंकि मैं पहाड़ों की शांति या पेड़ों के आपस में हो रहे वार्त्तालाप को बाधित नहीं करना चाहता था।

पहाड़ी क्षेत्रों में बने रास्ते नीचे की ओर उसे उभार व ऊपर की ओर, जहाँ पर घने लंबे देवदार के पेड़ों के बीच चाँद की चाँदनी इसकी सुंदरता में चार चाँद लगा देती है, को समतल बना देते हैं। एक उड़ता हुआ चिखुर रास्ते पर एक पेड़ से दूसरे पेड़ पर मँडरा रहा था। एक नैटजा की आवाज गूँज रही थी। बाकी सब शांत था।

मेरे सामने पुराना कब्रिस्तान कुछ धुँधला-धुँधला दिखाई दे रहा था। वहाँ पर कई पुरानी कब्रें थीं, कुछ बहुत बड़ी व स्मारक संबंधी थीं—तो वहाँ पर कुछ हाल ही बनी नई कब्रें भी थीं, इसका अर्थ यह भी था कि उस कब्रिस्तान को अब भी मुर्दा दफनाने के लिए इस्तेमाल किया जाता था। मैं उनमें से एक कब्र पर अब भी बिखरे हुए फूल देख सकता था, जिनमें कुछ पुराने डाहलिया और सुर्ख लाल सेल्विया थे। कुछ कब्रें कब्रिस्तान के बाड़े के पास भी थीं, केवल कब्रिस्तान की

ओर को छोड़कर बाकी की दीवार मूसलधार बारिश में गिर चुकी थी। कब्रों के कुछ पत्थर दीवार के साथ उखड़ गए थे। एक कब्र तो ऐसी थी, जो पूरी तरह से उघड़ चुकी थी। उसके अंदर पड़ा कफन पूरी तरह से खराब हो चुका था और उस व्यक्ति, जो कि कभी आपकी व मेरी तरह जीवित होगा, किसी का बहुत प्यारा रहा होगा कि शेष बची कुछ हड्डियाँ बिखरी हुई थीं।

कब्र पर यादगार के लिए लगाए गए पत्थर का कुछ भाग रास्ते पर पड़ा हुआ था, लेकिन उस पर क्या लिखा था, यह मिट चुका था। वैसे तो मुझे इस तरह की किसी चीज का भय नहीं है, लेकिन उस समय कुछ ऐसा था, जिसने मुझे झुका दिया और मैंने हड्डी के चिकने टुकड़े को उठा लिया, जो शायद खोपड़ी का एक हिस्सा था। जब मैंने उसे अपनी मुट्ठी में दबोचा तो उस हिस्से के टुकड़े हो गए। मैंने उन टुकड़ों को नीचे घास पर गिरने दिया। मिट्टी का शरीर मिट्टी में मिल गया। कहीं से, कहीं बहुत दूर से नहीं, किसी के सीटी बजाने की आवाज आ रही थी।

पहले तो मैंने सोचा किदेर रात राह से गुजरने वाला कोई राहगीर होगा, वह भी ठीक उसी तरह से सीटी बजा रहा होगा, जैसे कि मैं अपना पुराना गीत गुनगुना रहा था। लेकिन सीटी की वह आवाज मेरी ओर काफी तेजी से बढ़ रही थी, सीटी की वह आवाज काफी तेज व मस्ती भरी लग रही थी। साइकिल पर एक लड़का तेजी से मेरे पास से गुजरा। इससे पहले कि उसकी साइकिल रास्ते पर से होकर आगे बढ़ती, मुझे बस उसकी एक झलक भर मिल पाई।

लेकिन कुछ ही पलों के बाद वह वापस आया। इस बार मुझसे कुछ फीट की दूरी पर आकर रुक गया, मेरी ओर देखकर व्यंग्य मिश्रित थोड़ी सी मुसकान बिखेर दी। वह चौदह या पंद्रह वर्ष का पतला साँवला सा लड़का था। उसने स्कूल यूनीफार्म का कोट और पीले रंग का स्कार्फ पहना हुआ था। उसकी आँखों में उस समय आसमान पर छाई चाँदनी पूरी तरह से भरी हुई थी।

"तुम्हारी साइकिल पर घंटी नहीं है ?" मैंने कहा।

उसने कुछ नहीं कहा, बस अपने सिर को एक तरफ थोड़ा सा हिलाकर मेरी ओर देखकर मुसकरा दिया। मैंने अपना हाथ उसकी ओर इस आशा में बढ़ाया कि वह मुझसे हाथ मिलाएगा। लेकिन अचानक वह एक बार फिर वहाँ से बिना किसी धुन के पहले से भी अधिक मस्ती के साथ सीटी बजाता हुआ चला गया। सीटी बजाता हुआ एक स्कूल का बच्चा। उसके लिए इतनी रात तक घर से बाहर रहना

थोड़ा अजीब था, लेकिन शायद वह आजाद पंछी था।

सीटी की आवाज धीरे-धीरे धीमी होती गई और फिर गायब हो गई। एक गहरी शांति उस जंगली रास्ते पर पसर गई। मैं और मेरी परछाईं एक बार फिर घर की ओर चल दिए।

अगली सुबह मैं जब उठा तो कुछ अलग तरह की आवाजों से सामना हुआ—मेरी खिड़की के बाहर से प्रचलित गीत गाने वाली एक गायिका की आवाज आ रही थी।

वह एक बहुत अच्छा दिन था, सूरज की गुनगुनी धूप ने माहौल को एक अलग तरह की प्रसन्नता से सराबोर कर दिया था, और मैं बाहर जाने के लिए ललक गया। लेकिन उस समय मुझे अपना जरूरी काम भी पूरा करना था, बहुत से प्रूफ थे, जिन्हें ठीक करना था, बहुत से पत्रों को लिखना था। बहुत दिन हो चुके थे कि मैं पहाड़ों की चोटी पर चढ़कर जा पाता और देवदार के पेड़ों के नीचे अकेला शांति से बैठ सकता। मेरे लिए यह बड़ा ही व्यंग्यपूर्ण था कि जिस बर्फ से ढकी चोटियों का सबसे सुंदर नजारा था, सभी को भूमि के कई फीट नीचे दफना दिया गया।

मरम्मत का कुछ काम चल रहा था। कब्रिस्तान को घेरने वाली दीवार झड़ चुकी थी, लेकिन वहाँ की देखभाल करनेवालों ने मुझे बताया कि कब्रिस्तान में हुए इस नुकसान की मरम्मत करवाने के लिए उनके पास पैसा नहीं है। चौकीदार की मदद से मैंने बिखरी हुई हड्डियों को कब्र पर हुए छोटे से छेद के जरिए अंदर डाल दिया और उसको कुछ पैसे भी इस उम्मीद में दे दिए कि वह खुली हुई कब्रों को ईंटों से ढक देगा। उस कब्र पर जो नाम लिखा था, वह पूरी तरह से मिट चुका था, लेकिन मैं उस पर लिखी तिथि को पढ़ सकता था—20 नवंबर, 1950—आज से लगभग 50 साल पहले, लेकिन फिर भी यह कब्र इतनी पुरानी नहीं थी, जैसे कि कब्र पर पहचान के लिए लगाए गए पत्थर की हालत हो गई थी।

मुझे लोगों को दफनाने संबंधी बनाया गया रजिस्टर चर्च की वेस्ट्री में मिल गया मैं उसके पन्नों को पलटता हुआ 1950 के समय दफनाए गए लोगों की जानकारियों को टटोलने लगा, जिस समय मैं खुद स्कूल जानेवाला छोटा सा बालक था। वहाँ पर मुझे एक नाम मिला—माइकल दत्ता, उम्र पंद्रह वर्ष और मौत की वजह सड़क दुर्घटना।

खैर, उस समय तक मैं बस अंदाजा लगा सकता था। अपने अनुमान को

सही साबित करने के लिए मुझे उस पुराने घर का पता लगाना होगा, जिन्हें शायद वह लड़का या उस सड़क हादसे के बारे में याद हो।

वहाँ पर देवदार के ऊँचे वृक्षों के पास बुजुर्ग मिस मार्ले मिलीं। वे वुडस्टॉक से सेवानिवृत्त एक अध्यापिका थीं, उनकी याददाश्त बहुत अच्छी थी, वे हिल स्टेशन पर पचास से भी अधिक वर्षों से रह रही थीं।

उनके सफेद बाल और चिकने गाल थे, उनकी चमकती हुई नीले रंग की आँखें उत्सुकता से भरी हुई थीं। उन्होंने अपने पुराने समय के नाक पर चढ़े चश्मे से दया भरी दृष्टि मुझ पर डाली।

माइकल एक जिंदादिल लड़का था—उल्लास से भरा, किसी की भी मदद करने को हमेशा तैयार। बस मुझे इतना कहने की देर होती थी कि मुझे अखबार या फिर सिर दर्द के लिए डिसप्रिन गोली की जरूरत है, वह अपनी साइकिल को इन दुर्गम रास्तों पर पूरे उन्माद के साथ दौड़ा देता था, लेकिन ये पहाड़ी रास्ते जिन पर किसी भी समय कठिनाई का सामना कर पड़ सकता है, साइकिल पर दौड़ लगाने के लिए बिल्कुल भी नहीं बने हैं। वे हमारी सड़कों को मोटरों से बढ़े ट्रैफिक से निपटने के लिए चौड़ा कर रहे थे, एक ट्रक जिस पर मलबा लदा हुआ था, पहाड़ी रास्तों पर आ रहा था, जब माइकल एक मोड़ से मुड़ा और बहुत तेजी के साथ सिर के बल उस ट्रक से जाकर टकरा गया। उसे जल्दी से अस्पताल ले जाया गया और डॉक्टरों ने उसे बचाने की पूरी कोशिश की, लेकिन वह बच नहीं सका। बेशक आपने उसकी कब्र देखी होगी, इसलिए यहाँ आए हो। उसके माता-पिता? इस घटना के कुछ समय बाद ही वे लोग यहाँ से चले गए। विदेश चले गए, मेरे खयाल से...बहुत ही आकर्षक लड़का था—माइकल, लेकिन बस थोड़ा असावधान था। आप भी उसे पसंद करते, मेरे खयाल से।

वह हवा से बातें करनेवाली साइकिल चलाने वाला लड़का कुछ समय तक मुझे दिखाई नहीं दिया; हालाँकि मुझे उसके होने का एहसास एक बार और हुआ। तब सर्दी के मौसम में एक शाम मैं फिर उस सुनसान कब्रगाह से गुजरा, मुझे लगा, जैसे मैंने कहीं दूर से उसे सीटी बजाते हुए सुना। लेकिन उस समय उसने खुद को प्रकट नहीं किया। शायद वह सिर्फ उसकी सीटी की प्रतिध्वनि थी, जिसमें मेरी काल्पनिक परछाईं भी शामिल हो गई थी।

यह बात मेरे उस मुसकराते हुए चेहरे को देखने से कई माह पहले की है। तब यह मेरी आँखों के सामने धुंध की तरह आई थी, मैं मानसूनी बरसात

में भीगता हुआ अपने घर जा रहा था। मैं पुराने कम्युनिटी सेंटर में एक डिनर पार्टी में शामिल होने के बाद बहुत ही छोटे रास्ते, जो कि ढलान वाला था, जिसे आईब्रो के नाम से जाना जाता था, से होता हुआ घर आ रहा था। उस शाम तूफान की आहट ने हमें डराकर रखा था। ऐसे मौसम में पहाड़ी क्षेत्रों में बहुत अधिक धुंध छा जाती है। यह धुंध इतनी अधिक थी कि मेरी टॉर्च की रोशनी भी वापस उछलकर आ रही थी। आसमान आकाशीय विद्युत् से ढका हुआ था और पहाड़ों पर बादलों की गड़गड़ाहट छाई हुई थी। बारिश और भी तेज होती जा रही थी। मैं धीरे-धीरे, सावधानी से पहाड़ियों को पकड़कर आगे बढ़ रहा था। उस समय एक आसमानी प्रकाश का पीछा करती एक जोरदार आवाज हुई, उस रोशनी में मैंने उसे धुंध में से निकलते हुए और अपने रास्ते में खड़े हुए देखा—वहीं साँवला सा किशोर, जिसे कब्रगाह में दफनाया गया था। उस समय वह मुसकरा नहीं रहा था, अपितु उसने अपना हाथ उठाया और मेरी ओर हिलाया। मैं सकपका गया और वहीं पर बुत बनकर खड़ा हो गया। धुंध थोड़ी छँट गई, मैंने देखा कि रास्ता गायब हो गया है। मेरे सामने कुछ फीट की दूरी तक सिर्फ खालीपन था। फिर एक पत्थर सौ फीट की ऊँचाई से नीचे गिरा।

जैसे ही मैंने एक कदम पीछे हटकर काँटेदार डाली को सहारा लेने के लिए पकड़ा, वह लड़का गायब हो गया। मैं लड़खड़ाते हुए सामुदायिक सेंटर वापस आ गया और सारी रात मैंने लाइब्रेरी में पड़ी कुरसी पर बिताई।

मैंने उसे दोबारा फिर कभी नहीं देखा।

लेकिन एक सप्ताह के बाद जब मैं बहुत तेज बुखार से ग्रस्त था, मैंने उसकी आवाज अपने बिस्तर के पास सुनी। ऐसा लगा, वह मेरी खिड़की के नीचे से सीटी बजा रहा था। क्या वह मुझे अपने साथ मिलकर सीटी बजाने के लिए बुला रहा है, मैं हैरान था, या फिर वह मुझे सिर्फ यह आश्वासन देने की कोशिश कर रहा है कि सबकुछ ठीक है ? मैं अपने बिस्तर से उठा था और सब तरफ देखा, लेकिन मुझे कोई नहीं दिखाई दिया। समय-समय पर मुझे उसकी सीटी की आवाज सुनाई देती, लेकिन जैसे-जैसे मेरी तबीयत ठीक होती गई, वह धीमी और धीमी होते-होते बंद हो गई।

मैं पूरी तरह से स्वस्थ हो गया, मेरे अंदर फिर से वह ताकत आ गई कि मैं पहाड़ियों की चोटी पर चढ़ सकूँ। लेकिन चूँकि मैं कब्रिस्तान के पास अँधेरा होने तक ठहरा था, जैसे-जैसे मैं धीरे-धीरे आगे बढ़ता गया और रास्ते पर दूर

बढ़ता गया, मैंने फिर कभी उस लड़के की सीटी की आवाज न तो सुनी और न ही उसे देखा। मैं बहुत अकेला महसूस कर रहा था, मुझे एक दोस्त की जरूरत महसूस हो रही थी, चाहे मेरा वह दोस्त एक साइकिल सवार भूत ही क्यों न हो। लेकिन उस समय वहाँ पर सिर्फ पेड़ थे।

इसी तरह मैं हर शाम अँधेरे में अपने घर अपनी पुराने गीत को गाता हुआ आता—

हम तीन,
भीड़ नहीं हैं हम,
न ही हम कोई जनसमूह—
मेरी प्रतिध्वनि,
मेरी परछाईं,
और मैं···

□

21

छोटी सी शुरुआत से

अदृश्य गाँव से आया आखिरी हवा का झोंका, जिसमें गीली लकड़ियों, गरमागरम केक, बहुत ज्यादा गीले झाड़-झंखाड़ और नीचे चीड़ के शंकफूल की खुशबू शामिल थी। वह हिमालय की वास्तविक सुगंध है और यदि एक बार यह व्यक्ति के खून के अंदर घुस जाए, तो वह इनसान अंततः सबकुछ भूलकर मरने के लिए पहाड़ियों पर वापस आ जाए।

—रुडयार्ड किपलिंग

सितंबर के पहले साफ दिन पर बारिश समाप्ति की ओर थी। मैं अपनी ताकत और शांति में नई जान फूँकने वाली जगह चीड़ की पहाड़ियों पर फिर गया।

छह महीने बाद मैं फिर से यहाँ पर हूँ। मैदानी भागों की यात्रा, मेरे निजी संबंधों में मची उथल-पुथल, अन्य लोगों व उनकी समस्याओं के साथ जुड़ाव, यह सारा मौसम मेरे और इस घास से भरी, चीड़ के पेड़ों वाली परियों की पहाड़ी (जिसे स्थानीय लोग पहाड़ी टिब्बा कहते हैं) के बीच आ गया। मैं अब देर से आए मानसून, वनस्पतियों, लंबे-लंबे फर्न, झाड़ियों की माला के साथ पुष्पित शंखपुष्पी और पहाड़ी क्षेत्र की सीधी ढलान पर चढ़ने के पहले पड़ने वाली नहर को भी पुल के सहारे पार कर चुका हूँ।

जब पेड़ों ने मुझे देखा, तो ऐसा लगा, जैसे वे मुझे देखने के लिए मेरी ओर मुड़ गए। मेरे स्वागत में हवा का एक झोंका हिमपात की गवाह बनी दूर घाटी के पास आ गया। एक लंबी पूँछ वाले नीले नीलकंठ पक्षी ने सूचित करने के लिए खलबली मचा दी और चीड़ के पेड़ से उड़कर चला गया। झींगुर अचानक शांत हो गए। लेकिन पेड़ों को मैं याद था। वे हवा के झोकों से बहुत अदब के साथ मेरे सामने झुके हुए

थे और मुझे इशारे से अपने नजदीक बुलाने लगे, मेरे घर वापसी पर मेरा स्वागत करने लगे। चीड़ के तीन पेड़, बिखरा हुआ शाहबलूत का एक वृक्ष और जंगली चेरी का एक वृक्ष। मैं उनके बीच गया और उनके तनों को स्पर्श कर उनके स्वागत को पहचाना—चेरी का तना चिकना और मुलायम था, देवदार का वृक्ष प्रतिरूपित और छल्लेदार था। शाहबलूत का मोटा, गुदा-गुदा तना कई वर्षों के अनुभव से भरा हुआ था। वह वहाँ पर सबसे ज्यादा समय से था और हवा ने उसकी ऊपरी टहनियों को नीचे की ओर झुका एवं कुछ घुमा भी दिया था, जिससे कि वह दिखने में झबरीला और अनसुलझा दिखाई दे। लेकिन जिस तरह दार्शनिक लोग अपने पहनावे और रंग-रूप से बेपरवाह होते हैं, उसी तरह शाहबलूत के उस वृक्ष के भीतर भी एक रहस्य, एक बुद्धिमत्ता छुपी हुई थी। वह जीवित रहने की कला को सीख चुका था।

यद्यपि शाहबलूत और चीड़ के पेड़ मुझसे बड़े हैं और यहाँ बहुत सालों से हैं, लेकिन चेरी का वृक्ष वास्तव में सात साल पुराना है। मुझे यह अच्छी तरह से पता है, क्योंकि मैंने ही इसे लगाया है।

एक दिन चेरी के बीज मेरे हाथों में थे और उमंग में मैंने इसे नरम धरती में कोंच दिया, फिर दूर चला गया और इसके बारे में सबकुछ भूल गया। कुछ महीनों के बाद मैंने इस लंबी घास में एक छोटे से चेरी के वृक्ष को पाया, मुझे इसके जीवित रहने की उम्मीद नहीं थी। लेकिन इन महीनों के बाद यहाँ पर दो फीट लंबा चेरी का वृक्ष आ गया था। फिर कुछ बकरियों ने इसकी पत्तियाँ को चबा डाला और एक घास काटने वाले ने भी इसके तनों को काफी नुकसान पहुँचाया और उस समय मुझे विश्वास था कि यह मुरझा गया होगा। लेकिन, फिर इसमें अपने आप नवीन प्राण आ गए और यह पहले से अधिक तेजी से उगने लगा। तीन वर्ष के भीतर यह एक तंदुरुस्त, निरंतर बढ़ता हुआ पेड़, जो कि करीब पाँच फीट लंबा हो गया।

मैंने इस पहाड़ी इलाके को दो सालों के लिए छोड़ दिया—मेरे हालातों ने मुझे दिल्ली में रहने के लिए मजबूर कर दिया। लेकिन उस समय में भी मैं इस चेरी के पेड़ को नहीं भूला। मैं अकसर इसके बारे में सोचता, उतनी दूर से ही उस पेड़ को फलने-फूलने के लिए प्रोत्साहन भरे संदेश भेजता। कुछ साल पहले जब मैं पतझड़ के मौसम में वापस आया, मैंने देखा कि मेरे पेड़ पर पीले गुलाबी रंग के फूल आने लगे हैं, यह देखकर मेरा दिल भी खिल उठा (नवंबर के महीने में हिमालय क्षेत्र के उगने वाले चेरी के पेड़ पर फूल) और कुछ दिनों के बाद जब उस पर फल आने लगे, तो पेड़ पर गाने वाली चिड़ियों, चूचुकों, बुलबुल और इस तरह के अन्य छोटे पक्षियों

का मँडराना शुरू हो गया, जो खट्टी, लाल चेरियों का स्वाद चखने के लिए आते।

पिछली गरमी मैंने चीड़ के टीले पर, चेरी के वृक्ष के नीचे की घास पर सोते हुए, एक रात गुजारी। उस रात मैं घंटों तक नहर की कलकलाहट को सुनता हुआ और नैटजा की थोड़ी-थोड़ी देर में निकाली जानेवाली टुक-टुक की आवाज को सुनकर जागता रहा तथा सिर के ऊपर की टहनियों से आसमान में टिमटिमाते हुए तारों को देखता रहा। वहाँ लेटे-लेटे मैंने आकाश और धरती की ताकत के साथ-साथ उस छोटे से चेरी के बीज की ताकत को भी महसूस किया।

जब बारिश समाप्त हो गई, तो मैं आज वाली जगह पर आ गया। यहाँ से मैंने इस जगह की ताकत और शांति को महसूस किया।

यह वह जगह थी, जहाँ मैं अपनी कहानी लिखूँगा, मैं यहाँ से सबकुछ देख सकता हूँ—दो पहाड़ों के बीच मेरा छोटा मकान, मेरे पीछे और ऊपर, शहर और बाजार, पर्वत श्रेणी का स्थिर बने रहना, दाईं ओर खड़े हुए ऊँचे पहाड़ और नदी के स्रोत तक जाते घुमावदार रास्ते, मेरे नीचे एक छोटी नहर और आगे की तरफ गाँव का रास्ता, आगे की ओर परियों वाली पहाड़ी के टीले और पीछे की तरफ खेत, नीचे चौड़ी विस्तृत घाटी और पर्वतों की एक ओर श्रेणी, फिर दूर-दराज पर मैदानी क्षेत्र है। मैं यहाँ तक कि प्रेम सिंह को बगीचे में कालीन बिछाते हुए भी देख सकता हूँ।

यहाँ से वह दूर पहाड़ी पर केवल एक कण के समान ही दिख रहा है, लेकिन मैं जानता हूँ कि वह वहीं है, ऐसा मैं उसके खड़े होने के तरीके से समझा हूँ। एक आदमी के सौ रूप हो सकते हैं। लेकिन अंततः वह उसके हाव-भाव ही होते हैं, जो उसे दूसरों से अलग करते हैं। मेरे दादा की तरह, जो कि वेश-भूषा बदलने में कुशल थे और टोकरी बनानेवाला या फल वाला बनकर बाजार घूम आते, लेकिन कोई उन्हें पहचान भी नहीं पाता। लेकिन हम हमेशा उन्हें पहचान लेते, हम उन्हें उनके आगे झुकने के अंदाज को अच्छी तरह से जानते थे।

प्रेम सिंह झुकता नहीं, लेकिन उसकी आसमान की तरफ देखने की आदत है (ध्यान दिए बिना कि बादल साफ हैं या बारिश वाले हैं), और उस समय वह आसमान की ओर ही देख रहा था।

मैं आठ साल से प्रेम के साथ हूँ। जब मैंने उसे पहली बार देखा तो उस समय वह केवल सोलह साल का था और अब उसकी पत्नी और बच्चा है।

मैं छोटे मकान में करीब एक साल तक रहा था···वह किचन के दरवाजे के बाहर लगे छज्जे के नीचे खड़ा था। एक साँवला, लंबा लड़का अच्छे दाँत और भूरी

हंगरी स्थिर आँखें, सफेद रंग के सलीकेदार कपड़े पहने हुए था। अब सिर्फ उसके कपड़ों में बदलाव आया है। वह काम की तलाश में था। मुझे उसका रूप अच्छा लगा, लेकिन—

"मेरे पास काम करने के लिए पहले से ही दूसरा कोई है।" मैंने कहा।

"हाँ सर, वे मेरे काका हैं।"

"पहाड़ी इलाके में हर कोई एक-दूसरे का काका या भाई होता है।"

"तुम नहीं चाहते कि मैं तुम्हारे काका को काम से निकालूँ?"

"नहीं सर, लेकिन वे कहते हैं कि आप मेरे लिए कोई काम तलाश सकते हैं।"

"मैं कोशिश करूँगा। मैं लोगों से पूछताछ करूँगा। क्या तुम अभी-अभी अपने गाँव से आए हो?"

"हाँ, मैं कल पोड़ी तक तीन मील पैदल चलकर आया था। वहाँ से मुझे एक बस मिली।"

"बैठ जाओ, तुम्हारे काका चाय बनाएँगे।"

वह सीढ़ियों पर बैठ गया, अपनी सफेद चप्पल को हटाया, पंजों को मोड़ लिया। उसके दोनों पैर लंबे और चौड़े थे, लंबे लेकिन बदसूरत नहीं थे। वह पहाड़ी लड़के के रूप में असामान्य तौर पर अधिक स्वच्छ और अधिक लंबा भी था।

"क्या तुम सिगरेट पीते हो?" मैंने पूछा।

"नहीं, सर।"

"यह सही कह रहा है।" काका ने कहा, "यह सिगरेट नहीं पीता। मेरे सारे भतीजे सिगरेट पीते हैं। लेकिन यह थोड़ा अजीब है, यह न तो बीड़ी, न ही हुक्का, न ही सिगरेट पीता है।"

"क्या तुम शराब पीते हो?"

"मुझे उलटी हो जाती है।"

"क्या तुम भाँग लेते हो?"

"नहीं, साहब।"

"तुम्हारे अंदर कोई अवगुण नहीं है। यह अस्वाभाविक है।"

"यह अस्वाभाविक है, साहब!" मेरे काका ने कहा।

"क्या यह लड़कियों का पीछा करता है?"

"वे इसका पीछा करती हैं, साहब।"

"इसलिए उसने गाँव छोड़ दिया और काम की तलाश में यहाँ आ गया।"

मैंने उसकी तरफ देखा, वह हँसा और फिर बाहर देखने लगा तथा अपने पैरों को मसलने लगा।

"तुम्हारा नाम··· ?"

"प्रेम सिंह।"

"ठीक है, प्रेम। मैं तुम्हारे लिए कुछ करने की कोशिश करूँगा।"

मैंने उसे कुछ हफ्तों तक नहीं देखा था। मैं उसके लिए काम तलाशना भूल गया था। लेकिन मैं जब बाजार की तरफ जानेवाले रास्ते पर उससे दोबारा मिला तो उसने मुझे बताया कि उसे सर्वेक्षण में टेंट के निरीक्षक के तौर पर अस्थायी काम मिल गया है।

"अगले सप्ताह हम राजस्थान जाएँगे।" उसने कहा।

"वहाँ बहुत गरमी होगी, क्या तुम पहले कभी रेगिस्तानी जगह पर गए हो ?"

"नहीं सर।"

"वह पहाड़ी इलाके जैसा बिल्कुल नहीं होगा, और यह घर से बहुत दूर भी है।"

"मुझे पता है, लेकिन मेरे पास इसके अलावा दूसरा कोई विकल्प नहीं है। मुझे शादी करने के लिए कुछ पैसे इकट्ठे करने पड़ेंगे।"

उसके इलाके में दुलहन का एक मूल्य होता था, जो कि आमतौर पर दो हजार रुपए होता है।

"क्या तुम्हें इतनी जल्दी शादी करनी है।"

"मेरा केवल एक भाई है और वह अभी बहुत छोटा है। मेरी माँ की तबीयत ठीक नहीं है। उन्हें गायों व खेतों और घर के कामों में मदद करने के लिए एक बहू की जरूरत है। हमारा एक छोटा सा परिवार है, इसलिए काम बहुत बढ़ जाता है।"

पहाड़ी क्षेत्रों में हर परिवार के पास सीढ़ीदार, सीमित और पथरीले कुछ खेत होते हैं। जो कि आमतौर पर नदी या एक नहर के ऊपर की पहाड़ी की ढलान पर स्थित होते हैं। वे सिर्फ गुजारा करने के लिए पर्याप्त—चावल, बाजरा, आलू और मक्का ही उगाते हैं। यदि उनकी पैदावार बिक्री के लायक होती भी है तो शहर के बाजार तक अनाज को लाने के लिए रास्तों का अभाव एक बड़ी चुनौती बन जाता है। वहाँ गाँव में पैसा कमाने का कोई साधन नहीं था और साबुन, कपड़े, दवाइयों के लिए साहूकार से परिवार के गहने छुड़वाने के लिए पैसों की जरूरत थी। इसलिए जवान व्यक्ति काम की तालाश में घर छोड़ देते हैं। काम तलाशने के लिए उन्हें मैदानी इलाकों में जाना पड़ता है। कुछ भाग्यशाली लोग सेना में भरती हो जाते हैं।

कुछ घरेलू नौकर के तौर पर काम करते हैं। या स्कूल, गैरेज, रास्ते के किनारे चाय की दुकान में काम पकड़ लेते थे।

मसूरी का मुख्य आकर्षण बड़ी संख्या में स्कूलों का होना है, जो बहुत से खानसामों और बैरों को नौकरी पर रखते हैं। लेकिन जब प्रेम यहाँ आया, तब तक स्कूलों के रिक्त स्थान भर चुके थे। वह सेना में भरती होने की आशा में रुड़की स्थित भरती केंद्र भी गया था, लेकिन सीधे घुटने में विकलांगता के कारण वह असफल रहा। यह विकलांगता उसे तब हुई, जब एक मानसून की काली रात को हुए भूस्खलन में पानी के बहाव में वह बह गया, जिसके परिणामस्वरूप उसकी एक हड्डी टूट गई। वह भाग्यशाली था, उसने कहा कि यह केवल उसका घुटना था, न कि सिर जो कि उस बाढ़ में टूट गया होता।

वह मेरे घर अपने काका को अपने काम के बारे में बताने और अलविदा कहने के लिए आया था। मैंने सोचा कि एक और अच्छे व्यवहार का व्यक्ति, जिसे मैं शायद दोबारा नहीं देख पाऊँगा। रात में एक और गुजरता हुआ जहाज, जिसकी रोशनी से हुई जगमगाहट जल्द ही अँधेरे में लुप्त हो गई। मैंने कहा, "दोबारा आना।" उसकी मुसकराहट का जवाब मुसकराहट के साथ दिया, जिससे कि मैं उसे अच्छी तरह से याद रख सकूँ और वापस अपने काम टाइपिंग पर लग गया। लेखक के अकेलेपन का एक मात्र कीमती सामान उसका टाइपराइटर होता है। जो हर एक दिन लेखक को गैर-सहानभूतिपूर्वक ही देखता है, उसे हतोत्साहित करने की पुरजोर कोशिश करता है। कदाचित, मैं पुराने जमाने की पंख वाली कलम और मारबल की स्याही के स्टैंड का इस्तेमाल करूँ तो एक असली लेखकों जैसे—बलजेक या डिकेन्स जैसा अनुभव कर सकूँ—कभी खत्म न होनेवाली रात तक अपना काम करता रहूँ, बेशक रात और दिन मेरी सोच से बहुत छोटे होते हैं और हों भी क्यों न, अगर ऐसा न हो तो हम जो कम-से-कम काम को लक्षित कर उसे पूरा करने की कोशिश में लगे रहते हैं, उसके लिए जल्दबाजी न करें और कभी अपने ही द्वारा लक्ष्य को प्राप्त न कर सकें।

प्रेम मैदानी इलाके में चला गया और एक साल बीत गया, मैं कुछ करता, इससे पहले एक बार फिर वह, पतला और साँवला सा, अभी भी मुसकराता और काम की तलाश करता हुआ दिखाई दिया। मुझे यह पता होना चाहिए था कि पहाड़ी लोग कभी भी पूरी तरह से विलुप्त नहीं होते। पहाड़ी इलाकों के पत्थरों में बसी डरावनी आत्माएँ अपने लोगों को अधिक दूर तक उन्हें हमेशा के लिए खोने के डर से नहीं जाने देतीं।

मैं उसे एक स्कूल में काम दिलाने में सफल हो गया था। हेडमास्टर की पत्नी को एक बावरची की जरूरत थी। मुझे यह विश्वास तो नहीं था कि प्रेम बहुत अच्छा खाना बना सकता है या नहीं, लेकिन मैंने उसे वहाँ भेज दिया और उन्होंने कहा कि वे लोग कुछ समय तक उसे अपने पास रखकर उसका काम देखेंगे। तीन दिन के बाद हेडमास्टर की पत्नी मुझे रास्ते पर मिली और भावुक हो गई। वह भावुक होनेवाली महिलाओं में से थी।

"हम तुम्हारे बहुत आभारी हैं! उस प्यारे लड़के को भेजने के लिए, तुम्हारा बहुत बहुत शुक्रिया! वह बहुत विनम्र है और बहुत अच्छा खाना बनाता है। मेरे पति के लिए थोड़ा मसालेदार होता है, लेकिन बाकी लोगों के लिए स्वादिष्ट—बस स्वादिष्ट! वह सचमुच में एक खजाना है—एक प्यारा-सा लड़का।" और उन्होंने अपनी अदा से ही उस लड़के को स्वीकृति देने का संकेत दिया—एक मशहूर संकेत, जो कि वह उन सभी लोगों को देती थीं, जिन्हें वे पसंद करती थीं, जिन्हें वे अपने पास रखने की स्वीकृति देती थीं।

मैं यह पूरे विश्वास के साथ नहीं कह सकता कि उन्हें एक बावरची से अधिक कुछ और चाहिए था या नहीं, लेकिन मुझे यह उम्मीद थी कि प्रेम उन्हें पूरी तरह से संतुष्ट करेगा।

वह जब अपनी छुट्टी के दिन मुझसे मिलने आया तो मुझे बड़ा खुश दिख रहा था।

"तुम्हें कैसा लग रहा है?" मैंने पूछा।

"मनोहर!" उसने अपनी स्वामिनी की प्रिय मुखाकृति का इस्तेमाल करते हुए कहा।

"तुम्हारा क्या मतलब है—मनोहर से? क्या वे तुम्हारे काम को पसंद करते हैं?"

"मेमसाहब इसे पसंद करती हैं। जब भी वे रसोईघर में आती हैं, मेरे गालों को सहलाती हैं। साहब कुछ नहीं कहते। वह हर बार भोजन के बाद दवाइयाँ लेते हैं।"

"क्या वे हमेशा दवाइयाँ लेते थे? या केवल अब, जब से तुम खाना बना रहे हो?"

"मुझे पक्का नहीं पता। मुझे लगता है कि वे पहले से ही बीमार चल रहे हैं।"

वह हेडमास्टर के बरामदे में ही सोता था और एक महीने में साठ रुपए का वेतन पाता था। दिल्ली में एक बावरची को महीने में एक सौ साठ रुपए मिलते हैं।

और न्यूयॉर्क या पेरिस में बावरची को इससे दस गुना मिलते हैं। मैंने प्रेम को बहुत कुछ नहीं कहा। वह शायद मुझसे न्यूयॉर्क में काम दिलाने के लिए पूछ बैठता और यहाँ मैं उसे आखिरी बार देखता। उसे एक बावरची के तौर पर समुद्र पार तरकारी बनाने का काम तो मिल ही जाता, मुझे एक लेखक के तौर पर ही इतनी आसानी से काम नहीं मिलता।

मेरे चाचा ही हैं, जो इस रहस्य को अच्छी तरह से जानते थे कि बिना काम किए अपना गुजारा कैसे किया जाए। इसके लिए बेशक उनकी चार बहनें बहुत बड़ा सहारा थीं। उनकी चारों बहन शादी-शुदा थीं और अपने-अपने पतियों के साथ खुशहाल जीवन बिता रही थीं। अंकल ने अपने एक साल को उन चारों में विभाजित कर दिया था। वे तीन महीने रूबी चाची के साथ नैनीताल में, तीन महीने सूजी चाची के साथ कश्मीर में, तीन महीने मेरी माँ के साथ (जो बिल्कुल धनवान नहीं थीं) जामनगर में, और तीन महीने पशुओं के अस्पताल, बरेली में, जहाँ माबेल चाची अपने पशु चिकित्सक पति के लिए वे अस्पताल चलाती थीं। इस तरीके से वे कभी अपने मेजबान के घर बहुत अधिक समय नहीं ठहरते थे। उनकी हर बहन अपने भाई को एक समय में करीब तीन महीने तक ही देख सकती थी। चाचा की इस योजना में किसी तरह की कोई कमी नहीं थी।

लेकिन मेरी कोई बहन नहीं थी। मैं केवल उपन्यास से मिलने वाली रॉयल्टी के सहारे हमेशा के लिए निर्वाह नहीं कर सकता था, इसलिए मुझे दूसरी किताबें भी लिखनी पड़ीं। इस काम के लिए मैं पहाड़ों पर आ गया।

पहाड़ी लोग जीवन निर्वाह के लिए मैदानी क्षेत्र में चले गए। मुझे प्रयास करने और अपना काम बनाने के लिए पहाड़ों पर आना पड़ा।

"प्रेम," मैंने कहा, "तुम मेरे लिए काम क्यों नहीं करते?"

"फिर मेरे काका का क्या होगा?"

"वे मुझे किसी भी दिन छोड़कर जा सकते हैं। उनके दादा बीमार हैं। वे कहते हैं। वे घर जाना चाहते हैं।"

"उनके दादा पिछले साल मर चुके हैं।"

"मेरे कहने का यही मतलब है, वह व्याकुल हो रहा है। अगर वह जाता है तो मुझे कोई एतराज नहीं होगा। इन दिनों ऐसा लगता है, जैसे वह एक तरीके की नींद की बीमारी से पीड़ित है। सुबह मुझे पहले जागना पड़ता है और उसकी चाय बनानी पड़ती है।"

यहाँ इस चेरी के वृक्ष के नीचे बैठकर, जिसकी पत्तियाँ अभी-अभी पीली होना शुरू हो रही हैं, मैं अपनी ठोड़ी को अपने घुटनों पर टिकाकर विश्राम कर रहा था और उस बाग की ओर टकटकी लगाए देख रहा था, जहाँ पर प्रेम बगीचे में घूम रहा था। मैं उन सात वर्षों की कुछ खास यादों में खो गया, जब से प्रेम मेरे साथ है, मुझे उसके बारे में कुछ बहुत अच्छी बातें याद आने लगीं। वे यादें सिलसिलेवार नहीं हैं, केवल एक सिनेमा के कुछ दृश्यों के टुकड़ों की भाँति यादों के टुकड़े भर हैं। यादों के परदे पर एक-एक करके रंगीन चित्र उभरने लगे...

प्रेम अपने नवजात बच्चे को सुलाने की कोशिश करता हुआ, उसे थपथपा रहा था—उसके लिए कुछ गुनगुना रहा था। वह अपने बड़े-बड़े हाथों से उस बच्चे के घुँघराले बालों को सहला रहा था। जब मुझे हथकड़ी लगी तो प्रेम पुलिस स्टेशन तक मेरा पीछा कर रहा था (बंबई से निकले एक वॉरंट पर, मुझे तथाकथित रूप से गंदी कहानियाँ लिखने के लिए गुनाहगार ठहराया गया था।) वह बाहर तब तक मेरा इंतजार करता रहा, जब तक मैं वापस नहीं आ गया। जब मैं उससे दिल्ली में मिला तो उसकी मुसकराहट, उसकी ठहाकेदार बेपरवाह हँसी, जब वह एक पुरानी लॉरेल और हार्डी की फिल्म देख रहा था।

बेशक, मेरी यादों में कुछ तसवीरें ऐसी भी थीं, जब वह गुस्सा दिलाने वाला, अड़ियल, हठी, मेरे यहाँ से काम छोड़ने वाला भी था। लेकिन मुझे कभी खुद को असंयमित करनेवाली छोटी-छोटी घटनाओं को भुलाने में कठिनाई नहीं हुई। वह मेरे जीवन में बहुत सारा प्यार और हँसी लेकर आया था और एक अकेला आदमी इससे अधिक और क्या उम्मीद कर सकता है?

यह उसका जिद्दी स्वभाव ही था, जिस कारण वह हेडमास्टर के परिवार में अधिक समय तक नहीं टिक पाया। श्रीमान गुड बड़े सहनशील थे। लेकिन श्रीमती गुड उन औरतों में से थीं, जो जब खुश होती थीं, तब अपनी सीमा से बाहर जाकर आपकी मदद करतीं, फुसलातीं, लाड-प्यार करती थीं; लेकिन जब वे अप्रसन्न होती थीं तो बदला लेने, नुकसान व हानि पहुँचाने के लिए भी सीमाएँ लाँघ जाती थीं। श्रीमती गुड अपने पति, अपने कुत्ते, अपने नौकर, अपने प्रिय छात्रों पर पूरा नियंत्रण चाहती थीं...उनका अपने पति, कुत्ते पर पूरा नियंत्रण था और अपने प्रिय छात्रों पर भी थोड़ा-बहुत नियंत्रण था, पर प्रेम पर उनका कोई नियंत्रण नहीं था, वह जिस तरह का नियंत्रण प्रेम पर वे चाहती थीं, उसके लिए आत्मा नहीं मानती थी। वह अपनी मालकिन के प्यार व्यक्त करने या उनके द्वारा अपने गाल पर चुटकी लेने,

रसोईघर में जिस तरह से उसे स्पर्श करतीं और उसकी शारीरिक बनावट, खूबसूरती की प्रशंसा करती हुई टिप्पणी करती थीं, उस पर वह कोई प्रतिक्रिया नहीं देता। उसे पता था कि मेमसाहब उसके लिए नहीं थीं। इसलिए वह अपने चेहरे पर उनके सामने कठोर भाव रखता और मेहनत से बस अपना काम करता था। उसके इस व्यवहार से श्रीमती गुड अपमानित महसूस करतीं, अपने काम पर लग जातीं। धीरे-धीरे उनकी पसंद नापसंद में बदल गई। प्रशंसा से भरी टिप्पणियाँ करने के बजाय अब वे उसके कपड़ों, खूबसूरती, चाल को लेकर अपमानजनक टिप्पणियाँ करने लगीं। वह उसके खाने में भी नुक्स निकालने लगीं। अब वे उससे किसी तरह का कोई लगाव नहीं रखती थीं। इलजाम लगाने लगीं कि वह उसके घर के कुत्ते के लिए लाया गया मांस ले जाकर पहाड़ी की ढलान पर रहनेवाले अपने गरीब लोगों को बाँट देता है। इससे और अधिक घोर अपराध की कल्पना भी नहीं की जा सकती! श्रीमान गुड ने उसे काम से निकालने की धमकी भी दी। इसलिए प्रेम भी अड़ियल हो गया। उसी दिन उसने कुत्ते के खाने का मांस उठाया और खुद वहाँ फेंक दिया, जहाँ पर अनगिनत जानवर भटक रहे थे, जिन्होंने पल भर में ही उसे चट कर लिया, इसके बाद वह वहाँ से दूर हो गया।

यह उसके वहाँ काम का अंतिम दिन था।

"मुझे अब घर जाना होगा।"

उसने मुझसे कहा, "मुझे इस क्षेत्र में कहीं और काम नहीं मिलेगा। मैडम मुझे इस जगह पर अब काम नहीं करने देंगी।"

"कुछ दिन और ठहर जाओ।" मैंने कहा।

"मेरे पास बस इतने ही पैसे हैं, जिससे मैं घर ही जा सकता हूँ।"

"उसे घर जाने के लिए रख लो। तुम कुछ दिनों के लिए तब तक मेरे घर में रह सकते हो, जब तक तुम आस-पास अपने लिए काम की तलाश नहीं कर लेते। तुम्हारे अंकल को उनका खाना तुम्हारे साथ बाँटने में कोई आपत्ति नहीं होगी।"

उसके अंकल को यह अच्छा नहीं लगा। अपने भतीजे के लिए भी काम करने का विचार उन्हें पसंद आया। उनके विचार से यह उनके कार्य का भाग नहीं था। उन्हें यह भी डर था कि प्रेम उनकी नौकरी हथिया लेगा।

इसलिए प्रेम एक हफ्ते से ज्यादा नहीं रुका।

यहाँ छोटी गोल पहाड़ी पर अक्तूबर में घास पीली होना शुरू हो गई थी। सर्दी की आहट लिये हुए पहले बादल आसमान पर मँडराने लगे थे। पेड़ बहुत स्थिर थे।

पक्षी मौन थे। केवल एक झींगुर ही शाहबलूत के पेड़ पर गा रहा था। वहाँ शायद शाम से पहले तूफान आनेवाला था। एक वैसा ही तूफान, जिसमें प्रेम घर पर अपनी पत्नी और बच्चे के साथ आया; लेकिन यह कहानी के बहुत से पन्नों को छोड़कर आगे की बात करने जैसा होगा।

उसके अपने गाँव लौटने से कुछ महीने पहले की बात है, जब मैंने उसे दोबारा देखा था। उसके अंकल ने मुझे बताया कि उसे दिल्ली में एक काम मिल गया है। वहाँ का एक पता भी था। मुझे नहीं लगा था कि वह पता पूरा है, लेकिन मैंने तय किया कि मैं जब अगली बार दिल्ली जाऊँगा तो मैं उससे मिलने की कोशिश करूँगा।

यह मौका मई के महीने में तब आया, जब मैदानी क्षेत्र में गरम हवा बहने लगी। यह साल का वह समय था, जब लोग खर्चा कर सकते हैं। खर्चा करके पहाड़ी इलाकों की सैर पर निकलने की कोशिश करते थे। मैं पहाड़ी इलाकों के सुहाने मौसम में दिल्ली को नापसंद करता हूँ और ग्रीष्मकाल में तो मैं इससे नफरत करता हूँ। लोग चिड़चिड़ेपन और अपना मतलब निकालने के लिए एक-दूसरे से मुकाबला करने लगते हैं। लेकिन मुझे जाना पड़ा था। मुझे याद नहीं क्यों, लेकिन उस समय जाना बहुत-बहुत जरूरी लग रहा था—और मुझे प्रेम को आजमाने तथा देखने का मौका मिल गया।

मेरे लिए कुछ अच्छा नहीं हुआ। बेशक, वह पता गलत था और मैं अकेला धूल से भरी हुई, वृक्षहीन दूर-दराज की कॉलोनी, जिसे वसंत विहार (बसंत बगीचा) कहा जाता है, में दो घंटे तक भटकता रहा। मैं अपने संपर्क में आनेवाले सभी घरेलू नौकरों से पूछता रहा कि क्या वह पौड़ी-गढ़वाल, कोहली गाँव के प्रेम सिंह से मुझे मिलवा सकते हैं। लेकिन प्रत्यक्ष रूप से कोई भी कोहली गाँव से जुड़ा नहीं था। मैं अपने होटल में वापस आ गया और हीटस्टोक से ठीक होने के लिए दो दिन तक आराम करने के बाद मसूरी वापस आने की तैयारी कर ली, मैंने ईश्वर का इसलिए शुक्रिया अदा किया कि मैं पहाड़ी इलाके में रहता हूँ।

और फिर अंकल ने सूचित कर दिया कि उन्हें देहरादून में एक अच्छी तनख्वाह वाला काम मिल गया है, वे जाने के लिए उत्सुक थे। मैंने उन्हें रोकने की कोशिश नहीं की।

अगले छह महीने के लिए मैं बिना किसी घरेलू नौकर के उस मकान में अकेला रहा था। मुझे इसमें कोई मुश्किल नहीं हुई थी। मुझे अकेले रहने की आदत थी। मुझे किसी के साथ की जरूरत थी, न सेवा की। उस मकान में बड़ी शांति

थी। उस मकान में लंबे समय से रहनेवाले मरे हुए स्थानीय निवासियों के भूत बहुत दयालु, लेकिन विनम्र थे। सारिका की सीटी वाला गाना बहुत सुंदर था, लेकिन मैं जानता था कि वह मेरे लिए नहीं गा रही है। घाटी के ऊपर बाँसुरी की आवाज आ रही थी, लेकिन मैंने बाँसुरी बजानेवाले को कभी नहीं देखा था। मेरा संबंध उस प्यारी लाल लोमड़ी से था, जो मकान के नीचे पहाड़ी पर घूमती थी। मैं उससे एक रात मिला और ये पंक्तियाँ लिखीं—

पिछली रात मैं जैसे ही घर को चला
मैंने एक अकेली लोमड़ी को नाचते हुए देखा
चाँद की शीतल रोशनी में
मैं खड़ा हुआ और देखने लगा—फिर
नीचे के रास्ते पर चल दिया, यह जानते हुए
कि रात पर उसका हक है
कभी-कभी, जब शब्द सच में गूँजते हैं।
मैं एक अकेली नाचती हुई लोमड़ी की तरह हो जाता हूँ
सुबह की ओस में।

बारिश के दौरान पेड़ों से रिसते हुए पानी और घाटी पर चढ़ती हुई धुंध को देखते हुए मैंने काफी सारी कविताएँ लिखीं। लेखक के लिए एकांत की कीमत बहुत अधिक होती है। लेकिन कविताओं से मुझे बहुत अधिक धन नहीं मिल पा रहा था और मेरा संचित धन भी बहुत कम था। फिर मुझे थोड़ी चिंता भी होने लगी कि क्या हो, अगर मुझे अपनी आजादी को छोड़कर दोबारा से नौकरी करनी पड़े ? एक प्रकाशक ने मेरी बच्चों की कहानियों की एक पुस्तक को छापने संबंधी अधिकारों को खरीद लिया और मैं जीवनयापन की समस्या और लिखने के लिए जरूरी आजादी को खोने के डर से एक बार फिर से मुक्त हो गया—अगले तीन महीनों के लिए।

यह घटना नवंबर में घटित हुई थी। अपनी इस कामयाबी का उत्सव मनाने के लिए मैंने लेडओवर बाजार और तेहरी रोड तक का लंबा रास्ता पैदल तय करने का निश्चय किया। टहलने के लिए वे अच्छे दिन थे। शहर की सरहद के पास मेरे आने पर अँधेरा घिर चुका था। मकान के ऊपर वाले रास्ते पर कोई खड़ा होकर मेरा इंतजार कर रहा था। मैं जल्दी से उसके नजदीक से गुजर गया।

यदि मैं अपने आप के लिए नहीं हूँ,
तो मेरे लिए कौन होगा ?

और यदि मैं दूसरों के लिए नहीं हूँ तो
मैं क्या हूँ?
और यदि अभी नहीं, तो कब?

मैं हिलेल, एक प्राचीन यहूदी संत के इन शब्दों की यादों के साथ अपने आप को भौचक्का सा महसूस कर रहा था। मैं उस परछाईं के पास वापस गया, जहाँ नौजवान खड़ा था और देखा कि यह तो प्रेम है।

"प्रेम!" मैंने कहा, "तुम यहाँ ठंड में क्यों बैठे हो। तुम घर में क्यों नहीं चले गए?"

"मैं गया था सर, लेकिन वहाँ दरवाजे पर एक ताला लगा हुआ था। मुझे लगा, आप चले गए हैं।"

"और तुम यहाँ रास्ते पर ही रुकने वाले थे?"

"केवल आज रात के लिए, मैं सुबह देहरादून चला जाऊँगा।"

"आओ, घर चलें। मैं तुम्हारा इंतजार कर रहा था। मैं दिल्ली में भी तुमसे मिलने के लिए गया था, लेकिन मुझे वह जगह नहीं मिली, जहाँ तुम काम करते थे।"

"मैंने वहाँ से छोड़ दिया है।"

"और तुम्हारे अंकल ने मुझे छोड़ दिया है। तो तुम अब मेरे लिए काम करोगे?"

"आप जब तक चाहो।"

"जब तक ईश्वर चाहे।"

हम सीधे घर नहीं गए थे, लेकिन बाजार की तरफ वापस आए और सिंधी स्वीट शॉप में खाना लिया—गरम पूड़ी और कड़क मीठी चाय।

हम चाँद की चमकीली रोशनी में घर की तरफ एक साथ चल दिए। मुझे छोटी लोमड़ी के अकेले नाचने पर अफसोस हुआ।

वह बीस साल पहले की बात है, प्रेम और उसकी पत्नी तथा तीन बच्चे अभी भी मेरे साथ हैं। लेकिन हम अब अलग घर में रहते हैं, दूसरी पहाड़ी पर।

□□□